三姐妹

陈武 著

时代出版传媒股份有限公司
安徽文艺出版社

图书在版编目（CIP）数据

三姐妹 / 陈武著 . -- 合肥 : 安徽文艺出版社，2023.2
（鲸群书系）
ISBN 978-7-5396-7489-6

Ⅰ.①三… Ⅱ.①陈… Ⅲ.①中篇小说—小说集—中国—当代 Ⅳ.① I247.5

中国版本图书馆 CIP 数据核字 (2022) 第 119278 号

出 版 人：姚　巍　　　　　　　策　划：李昌鹏
责任编辑：胡　莉　宋潇婧　　　特约编辑：罗路晗
封面设计：鸿儒文轩·末末美书

出版发行：安徽文艺出版社　　www.awpub.com
地　　址：合肥市翡翠路 1118 号　邮政编码：230071
营 销 部：（0551）63533889
印　　制：阳谷毕升印务有限公司　（0635）6173567

开本：880×1230　1/32　印张：10.875　字数：244 千字
版次：2023 年 2 月第 1 版
印次：2023 年 2 月第 1 次印刷
定价：58.00 元

（如发现印装质量问题，影响阅读，请与出版社联系调换）
版权所有，侵权必究

总　序

我将中国当代文坛创作体量巨大、深具创作动能的作家群体命名为"鲸群"。入选这套"鲸群书系"的作家在2021年度中短篇小说的发表量皆有15万字以上，入选小说皆为2021年发表的作品。

"鲸群书系"以最快的速度集结丰富多元的创作成果，以年度发表体量为标准来甄别中短篇小说创作的"鲸群"，展示作家创作生涯中的高光年份——当一个作家抵达极佳的状态才能进入"鲸群"。如果我们喜欢一位作家，一定会着迷于他高光年代的作品。

我想，"鲸群书系"问世后，一定会有更多的人关注被我称为"鲸群"的作家群体，因为这个群体标示了中国当代小说创作的年度峰值——它带着一种令人心醉的澎湃活力。

如果"鲸群书系"在2022年后不再启动，多年后它可能会成为中国当代小说研究者珍视的一套典藏；如果"鲸群书系"此后每年出版一套，它或许会为中短篇小说集的出版带来新格局。

  这套书的作者中或许有一部分是读者尚不熟悉的小说家，我诚恳地告诉您，他就是您忽视了的一头巨鲸。正因为如此，"鲸群书系"的问世，显得别具价值。

2022 年 10 月 30 日

目录

三姐妹	001
自画像	053
上青海	123
灯　色	179
栅栏小院	205
咳　嗽	221
郑波遭遇了什么	261
意见会改变	309

三姐妹

让我掉下眼泪的，不止昨夜的酒

让我依依不舍的，不止你的温柔

——赵雷《成都》

二姑娘

拉着木爬犁的，是一匹白马。

我坐在爬犁的边栏上。老史在前边牵着马。路上都是压得结实的雪。

木爬犁上，除了我的一个黑色人造革皮包，还有一个蛇皮口袋。那是老史的东西。街上没有什么车辆，也没有什么行人。我对即将到达的目的地，充满了陌生和好奇，也有隐约的担忧——毕竟，我和老史认识还不到半个小时。没错，半个小时前，我在佳木斯火车站对面的小酒馆里吃饭。我有点风尘仆仆，也有点无所适从，处在既亢奋又失望的境地中——原本，受一本书的诱惑，我是来北大荒看神秘的"鬼沼"和"满盖荒原"的，这本书把北大荒描写得太美了。没想到北方的隆冬除了雪，还是雪。在满眼都是雪的街巷里，我先遛进这家小酒馆，点了一盘水饺。在吃水饺的过程中，我看到邻桌一个独自喝酒的中年人不停地打量我，然后主动跟我搭讪，问我从哪里来，到哪里去。我告诉他，我是江苏人，来旅游的。他露出了惊讶的神色，可能是觉得还有十来天就过春节了，谁还在这时候旅游呢？他疑惑地眨着眼睛，问我，是不是和家里闹了矛盾，跑出来的？我当然没有和家里闹矛盾。我奇怪他为什么会有这样的想法。他又问我是不是和人打架，逃出来的。他见我摇头，继续问，家里有什么亲戚闯过关东？真是笑话，好像只有和家里闹矛盾、和村里人打架或投奔亲戚才来东北似的。我告诉他，我是来欣赏北大荒自然风光的。他倒是乐了，说他家就在北大荒，周围全是北大荒。其实在火车上，已经有热心的黑龙江人告诉过我了，北大荒是一个泛概念，松花江以北的大部分地方统称北大荒。对于他对我的怀疑，我没有过多的解释。但他对我产生了浓厚的兴趣了，比我对北大荒的兴趣还要浓。他告诉我他所在的村庄叫自力村，他姓史，村里人都叫他老史。他还介绍了自力村前前后后的地形地貌。他声音不高，却有些急促，很急于把家乡的美景告诉我。他颠来倒去地说了几次之后，盯着我看了半晌，略显尴尬地笑一笑，诚恳地邀请我到他家住下来，住到他家，就相当于住在北大荒了，就能尽情欣赏北大荒的美丽风光了。我动心了，一来，觉得他的话有道理；二来，是因为我无处可去（我没带介绍信。在二十世纪八十年代初，没带介绍信是寸步难行的，我刚才在一家民政招待所里就碰了壁），我便同意住到他家了。老实说，我心里是忐忑的、战战兢兢的。

木爬犁拐了几个弯，穿过几条巷子，在一个大门口停住了。我看到这是一所中学的大门，门边挂着"佳木斯第二中学"的大木牌。木爬犁刚一停下，从门边的一间屋里，走出来一个穿着臃肿的女孩，她除了书包外，还有一个旅行包。我猜，这应该是老史家的女儿吧，也可能是邻居家的孩子。我看到她快步走到木爬犁边，本想要说什么的，看到木爬犁上坐着一个陌生人时，愣了下，不说了。她把旅行包放到木爬犁上，自己也坐到我对面的边栏上。老史也没说话，继续在前边牵着白马。

木爬犁不急不躁的，很快就走出了城市，走进一片原野了。

原野上是一望无际的白。我这两天在火车上早就看惯了这种白，已经不怎么好奇了，但我还是四处张望着。那些白突然会有些光泽，也会有高低起伏，可能是岗岭山峦什么的，零星的树木对白并没有造成影响，那白是那么霸气，那么为所欲为。我心里也跟着浩瀚起来，想说说心中的感慨。但，我对面的女孩很安静。我已经多次假装不经意地打量过她了，她穿蓝布的棉裤，棉袄上套着红黑相间的格子外套，脚上是一双手工做的灯芯绒棉鞋，戴一顶黄色的绒线帽子，红色的大围巾包住了脸，只露出鼻子以上的部位；她眉毛粗粗的，在左眉尖上，有一条白色的细细的疤痕。我的不经意，其实并没有瞒过她，她不自然地接连眨动着眼睛。在我望向别处时，我眼角的余光，发现她也在偷看我。

木爬犁爬上了一道高高的山梁，又落入一片谷地。

老史把缰绳挂在了马背上，等了两步，屁股一歪，坐上了木爬犁的边栏，再转三百六十度，把腿脚拿进了木爬犁上。他这一连串动作很熟练，很自然，一看就是老把式了。他刚坐好，就对身边的女孩说："抱着书包不累啊？"

他在说那个女孩。女孩一直把书包抱在怀里。

"不累。"女孩把书包重新抱了抱。

"我家二姑娘。"老史跟我一笑，脸上有点得意，"在佳木斯二中念书，明年就上大学了。"

"爸……谁说我考上啦？"

"考不上再复读一年，反正要考上的。"老史比他女儿还有自信。

"……见谁都吹……这谁啊？"

"小陈啊，从关里来……就住咱们家。"老史像是对我很熟悉似的又在他二女儿面前显摆了，"关里的年轻人就是优秀，敢出来闯天下。当年我们冒冒失失就跑来北大荒了——那时候叫闯关东。"

"你们那时候是逃荒好不好？"她可不给老史留面子，"人家现在叫旅游。"

"道理差不多。逃过来了，不就安了家？不就没有饿死？不就有了咱们这一大家子人啦？你这书都念到哪里去啦？"这个老史，看着是木讷的样子，话里却透出智慧——他还在怀疑我是从家里逃出来的，是另一种形式的闯关东，判断我将来也能像他一样，有一大家子人。

老史见我和她都没搭他的话，又说："小陈，我家二姑娘叫史丽娟，一家人就数她聪明。老史家就指望她撑门面啦！"

"稀罕你夸，你不是说闺女都没用嘛！"史丽娟的话音有些得意，眼睛灵活了起来，笑了笑，勾下了头，继续笑。她的笑有多层意思，其中之一，肯定是对我在这时候来旅游感到可笑吧。不管怎么说，她的出现，让我打消了对老史的怀疑和不放心了。

老史笑两声，说："你要是个男娃当然更好啦！"

"终于说了实话，重男轻女！"史丽娟不屑地瞥了老史一眼。

老史自觉说多了，不再吭声。离我们不远的地方，有一圈人，他们中有的人光着上身。在这冰天雪地里，赤身裸体的，不怕冻坏啦？

"他们在干啥？"我禁不住心中的好奇。

"冬泳啊，这是江，松花江，他们正在冬泳呢。"

原来这样，我们的木爬犁正行驶在江面上，怪不得地面如此的平整，怪不得远处有凝固的巨浪，原来是冰封的松花江，刚才的"山梁"，不过是江堤而已。

老史家

　　从松花江北岸爬上来,一路向北,有几个村庄被我们闪在身后,夕阳下,人家的屋顶上冒出一缕一缕的炊烟。白雪映衬下的村子,单调而缺乏生机。在穿过一个叫吉祥乡的集市街道时,天已经有了黑影,街道上几无人迹。老史在一家杂货店的门口停下来,一会儿便端了两箱酒出来,后边跟着一位中年妇女,也端着两箱酒。四箱酒码到木爬犁上时,中年妇女看看我,说:"怪不得买这么多酒,来亲戚啦!"

　　老史响亮地笑两声,赶着牲口走了。

　　天完全黑了。四周静静的。当我感到要冻僵的时候,木爬犁终于进了一个村庄。

　　"到啦。"在一户低矮的房舍前,老史对我说,又冲窗户大叫一声,"大翠!"

　　屋里并没有回应声。大翠是谁呢?

　　史丽娟已经站在木爬犁边上了,她没有急于进屋。我知道她是在等我。我有点紧张。虽然一路上,我多次想到会紧张,想到如何缓解紧张,但免不了还是无所适从。第一次到一个陌生的人家,我对这家人了解多少呢?他家有几口人?幸亏我认识了男主人和他的二女儿。

　　老史很热情,比先前更热情了,他让我赶快进屋去暖和暖和,别冻坏了。又抱怨一句什么,还是涉及大翠,便急不可待地对史丽娟说:"娟,把你哥带回家。回头把大翠找回来。"

　　老史的话吓我一跳,我已经成了他二女儿的哥啦?

　　可能是史丽娟还没有适应这个哥吧,也可能是,她明明就在客人身边，找什么大翠呢？大翠能做的，她也能做啊。看来我这个"哥"跟她是毫无关系的。史丽娟便有情绪了，像是赌气一样，不急于进屋，也不叫我进屋。这样，我们在寒夜里站了片刻。我看到又明又圆的月亮，把雪地都照亮了。今天应该是腊月十六，或十七，月亮这么好，天这么透，周围这么冷，我是这么的拘谨，真让人恍惚啊。没容我多想，老史又说话了，要把牲口和爬犁还给人家（原来是借的），然后就赶着木爬犁走了。那四箱酒被他搬下来，就堆放在雪地里。我想去搬酒，把酒搬进屋里。

史丽娟一声不吭就走了，把我丢在了门口。

我觉得哪儿不对。哪儿不对呢？史丽娟在路上还跟我有话说，怎么到家了，反而不理我啦？我可不想冻坏了，不管怎么说，我先进屋再说。我小跑几步，跟上了史丽娟。

老史家的屋不大，只有两间。分外间和里间。外间的后墙堆着几个口袋和许多杂物，还有两口大缸。

我随着史丽娟进了里屋。

仿佛一瞬间经历了两个世界，从严冬，走进了晚春——里屋真暖和啊，浑浊的热流萦绕在不大的空间里。我定睛四顾，昏黄的灯光下，是两张面对面的土炕，中间的过道只有七八十厘米宽。北炕上，盘腿坐着一个花花绿绿的少女，她穿红色的毛衣，绿色的裤子，紫色的袜子，长头发披散着，正在织毛线。她刚要和史丽娟说话，看到了史丽娟身后的我，愣了下神之后，笑了。

"二姐，同学啊？"她声音很大地说，还做了个鬼脸，"嘻，我说这么晚嘛。爸呢？"

"咋呼！"

她伸了下舌头，诡异地挤一下眼睛："这么晚，同学不走了吧？"

"欠嘴，看我不把你嘴给缝起来！"史丽娟说完，又冷冷地对我说，"我妹，史丽萍。"

"叫我萍萍好啦。"

萍萍说话很快，声音又脆又亮（史丽娟的声音有点闷），确实很机灵，穿着也花哨。她和她二姐，就像风格迥异的文学作品，有着完全不同的气息，长相也大相径庭，萍萍是白净脸，尖下巴，皮肤又细又嫩，单眼皮，尖鼻梁，俊俏俏的，乌漆发亮的眼眸和丰满的唇，更突出了少女的神韵和精致。年纪虽小，却一点也不胆怯，又是扮鬼脸，又是使眼色。然后，放下手里的毛针，取下挂在床头的外套，说："二姐，我去喊妈啦，还有大姐——我要把这两个赌钱鬼请回来，做饭给你同学吃。同学哥哥，等着啊。"

萍萍风一样出门了。

"疯子！"史丽娟一边脱外套一边嘀咕着。

我没有脱外套的习惯，也不适应屋里这么暖和。东北人烧炕我是知道的，但也只是些书本知识，没有切身体会过。老史家这间不大的房间里，除了两张土炕，屋里的空间很小，进门一块空地上，有一个巨大的木墩子，从形状上看，应该是切菜用的"菜案子"。紧挨着菜案子的，是一口烧煤的地灶锅。屋里的烘人的热量，一定是这口地灶锅烧出来的。两张炕的炕头，都有一个笨拙的木头架子，架子的隔层里，一条一条地叠着被子和衣物，架子和墙上也挂着长长短短的衣服。有一个方形的炕桌，放在临窗的大炕上。土墙上，糊着的报纸已经陈旧了。屋梁很矮，如果我站在炕上，头会不会碰到屋顶也未可知。我犹豫一下，还是学着史丽娟，把大衣脱了。

史丽娟接过大衣，挂到墙上，说："上炕吧。"

史丽娟已经盘腿坐到炕上了，动作特别利索，我都没有看到她是怎么做出来的，就稳稳地坐着了。我却犹豫了，也很为难——我的袜子已经几天没换了，还是出门时穿的那双，如今是第三天，不知有多臭了，怎么好意思脱鞋上炕呢？而且来到陌生人家，脱鞋上床（炕），多么不礼貌啊。

屋里就我们两个人了，她知道这样冷着脸不礼貌吧，便说："像我这样把腿盘起来，会不会呀？不习惯吧？我们这儿都这样的。"

"能不脱鞋吗？"

"不行不行……哦，我知道啦，打水给你洗脚啊。"史丽娟马上跳下炕，到了外间，旋即听到打水声，又旋即进来了。她端着一个盆，盆里是半盆冷水。她麻利地从地灶上拎起热水壶，冲进半盆热水，还用手试了试："来，烫脚。"

我赶快洗了脚，换好袜子，刚坐到炕上，老史回来了。老史搬进两箱酒，进来就问："还有两箱酒呢，娟？"

"我咋知道？"

从老史的表情看，门口雪地上的酒少了两箱。

会不会被谁趁着黑夜偷走啦？我说："刚才还是四箱的。"

"算了算了，谁喝还不是喝，就当我请客了，今天高兴！"老史嘴上不在乎，听口气还是很心疼的，"算是有良心，还给我留了两箱……你妈还没回？"

"看不见啊？"史丽娟的口气有点生硬，"萍萍喊去了。"

我很过意不去，觉得老史家丢了两箱酒，全是我的责任，又觉得，史丽娟的不高兴，也和我有关。

"大翠呢？"老史又问。

"不知道！"

"叫大翠回家做饭啊。娟，你跑一趟，大翠可能在老吴家……你去把她叫回来，说过多少回了，不许她去老吴家看牌，就是不听！"

"才不去了……"史丽娟从书包里拿出了书。

"你念书吧……这个大翠……"老史有点无可奈何，"我来做饭。"

老史手持煤铲，捅开了炉子，不消几下，炉火就熊熊燃烧了起来。

老史在做饭。史丽娟在看书——史丽娟已经移到了大炕上，在炕桌上摆开了书，是一本地理书。我只能看老史做饭。老史出出进进，和我有一搭没一搭地说话，我听到有几个词，"下屋地""外屋地""酸菜""牛肺""猪肝"。有的词我懂，比如酸菜、牛肺和猪肝，有的词我连估带猜，也能懂，比如外屋地，就是指我们这个房间的外间。他拿来的一团酸菜，就是从外屋地的酸菜缸里捞出来的。由此推断，下屋地，应该是搭在这间屋的西山头的那间小房子了，我们那儿叫"一沿坡"。那么，我们身处的这两间堂屋，应该是上屋了。我不习惯，放开腿，又觉得腿也没处放，就移到炕沿，把腿耷拉在炕沿下。我想把包里的书掏出来看，那是一本《美国当代短篇小说选》，是我喜欢的一本书，我那点文学营养，就是从这本书里汲取的，我一直把这本书带在身边，是准备要随时学习的。就在我准备掏书时，外屋地响起嘈杂的脚步声，门被拉开了，先进来的是萍萍，后边跟着一个比萍萍矮半个头的女孩——这应该就是老史说了几次的大翠了，一看就是老史家的大姑娘。

大翠确实有大姐的风范，她一到家就开始主厨，老史打下手。作为主厨的大翠，在一口铁锅里炒菜，火大油大，密不透风的屋子里，立即就飘散着浓烈的油烟味和菜香味了。

夜　宴

菜都端上炕桌了，女主人还没有回来。但是，大家都对她忽略不计——三姐妹没有人提她们的母亲，都围坐上来了。

我突然发现，老史似乎有点不高兴——感觉不是因为女主人的缺席，似乎是嫌三个姑娘不懂礼貌（也许是因为丢了两箱酒），因为作为老史的客人，我还没有上桌，她们就都坐到饭桌边了。直到这时候，我还是以二姑娘史丽娟的同学身份出现的。老史没有说破，我也不想多说，史丽娟呢，更没有澄清——我也不知道为什么。这些瞬间的闪念我不应该去多考虑。只要我能在他家住下来，从明天开始，去感受一下北大荒就好了。但我真的不习惯盘着腿坐在床（炕）上，更何况还要在床上吃饭呢，这成什么体统？老史手里夹着烟，微笑着劝我"上炕"。老史的三个女儿都看我。老史的劝，她们的看，使我更加地难为情了。但也不能不吃饭啊，入乡随俗吧。

我观察一下我们的座次，我坐的是炕头的位置，老史是背窗而坐的，三个姑娘分别坐在炕梢和炕沿。老史郑重地给我们每人的酒杯里倒上酒。可能是老史威严的神色让三个姑娘感到畏惧吧，屋里突然安静极了，我再次不自然起来，再次有一种深深的陌生感。我甚至发现我一直在强装着镇静，而我真实的状态是害羞——老史家三个美丽的女孩才是我不自然和不自在的根源。本来，老二史丽娟跟我还有交流，但到家后，她突然就变脸了，一家子聚齐后（只差女主人），她便不愿意多说什么了。小女儿萍萍还是浑身透着机灵劲儿，一举手，一撇嘴，一投眸，都是天真和烂漫。至于大女儿，自从被萍萍从牌场上叫回家后，倒是没听她主动和谁说过话。她先是主厨烧菜，完了后，又淘了苞米碴，放在炉火上熬着。苞米碴就是玉米的碎粒，不是粉状的，是颗粒状的。她坐在炕沿，可能就是方便照顾灶上的一锅苞米碴吧。大翠和她两个妹妹完全不一样，她面色是沉静的，做事是专心的。她不像老三那样有一种让人惊艳的美，却也鼻子是鼻子、眉是眉的，虽然耐不住细看，却比老二要亮堂些，特别是作为家里老大，有一种乡村姑娘特有的成熟。但是，她爱赌博，还抽烟——我看到她在淘苞米碴前点了支香烟，一边做事一边抽，老成得很。我和三个年龄跟我相仿的陌生女孩突然相聚在同一个屋檐下，盘腿打坐在一个狭小的空间里，同吃一桌子饭菜，还要喝酒，我怎么能平静和自然呢？

"就这点儿？"萍萍看着自己的酒，"比二姐还少。二姐凭什么喝酒？她还要念书。她喝晕了头就念不成书啦！"

萍萍边说边去抢老史的酒瓶。

史丽娟赶快端起酒杯，把杯里的酒倒进了萍萍的杯子里——她这是一口也不喝了。

萍萍看看杯子，还是嫌少，她不高兴地鼓起了嘴。

"你才多大？十六岁，小孩子哦，本来不给你喝的。"老史笑着说，朝我看一眼，意思是，不是家里来了"大哥"，你别想喝酒。但，他还是给萍萍又添上了。

萍萍高兴了，端起酒杯，喧宾夺主地说："欢迎大哥来我家做客。"

老史也乐了："好，欢迎欢迎，小陈一路辛苦，来，喝酒！"

　　酒是烈酒，我喝了一小口，一股火线直往胃里钻。我吃了口菜。菜是酸菜，真是酸菜啊，酸里还透出腥味，难以下咽。我看了看桌子上的三大碗菜，都是一个颜色，也差不多是一个味吧？我有点为难，瞟了一眼灶上的苞米碴，那个东西应该好吃。我希望它快点熬熟，快点吃一碗苞米饭。

　　"小陈，吃肉，来，吃肉……别客气，到了这儿，就跟到家一样，来……"老史真是热情，他用筷头点着菜碗，望着我，眼里充满期待，"来，来，来……"

　　如果我不夹一块肉，他的筷头一直点着，嘴里的"来"也会一直不停。我只好夹了一块猪肝吃。和酸菜一样，猪肝同样是腥的，那种腥味，是刚入口就想吐的感觉。我当然不能吐了，我不敢品尝也不敢细嚼，只在嘴里打两个滚，就吞咽下去了。我看到老史期待地看着我（说不定大翠也是），只好装着很好吃很享受地笑了笑。

　　"好吃多吃点。"老史继续热情，继续用筷头点着菜碗，"……牛肺，来，来，来，牛肺，吃块牛肺！来，来，来……"

　　我感觉快装不下去了，嘴里的腥味正泛滥着。我赶快端起酒，喝了一口。酒虽然辣，但可以改变嘴里的腥味，压得住胃里的泛滥。烈酒继续像一股火线，或者是刀划过一样，比第一口还要烈。

　　"嚓嚓嚓……"有人拍了几下窗户。

　　"老曹！"老史认出了窗外的人，冲着窗户喊，"进来，老曹，进来喝酒！"

　　叫老曹的人进来了。

　　"哈，来客人啦？我说闻到酒味了嘛！"老曹的嗓门比老史大多了,就像手扶拖拉机一样,轰轰的,他诡异地笑着,把身上一件羊皮短大衣脱下来,往对面的炕上一扔,说,"酒够不够?不够我给你整两箱来。"

"有酒,够你喝的,"老史说,"你还别不信,老曹,我到自力村落户二十多年了,头一次遇到这个情况——四箱酒,少了两箱,你说怪不怪?"

"不可能,咱自力就没有这种人哈哈——你到树下看看?我老曹掐指一算,你家老榆树下雪窟窿里就藏有两箱好酒,你老史是不想让亲戚喝足吧?还藏了两箱,幸亏叫我逮着了。"

老史乐了,他跳下炕,穿上鞋子,出门了。

老曹拿过史丽娟面前的空杯子,倒满了一杯,对老史的三个女儿说:"我藏的……逗你爸玩的,哈哈哈……你爸真识逗。"

老曹已经坐到炕上了。小小的炕桌,显得更拥挤了。老曹像变戏法一样,突然变出一碗盐豆来,还不是小碗,是一个黑窑碗,我从未见过那么黑的碗。他进门时藏在哪里的呢?大衣袖子里?还是屁股后面?老曹显然是有备而来的,他不仅藏了老史的酒,还回家做了一道菜,看来他们两家关系不一般。

老史像大赚了一样,乐哈哈地把两箱酒端回来了。

有了老曹的加入,这酒才热闹起来。老曹自然先敬我这个客人了,他端起酒杯说:"小兄弟,喝两个,来,我先喝为敬!"

老曹"咕咚"一声,杯子里的酒没了,成了个空杯子。老曹喝酒和他做事说话一样,动静也大,"咕咚"声不像是喝酒,像砸了一个东西。他端着杯子,看着我。我肯定不能这么喝。这个杯子有三两,如果干了一杯,我就醉了,这酒宴就结束了。

"……干不了啊。"我的声音一点底气都没有。

老曹摇了摇杯子,问老史:"这位亲戚,能喝不?"

老史含糊其词道："我也……小陈，能喝多少酒？要不就喝这一杯吧。老曹，你是长辈，担待点，你干两个，孩子干一个！"

老曹听老史称我为孩子，还称他是长辈，眼睛一闪，看一眼大翠，又诡异地笑了，恍然道："噢，原来是新亲戚……好好好，真好，我一定要干两杯，这杯酒要大翠给我斟上。大翠，给叔斟酒！"

我看到大翠莫名其妙地看了她爸一眼，又看看史丽娟——她一定是听萍萍说了，我是史丽娟的同学，怎么成了亲戚？而且是新亲戚，而且还要她斟酒。新亲戚是什么意思？让她斟酒是什么意思？

大翠的莫名其妙很隐蔽，情绪很快又平稳了。大翠应该是个喜怒不形于色的姑娘，她略低一下头，顺从地拿过酒瓶，给老曹斟满了酒。

老曹开心了，端起酒杯："第二杯，来，新亲戚，来，来，来，我先干！"

老曹干了后，我只好也干了杯中的酒。这一口太猛，差点把我呛着。

老史要给我倒酒，我捂住了杯子不让倒。

老曹又问老史："孩子真不能喝？"

"随孩子自己吧。"

我听他们"孩子""孩子"的，感觉特别别扭。

老史和老曹又互干了两杯。加上大翠和萍萍都分别敬了她们的曹叔叔，喝酒这才有了点气氛。

老曹带来的盐水豆很好吃。我真要感谢老曹，盐水豆又咸又香，表面是软的、咸的，内里是硬的、脆的，特别经嚼，比其他几个菜好吃多了。自从上来了这道菜,老史再叫我吃菜时,我只吃盐水豆了。老史一边和老曹喝酒,一边不忘招呼我吃菜,经常用筷头点着菜,点着牛肺、猪肝、粉丝、酸菜,热情不减地叫我吃。但我只吃盐水豆了。他点着任何一道菜,我最后吃的都是盐水豆。我的反常没有逃过老曹的眼睛,老曹说:"新亲戚吃菜啊,大翠做菜的手艺,在我们自力村拿第一,我最爱吃大翠做的猪肉炖粉条了,那个香啊……新亲戚哪里人?"

"江苏的。"

"江苏哪里?"

"新浦……"

"新——浦?"老曹脸仰起来,做若有所思状,"我们村有江苏的吗?没有吧老史?"

"朱二家,不是江苏的?"老史说。

"不是,他家是安徽的。"老曹肯定地说,"新亲戚,没有老乡也不怕,咱们自力啊,全是外地人,五户河北的,九户山东的,八户河南的,四户安徽的,两户湖北的,还有一户上海的。都是闯关东来的,开始都不适应,这不,都适应了,大家都像一家人,哈哈哈,自力村养人啊,以后你就知道自力村的好了。我二十多年前来落户时,也就十来户人家吧。河南的小王家,来了才几年?三年多点吧?这个小王,在原来的村子得罪了人,待不下去,心一横,来投奔亲戚,来了就找了个媳妇,去年刚生了双胞胎呢,两个儿子,真是赚大了。"

话说到这里,我明白了,老曹和老史一样,都以为我是从家里逃出来的,以为我和小王一样,在村子里出了事,待不下去了,闯关东来的。老曹甚至还有更深的误解,称我为"新亲戚",把我当成老史家的上门女婿了(老史可能真有这个用心)。

不仅我听出了他们的话音,就连三姐妹也都听出来了。

最疑惑的还是萍萍,她看看二姐,看看大姐,愣了阵神,又看我一眼,脸又突然红了一下,抿了抿唇,把那碗盐水豆往我面前推了推——其实只是做了个推的动作,碗还在原处未动。萍萍说:"哥,吃菜……"

火　炕

我听从老史的安排,睡在南窗下的大炕上。我是横着睡的,睡在炕头,身底下只铺着一个薄薄的褥子,褥子已经被火炕炕得滚烫了,我感到整个后背像火烤一样,身上很快就要被烤干了。老史睡在炕梢,离我也不过有二三尺远的距离。他因为和老曹喝了不少酒(我们总共喝了三瓶),很快就睡着了,正鼾声如雷。另一张炕上睡着三姐妹,三人共铺一床被子,分别盖了两床被子,史丽娟和萍萍盖一床,大翠一个人盖一床。这些被子,虽然颜色艳丽,却总有浮着一层尘土的感觉。睡在这样的炕上真不习惯,再加上和三姐妹同处一室,躺下好久了,我仍然不能入睡。

又过了很久,感到有人进来——我知道是女主人了。女主人惊醒了三姐妹中的一个,我听到一个很小的声音在抱怨:"妈你怎么才回来?……输了赢了?"

我听出来是大翠的声音。

"输了。"

"输多少?"

"十多块。"

"这么多啊?妈,你在我们炕上睡,跟我一个被窝。别开灯啊,家里来……来人了。"

屋里不是很黑,因为外面的月色、雪光映在窗户上,屋里的物体隐约可见。我偷偷看了看屋子里,能看到站立在窄道里正在脱外套的女主人,她声音很小地问:"谁来啦?"

"没见过,爸带来的。"大翠把声音压在喉咙里,"妈,明天再说吧,睡觉。"

后来,我就把眼睛闭上了,还悄悄把被子拉拉,盖到了脸上。可我眼睛都闭疼了,还是睡不着。

半夜回来的女主人在说话,她和大翠"嚓嚓嚓"地说个不停。她们操着纯粹的方言土语,声音又在喉咙里,我一个字也听不清,我猜想,肯定和我有关。但他们的对话引来了别人的反感,一个声音突然响起:"话痨!"

哈,这是二姑娘史丽娟。

声音没有了。我听到有吧嗒嘴的声音,这一定是熟睡了的萍萍了。现在我知道了,在同一个屋檐下,睡觉的六个人,只有老史和他的小女儿在酣睡,另四人都没有睡着。女主人肯定是对我这个不速之客产生了浓厚的兴趣,想从老大那里得知一星半点的信息。而她们的嘀嘀咕咕影响了明年就要参加高考的老二的睡觉,遭到了老二的呵斥。他们一家的基本情况我都知道了,老史是一家之主,女主人看来不当家,喜欢看牌(一种小赌)。他们育有三个女儿:老大叫史丽翠,老二叫史丽娟,老三叫史丽萍。老大的小名叫大翠,老三叫萍萍,他们叫老二喜欢称一个字,娟。我听老史这么叫过,听大翠也这么叫过。老史家的三姐妹年龄相差不大,她们性格各异,风格突出,大翠懂事明理,手脚麻利,会抽烟,也爱打小牌,长相也不差;老二史丽娟长相稍平,身材一般,受教育程度最高,有自己的主见，开始还跟我说话，到她家之后，因为最早发现她父亲邀请我到她家是有目的的，也看不惯她父亲的做派，情绪突变，有抵触情绪；萍萍天真烂漫，口无遮拦，身材、长相最漂亮，是个人精。我平时就喜欢读书，也写过几篇小说，乐于分析人物。我在心里对他们一家这么分析着，觉得挺有趣的。我知道，我的到来，在他们家已经掀起了波澜，接下来，在全村引起反响也未可知。造成这样的局面，是我事先没有想到的。我想，这次北大荒之行，即使没有领略到神奇曼妙的北大荒风光，能近距离接触、了解这一家人，也是此行的大收获，会对我的写作和对人世的认知大有帮助。

早上我是最后一个醒来的。我看到对面炕上都收拾干净了，被褥都归整到橱架上了，史丽娟在炕桌上写作业，她换了件毛衣，是一件紫色的高领羊毛衫，臃肿的棉裤换成了单裤子，头发扎成一个高高的马尾巴，比昨天要鲜亮多了。萍萍还是那样的艳丽，红毛衣绿裤子，长头发不像昨天那样披散着了，而是扎成两根大辫子，规规矩矩的大辫子。她继续织毛线，还是昨天那件白毛衣。

"哥你醒啦？"萍萍的声音很脆，她看我正在穿衣服，又说，"哥你不用穿那么多，在家里暖和的。"

史丽娟直了直腰，重重地放下手里的笔，瞪了萍萍一眼。

萍萍知道自己声音高了，又放低嗓音说："我给你打水洗脸啊，再热饭给你吃。"

我发现，萍萍成了最爱和我说话的人，对我也最关心，她丢下毛线，去收拾了。我看史丽娟正在写作业，便没话找话地说："做功课啦？"

史丽娟头也不抬地哼一声。

"哥,水来啦!"

"好好说话,喊?"史丽娟低声呵斥道。

"谁喊啦?写你作业去。"萍萍一点也不相让。

我洗了脸,刷了牙,吃了一碗苞米碴。这几件事很快就做完了。我看看手表,已经十一点了。十一点,一个上午就要结束了。

"哥,下大雪了。"

"啊?下雪啦?"我惊讶了,昨晚还有月亮啊。

"是啊。"萍萍又坐到炕上织毛衣了,她朝我一笑,"哥,你们那儿下雪吗?"

"下啊,都是小雪,落地就化成水了。"

"那多没劲。"萍萍把手里的毛衣往身上比画一下,看我在看她,不好意思地征求意见道,"好看吗哥?"

"好看。"

"哈,还是哥的眼光好,她们都说我……"萍萍看一眼史丽娟,调皮地伸了下舌头,"空了我给哥也织一件。"

我看到史丽娟合上了书——这是不满的意思。我便不再说话了。

可萍萍不管二姐的小动作,她继续说:"哥,等会儿带你出去看雪啊。"

萍萍望一眼窗户。

我也看到有几个人影走过。

萍萍赶紧说:"他们回来了。"

我听到外屋地的门开了,然后是跺脚、抖围巾和掸衣服的声音,再然后,老史夫妇和大翠陆续进来了。老史说这场雪要下两三天,是多年不遇的一场特大雪。我听了有点莫名的兴奋,遇上多年不遇的特大雪，一定很好玩的。老史接着告诉我，他给我找了一间屋子。

"就是井房，"他说，"在村西头，刚生了火，现在就可以搬。对不起小陈啦，条件不太好，先委屈一下啊。"

听说有一间独立的小屋，我兴奋了。能目睹一场他们都不常见的特大雪，也是不虚此行啊。搬出去，独立居住，就能避免和他们一家住在一起的不便和尴尬了。这两个消息都是好消息啊。

我也没有什么好搬的，只有一个包，老史给我背上了。于是我穿上军大衣，戴上帽子和手套，围好围巾，随着老史出门了。

外面的雪确实很大，悄无声息的，像一团一团棉絮，从天上飘落下来，眼睛都睁不开了，能见度只有三四米远。地上的积雪已经很厚了，一脚下去，能漫了鞋帮。我欣喜地四处张望着，跟在老史的身后，跟得很紧，我怕一不小心跟丢了，迷路了，找不到井房也回不了老史家了。老史不仅背着我的包，肩上还搭着那条我夜里盖过的被子。

我们不过是路过四五户人家，又走过一段不足两百米的空地，就是那间井房了。老史掀开吊搭子（一种野草编得很密的帘子），推开了一扇门。

屋里只有一张三面靠墙的土炕，比老史家的炕窄多了，就像一张单人床。

这间屋子太小了，我目测一下，大约三米长不到，两米五宽左右吧，正对门的炕头上，是一个只能放一个烧水壶的地灶炉子，炉子上已经焐上水了。在炉子的一边，是一个破铁皮桶，桶里是大半桶和成泥状的煤。炉火很旺。小屋里暖烘烘的。床上铺一张炕席，新的。老史抖了抖被子上的雪花，朝炕上一放，加上我的包和几样衣服，小屋顿时有了生气。

"太小了太小了……"老史连声地嫌弃着。

"很好很好……"我是真心觉得好，毕竟是一个独立的空间了。

老史坐到炕上，掏出烟，递给我一支，见我摆手，自己点上了。老史抽着烟，脸上露出似笑非笑的神情。他对于我的到来，应该是很满意的，从昨晚那场酒宴上就能看出来。他抽了几口烟，开口跟我说话了，他讲了这间房子的来历，原来是看井用的。村子里只有这一口井，就在房子前边。看井人就是昨天喝酒的老曹。

井为什么要看呢？我虽有疑虑也没有问。

"这雪扑下来了。"老史说。

我应一声，琢磨着他的话。他用了一个"扑"字，倒是挺形象的文学语言，等会我要记下来。

老史吐着烟圈，伸伸脖子，继续道："你就安心住着，等大雪不下了，就可以跑出去玩了。不过要当心掉到雪窟窿里。可以叫大翠、萍萍带你出去玩。后山上有一片林子，可以去看看。山下那一大片都是水塘子，大大小小、好多好多的水塘子连在一起，不过现在都冻死了，看不到冒水泡了，鸟也早就飞走了，大雁啊、天鹅啊、绿头鸭啊，还有黑尾鹛，不知道躲到哪里了，没有好玩的东西了。可以到市里玩玩的，吃吃饭，喝喝酒，逛逛百货公司。离这儿五六里地远的，还有一个湖，以前叫老龙湖，现在叫老龙岗水库，有人在湖上冬捕，能逮到大鱼。老曹一早去买鱼了，这脚前脚后就要回来……中午可以吃到鱼了。你们南方人爱吃鱼的。"

井 房

来叫我去吃午饭的,是大翠。

大翠来敲门之前,我正在看书。老史一离开,我就看书了。我也盘腿坐在炕上。可我坐不到两分钟,就累了。只好又伸开腿坐着,也没有两分钟,仍感到不舒服,便把被子铺在炕上,躺着。我看了几页书,是那篇没有看完的《献给爱米丽的一朵玫瑰花》,当时我正看到爱米丽小姐躺到密室里的床上,她身边就是男友的尸体,心里正害怕着,门被突然敲响了。我内心的惧怕正达到顶点,突然的敲门声和紧随敲门声被推开的门,都让我感到惊悚。大翠显然看到我紧张的样子了,她不知道发生了什么事——以为是她吓着了我,在门洞里愣了一下,比我还紧张。

"啊……来啦?"我说。

大翠抖抖身上的雪,眼睛不再看我,微微地低敛着眉眼。

我看到大翠穿了件大红色的棉袄,大围巾并没有把脸包住,脸上泛着红晕。她围巾上的雪有一大堆。肩膀上也堆着雪。她没有要抖落身上的雪,轻声道:"吃饭了……"

大翠只说这一句话,就走了,推开吊搭子就走了,连门都忘了关。一股冷风从草帘子的缝隙里钻进来。我赶快关上了门。我感觉大翠虽然走了,那绯红的面颊和紧张的眼神都留在了屋里。

我穿好衣服,特意把大衣穿上。我这样武装自己,是想吃完饭后,去雪地里走走。到现在,我还没有仔细看看村庄的面貌呢。如果能在大雪中走走,一定很刺激,一定会有不一样的体验。我有点兴奋起来。

门突然被推开了,进来的是萍萍。

萍萍是大喘着进来的。她进来就拍打着身上的雪。我看到她穿得那么单薄,红毛衣,绿裤子(感觉连秋裤都没穿),外面套一件男式的短大衣。我认出来,那是老史的大衣,穿在她身上显得空空荡荡的。外面正下着大雪啊,如果不是那件大衣,会把她冻坏的吧?果然,她进屋就往炉火边凑,大声(完全没必要)说:"哥,我来带你家去吃饭……我老姐真是没用,这么大的雪,哪敢让你一人回啊,迷路了咋办?气死我了,叫我多跑一趟。哥,你不知道雪有多大,我都走不动了,这样下到明天,会把你的小屋门给堵死的——放心哥,堵死也不怕,我来把你扒出来,嘻嘻嘻……呀,哥,炉子要瞎啦,瞎了就真冻死了,来,我教你弄炉子!"

萍萍一边弄炉子,一边告诉我,煤块不能太小,要不大不小,还要立起来,立起来才好烧。萍萍给炉膛添煤的动作很利索,几铲就好了,煤在炉膛里,像排列整齐的饺子。她扔了煤铲,看我已经穿戴好了,赶紧说:"走吧走吧,一会爸又要来了,他最急。哥,中午吃鱼哦,老龙湖的大鱼,爸说你是南方人,爱吃鱼虾……嘻嘻,昨天没吃好吧?我看你吃饭比吃药还苦,真替你难受。都怪老姐,她平时挺会做菜的,不知怎么昨天晚上失手了,连辣椒都没放,油放那么少,那么难吃,她自己都吃不动了,活该!……走吧,走吧,你这要赶多远的路啊,穿这么整齐?就是吃个饭喝个酒呢。"

萍萍的话真多,就这么一会儿,比她两个姐姐的话加在一起还多。

"还要喝酒啊?昨天不是喝过了吗?"

"昨天没喝好。今天重喝,今天还有鱼呢。"萍萍眼睛一眨,咧嘴笑着,露出洁白整齐的牙齿,"告诉你一个秘密啊,今天的鱼,是请曹婶来烧的。曹婶,就是曹叔的老婆,她是南方人,她妈妈是从安徽那边逃荒过来的。曹婶会烧鱼,全村都有名,硬是把大姐都教会了。以后在咱家,不愁没鱼吃了。"

听她的话,好像我要在她家待多久似的。

中午的鱼确实好吃,几个大鱼段,又嫩又鲜。我看到了那个"曹婶",一个精干的女人。她和女主人(老史叫我喊她婶,我叫不出口,叫她史婶,又太难听了)都没有上炕吃饭,而是坐在对面的炕上,一边抽烟一边说话,时不时地看我们喝酒。我们,就是老史、老曹和三姐妹,酒和昨天喝的一样多,三瓶。史丽娟还是没喝,也最沉默。我似乎也不像是一个主要的客人了,因为坐在炕头的,是老曹,老史还是背窗而坐,接着是我,我的边上是大翠,接下来是史丽娟和萍萍。老曹先讲了去老龙岗买鱼的经历,由于雪大,根本看不到路,连马都走迷了。又讲买鱼的人真多,他再迟一步,就买不到了。最后还是讲他们自力村有多么的好,外来的人都能适应,是个美丽富饶的地方,一口人分了二三十垧地,哪家都有百十来垧良田。老曹的话中,又穿插几个笑话,其中有一个,是关于他自家的大豆,由于第一场雪来得早,没来得及收,全被大雪覆盖了。我听了,觉得可惜,可他们却都大笑起来。老曹和老史都喝了不少酒。庆幸的是,没有人像昨天那样劝我喝酒了。倒是萍萍,没比昨天少喝,脸都喝红了。

吃完饭,我要回井房去。老史不放心,要送我,被老曹劝住了,老曹说:"这么大孩子了,就这点路,闭着眼都摸回去了——让孩子自己适应适应。"

对面炕上的曹婶倒是比任何人都关心我，她不迭连声地说："这么大的雪，把孩子摔了碰了怎么办？大姑娘送送。"

"大姑娘"就是大翠。她果然听话，赶忙下炕穿衣服了。我估计，她刚才去井房喊我吃饭，又自己一个人跑回来，肯定受到了曹婶等人的批评。所以这次才这么积极。我本想说我自己能回，又觉得这样说不仅是拂了曹婶的好意，也让大翠为难，我便悉听尊便了。

临出门时，老曹又关照大翠："把炉子烧旺些。"

曹婶跟着又来一句："有大翠就放心吧！"

但路上却发生了意外——我摔了个大屁蹲，毫不留情的，就是一个大掼。因为四周除了大翠（离我有两步远的距离），没有任何东西让我拉拽或扶抱，只能任其结结实实地摔倒在雪地里了。大翠"啊"的叫一声，试图过来拉我，脚下没站稳，也趴到了雪地里，趴了个"狗吃屎"。我们谁都没有拉谁，各自爬了起来。我并没有摔坏，也没感到疼痛，虽然狼狈了些，瞬间又觉得这是一次好玩的经历，必须要有这样的经历，才对得起这漫天的大雪，便哈哈大笑了。大翠见我笑，也笑了。

回到井房，大翠没有脱外套，她一进来就捅炉子。她拿起炉钩，在炉子里捅捅搅搅，炉火便呼呼烧起来了。

"你看书啊？"她看到炕头的那本《当代美国短篇小说选》了。

"你也爱看？"

她立即红了脸，说："娟爱看。萍不看，萍念到初一，怎么也不去念了。我也不是念书的料。"

"噢……"我应一声，没话了。我把书拿在手里。我知道当着客人的面看书不好。

大翠手里拿着炉铲子,踟蹰一会儿,说:"你和人打架啦?"

"啊?没有啊?"

"我瞎猜的。"她说,声音很轻,"去年,有一个逃婚的,跑到前面的自民村,不走了。她是个女的,肚子里带着个孩子。"

"噢……"我不知道怎么接话了。

"你在家是做啥的?"

"写作。"

"啥?"

"写作。"

我看她还不大懂,便把手里的书举举,说:"就是写书的。"

她眼神略有错愕,低头想了想,突然说:"我回啦……"

大翠走了,留下的眼神是错愕,我也便错愕了一会儿,情绪像屋外的雪花,飘飘的。

我要继续把《献给爱米丽的一朵玫瑰花》读完,便收收心,回到小说中。小说中的爱米丽挺奇怪的,她几乎与世隔绝了一辈子。她唯一的爱,就是那个来自外地的铺路的工头伯隆。伯隆对于小镇来说,是个异类,他活泼开朗、健康年轻,引起了小镇上所有人的喜爱和尊重,他与爱米丽完全是两个世界的人。伯隆代表着四处游走、见多识广、及时行乐和缺乏责任的北方新兴文化,是工业时代的产物;爱米丽则完全相反,她固守家园,秉性高贵,我行我素,特立独行,鄙视新生事物,虽然挣扎在南方旧时代的没落里,却心安理得。伯隆对爱米丽并不是真爱,甚至带点玩弄之心,最后想要抛弃爱米丽。爱米丽在小镇浸淫多年,不声不响地施以计谋,在自己布置一新的婚房内杀死了伯隆,并藏尸于此,直到她自己等来了人生的末路,也躺到了伯隆的身边。老史家的人会不会把我当成伯隆？可爱米丽是谁呢？大翠？显然她还没有爱米丽的心机。我呢，不过是个过客。如果不是这场雪，我可以现在就离开这个偏僻的小村庄，踏上回家的旅途。可这场雪……会不会把我与世界隔绝了？

井　上

我要给家里写封信。

这个念头一旦产生，就不可遏制，就要立即把家书写好，告诉家里人，我到佳木斯旅行了，让他们知道我的准确位置。家里人知道我在哪里，他们放心，我也安心了。可我没带稿纸和钢笔。我立即想到了史丽娟，可以跟她借笔要纸啊。同时又想到了代销店，村里能没有代销店吗？纸笔肯定有卖的吧？如果有代销店，我还要买点别的东西，比如我现在刷牙、喝水只用一个杯子，可以再买个专门喝水的杯子；比如我只有一条毛巾，可以专门买一条擦脚毛巾；比如我可以买点零食——我最喜欢吃小麻饼和冰糖果子了，我晚上读书或写作累了的时候，可以吃点。还要买稿纸，我要写作，我要写小说，没有稿纸怎么能写小说呢？在大雪封门的日子里，在异乡的一间小井房里，正是写小说的好时辰啊。我可以把我早就构思好的小说写出来。那是一篇关于落后农村换亲的故事，是一个悲剧。如果能在北方的封闭的农村，写出南方味的小说来，把人物、环境互相错位，互相嫁接，读者根本不知道是写南方，还是写北方，他们会感到非常新奇和有趣，会钦佩作者驾驭故事的能力。

我思想异常地活跃，也十分地亢奋，就像外面的大雪一样飘舞。

我从炕上拿过大衣,穿好,决定去老史家,请老史家的人带我去代销店买东西。

让我感到奇怪的是,雪停了。不,是基本停了。我居然一点也不知道。不是说要下两三天吗?怎么一天不到就停了?更让我感到奇怪的是,我的门口,也就是井房的门口,厚厚的积雪,已经被谁铲走了,堆在离井房一丈多远的地方,那里堆成了一座小型的雪山。铲雪的铁锨,就靠在井房的门边。这是谁干的呢?我第一个想到了老史,没错,只有他,才会这么照顾我。我有点感动,同时又觉得歉疚。我再看看铲雪后的地面和积雪的落差,这雪的厚度在半尺左右。我仰头望望天,天空阴沉沉的,仿佛藏着更多更厚的雪。我望一眼远处,除了雪地上冒出的那些树和树枝,全是一片洁白,没有飞鸟,没有鸡飞狗跳,也没有飘动的落叶,大地静静的,一切都静静的,连雪都静了。雪成了主角。

什么地方响起了"咔咔"声。我转头一看,在西南方,离我七八十米的地方,有两个人。我一眼就认出了其中的一个,她便是史家三姑娘萍萍,因为那条绿裤子,在白雪的映照下,太艳丽了,就像雪野上的一片绿叶。她在干什么?哦,我看到两个水桶了——她在挑水,她正在水井上打水。我对雪地里的井感到好奇,便向那边走去了。

通往水井的路上有几行深深的脚印。

"哥!"萍萍先看到我了。

她今天没有穿她爸的短大衣,但似乎也不是穿她自己的大衣。她所穿的大衣,我认出来是她二姐史丽娟的。她用围巾包住头和脖子,只露出半张脸来。上衣虽然不是太合身,但修身的绿裤子,仍然勾勒出她娇美的身材。她扑闪着眼睛叫我一声,对身边的一个女人说:"就是他,二姐的同学。"

那女人朝我笑笑,使劲盯着我看几眼,说了句"二姑娘的同学真好",又邀请萍萍得空了到她家玩玩,便挑着水桶走了,扁担和脚下,都响起了"咯吱咯吱"声。

"我说你是二姐的同学,嘻嘻……"萍萍跟我伸了下舌头,意思是她撒谎了。

"说什么都行。"

"嘻嘻……"

"这就是水井?"

"是啊。"

"深吗?"

"你看看,小心啊,井口滑的……别看啊。"

我在离井口还有一步远的地方,伸长脖子,向水井望望,黑乎乎的,什么也望不见。我看着远去的挑水的女人,小声问她:"为什么说我是你二姐的同学?"

"爸让我这么说的。"她依然扑闪着大眼睛,看着我,"只有曹叔曹婶知道你不是二姐的同学……"

我知道她话里藏有另外的意思。我不想多想,又把话转了回来:"怎么你来挑水?"

"爸去老曹家唠嗑去了——就是说事去了,他们大人的事真多,我和二姐都烦他们。妈和大姐看牌去了——午饭一吃完,就有人来请大姐了,哎,就是刚才挑水的那家,他家有牌局,也不算赌钱,就是玩的。妈那才叫赌呢,连天带夜的。二姐在做功课,咱家就她爱读书,她要考大学的,她不想做我们自力村的人。我不挑水谁挑水?"

"我来帮你……"

"你呀……不不不,你是客人。再说,路滑,你不行。"萍萍挑起了水桶,走了。

"想去小商店,买本本,还要买笔。"我跟在她身后说。

"到我家拿呀,跟二姐要。"

路过井房门口时,我突然想起来了扫雪的人,便说:"是你扫了门口的雪?"

"是啊,惊动你了吧?我知道你在看书呀。这雪还要下的,我怕夜里下更大的雪,把你埋在井房呢。"

到了她家,看到史丽娟在写作业。史丽娟抬头看到我了,神情有些呆滞,那是专注的表现吧。她看到我就像没看到一样,没理我,表情也没有变化,仿佛我不存在似的,又继续埋头写作业了。

"二姐,哥要纸和笔……二姐,听到没有啊?哥跟你要信纸……"

"听到听到……"娟显然反应慢了些,她红了脸,从书包里找出一支钢笔,又找了一个本子给我,"没有信纸……本子行吧?"

萍萍替我接过来了,又转头问我:"行吧?"

当然行啦。我拿了本子和笔,从老史家出来,天空的雪又往下落了。

代销店

到了傍晚,我的信写好了。

雪更大了。比上午还大,才四点多钟,夜色已经提前来临了。我几次到门口看雪,看雾腾腾的世界,心里也苍茫起来。

我在给父亲的信中,把雪景描写得很美,把北大荒的人也描述得很有趣,还说酸菜很好吃,酸菜烧牛肺也很好吃,还写了几乎被冰冻封口的水井。我没有提到老史家的三个姑娘。

萍萍又来了,这回她给我送来了炒米。我刚才写信的时候,还真想吃点东西。在这样的天气里,不找点事做,没有零食可吃,真会很无聊的。金黄色的炒米装在一个玻璃的罐头瓶子里,隔着瓶都闻到炒米香喷喷的味道。我感谢萍萍送来的炒米。她却说不能感谢她,是她大姐从老吴家拿来的,放在家里好几天了,没人吃。又多了个老吴?这又是个什么人物呢?是不是老史不想让大翠在他家看牌的那个老吴?萍萍不说,我也不好多问。但,我还是发现了一个小秘密,就是萍萍在说到她大姐的时候,总会看我的脸色,似乎她大姐是一支温度计,能够试出我的温度似的。萍萍这次说她大姐的时候,照例还是观察我的脸色,又接着告诉我一个更为重要的消息:今天晚上,老曹在家里请客,专门请我到他家喝酒。

"不去不行吗?"我商量着,我一怕生人,二怕喝酒,关键是,害怕这场酒有更多的内涵。

"不行的,爸都回家搬酒了。"

"可是,我要写信,我的信还没写好……"我撒了个谎。

"明天写呀,反正你也走不了……瞧这场雪。"萍萍看着我,"你不走了是吗?"

"谁说的?"

"没有人说……"她突然严肃了,声音低了很多,"我瞎猜的……"

"村子上有小商店吗?我要买本稿纸。"我赶快转移了话题。有些事情还真不是挑明的时候,萍萍要说希望我不走,或说有人希望我不走,我又怎么回答?我说要买稿纸,是个很好的转移。

"买什么?"萍萍的眼睛又惊诧了。

"稿纸……就是信纸。还要买几个信封。"

"老吴家的小商店可能有信封……哥,我带你去买,正好我要到老吴家去喊大姐——大姐也要到老曹家喝酒,老曹也请了大姐。"

"谁?"

"大姐呀,你不高兴?"

我还真不能说不高兴,只好说:"我以为老曹请了你们一家……你和娟也去吧?"

"我们都不去的。"萍萍声音突然提高了。

我跟着萍萍出门了。

老吴家住在村东头,要经过萍萍家的门口。从萍萍家窗前路过时,我听到屋里有争吵声,是史丽娟的声音,她在责问和呵斥谁。可能是感觉窗外有人吧,史丽娟的声音立即住了,但我还是感觉到气氛的紧张。

萍萍看到我犹豫的眼神和迟疑的脚步了。她催促道:"别管他们,咱们走!"

我们到了老吴家时,我发现这个老吴家和萍萍家完全不一样。老吴家在村子的东头,有一个大大的院子,三间砖瓦结构的堂屋又高大又敞亮。

我们一进门,就看到在井上遇到的挑水的那个女人了。她一见萍萍,热情地说:"三姑娘来啦?快快快……里屋炕上坐……"

"不坐了,哥要买信封,吴婶,你家里有吧?"

"有！"

我已经看到她家房屋的内部结构了，比老史家要阔气多了，老史家是两间，分里屋和外屋。她家是三间堂屋两头房，当央这间，虽然也可称"外屋地"，但不像老史家的外屋地那么冷，应该也有火道通过。外屋地靠后墙有两个货架，上面零乱地码着一些日用商品。两头房的房门都是玻璃门，能看到紧闭的屋里人头攒动、烟雾缭绕的。大翠可能就在其中的一间屋里看牌。

我买了两个信封。

萍萍已经进了里屋了。

我只从门窗的玻璃向里看了看。我看到一张大炕上，有五个人围着炕桌而坐，三个女的，两个男的，有老有少，他们每人手里举着一把牌，是紫红色面子的、窄窄的小牌，不是扑克牌。这种牌我没见过，不知道怎么玩。除了五个看牌的人，还有两三个人在相眼。我看到大翠的位置正面对着门，她面前有一沓毛票，毛票边上还有一盒香烟。此时她正在跟萍萍说着什么，一抬头，看到了我，便把牌放下来，从炕尾抱了一堆衣服，下炕，拿了香烟，出来了。

大　翠

我们重新走在村路上时，天就要黑透了。

雪似乎更大了些，风也刮了起来。一天没有风，雪的威力少了点劲。经风吹动的雪沫子，甩到脸上，像是有无数根针扎过来。我们缩着脖子，从一户户人家的门口走过。村路并不笔直，人家的屋里透出的灯光有明有暗。

萍萍走在前边，我跟着萍萍，大翠落在最后。走过大约七八户人家，萍萍停住了，转过身，隔着我说："大姐，我回啦。"

大翠没有说话。

萍萍又对我说；"哥，好好喝……少喝几杯，别醉了找不到井屋啊。"

萍萍从我身边经过后，突然跑了起来，胳膊还带了下大翠——感觉是故意的。毫无准备的大翠被带了个趔趄，而萍萍也差点滑了一跤。

我知道，这家就是老曹家了——在雪花飞扬的空气里，我已经闻到飘荡的菜香味了。

我转头看大翠，大翠也看我。她用围巾包着的脸上，只露出一双眼睛。她看我看她，小声道："曹叔……请你去喝酒……"

大翠说话很慢，有较长的停顿，感觉不到她对老曹的宴请是喜欢还是并不喜欢。我真心不想去喝酒，但还没有想好拒绝的理由。我听大翠的声音那么微弱，这助长了我拒绝的勇气："我要给家里写封信……你去喝吧。"

"嗯……写信是大事。"她如释重负地说，"那……我也不去了。"

大翠的话，让我知道我错了——如果我不去老曹家喝酒，老曹就没必要请大翠了。大翠是知道这个道理的，她停了几秒，或十几秒，从我身边走过去了。

老曹家的门突然开了，灯光一下子放了出来，照射在雪地上，光影里的雪花一团一团地在风中飘舞。跟着灯光一起出来的，正是老曹。

"进来呀，进来呀，我估摸着要来了嘛……哈，这不是就来了嘛，这俩孩子，真好……"老曹紧走了几步，"大翠，你这孩子，害什么羞啊，快领小陈进来，快，进屋！"

大翠逃不掉了。我也逃不掉了。

坐在老曹家的炕上，我极不自在。大翠也不自在。我还后悔，与其这样，还不如直接去吃了。嘴上说不去（心里也不想去），却双双对对走到了老曹家的门口（老曹并未看到我们是被萍萍押解着来的），还嘀嘀咕咕说不想去，最后被老曹拉了才去。

大翠是怎么想的呢？我看出来，她的情绪也不佳，心情也好不起来，平时就不爱说话，这会儿更是缄口不语，自始至终没有主动说一句话，连一个字都没说。我只是埋头吃菜，叫我喝酒就喝一口，最后象征性地敬了老曹一杯。其实这只是我在自力村的第二天，感觉就像经历了很久似的。我不再像昨天晚上或今天中午那么矜持了，而是稍许放开了些。再说，老曹家的鱼烧得还不错，酸菜炖羊肉，也比老史家的酸菜炖各种动物的下水好吃些。我总结一下，老曹家的菜之所以好吃，是肯在菜里放油。老曹家舍得吃，还舍得放油，真诚待客，看来他们两家还真是好朋友，老曹也是真心在帮老史。

老曹家的人口不多，有个儿子，结婚后，到城里去居住了，有个女儿出嫁了，家里就夫妇二人。老曹和曹婶倒是一如既往的热心肠，一边吃饭一边说了许多我和大翠一听就明白的话。比如，曹婶说，要儿子有什么用？我家老大带着媳妇住在佳木斯了，什么事也指望不上他的。老曹就不同意了，说谁指望他啦？咱孙子姓曹就行，老史家不就是缺这一支？但我们二人像约好似的，就是不朝上扯，就是装糊涂。曹婶急啊，看我们一副不解风情的样子，只好自作主张地安排了，她安排我安心在自力村过年，年后去佳木斯玩几天，再去哈尔滨玩几天，甚至连四月开犁、五月种大豆的事都说了。老曹在曹婶安排的时候，适时地帮着腔，还多次叫大翠表态。大翠不表态。不表态也不能生气。不但不能生气，还必须要笑。大翠的笑言不由衷，她那哪是笑啊，简直就是无可奈何啊。

　　由于话题对不到点子上，又不好直接让我做老史家的上门女婿，老曹只好岔开话题，问我住井房里适应不适应，都忙些什么。我说我在井房给家里写了一封信。老曹敏感而警觉地问我信上说了什么。我说就是跟家里说一声我在这里挺好的。老曹点点头，然后有了点思想，和曹婶眼神交流了一下。大翠就是在这时候说吃好了。其实大翠早就不动筷子了。她说吃好了，就是要回去的意思了。老曹哪能愿意呢，一瓶酒，喝了还不到一半。老曹给我和大翠又倒满了杯子。老曹家的杯子，比老史家的杯子要小一些，是二两一杯的。老曹夫妇俩怂恿我和大翠喝一杯。我不知道这是什么路数，有没有什么特别的讲究，反正我不能喝猛酒的。我就推托不喝，再喝就醉了。老曹夫妇当然是再三劝了，还让大翠先举杯。大翠眉眼低敛着，杯子举起来了，我就不好再推了。但大翠是真干了个满杯的，是一口就干了的。我只是喝了一小口，看大翠干了，又补喝了一大口，也只是喝了三分之一。老曹不允，我也不能再喝，推让间，大翠做了个惊人的举动，她说了声"我来帮你喝"，酒杯就到她手里了，我还没反应过来，就一仰而尽了。大翠放下杯子，说："喝好了，回家！"

　　大翠这回是果断决绝，说走就走。

　　我迅速穿了大衣，跟着大翠往门外走。

　　老曹夫妇跟在后边送我们到门口，一直遗憾地说没招待好我们。

风比刚才大多了。雪花开始横飞，由一根根钢针，变成了一条条鞭子。地上的积雪也很厚了，脚下响起"噗噗噗"的声音。

我以为大翠不会再跟我说话了。可路过她家门口，就要分手的时候，她礼貌地邀请我去她家坐会儿，在我说"不去了"之后，又关照我看好炉子。

雪　后

大雪又下了一夜，第二天断断续续下了一天，直到第三天清晨，才是大晴天。

雪后的太阳像是被雪洗过一样，干干净净的，天空也干干净净的，空气非常洁净透明，无边无际的雪野在阳光下闪耀着更白的光，猛一抬头，会有种刺目的感觉，要把眼睛眯一会儿才能适应。

我和老史家的三个姑娘来到村后的公路上玩雪了。

本来没准备玩雪。我把写好的信装进了信封，还封了口，到老史家吃早饭时，请他给我寄了。因为昨天晚上喝酒时（这几天，除了早上不喝，午饭和晚饭都喝酒）老史说过，明天雪停天晴，他就要进城，办点好酒好菜回来过年，还用抱歉的口气说这几天没让我吃好。言下之意，买点好吃好喝的，也是为了我。老史从老吴家借了木爬犁和那匹白马，套好走了。我想跟他一起去，想去城里看看。但老史说新雪过后，雪很绒，很暄（很软的意思），路上容易发生翻车啊什么的，去年还摔死过马，过几天，等路上的雪压紧了，再带我进城。老史的话有道理，因为萍萍也说过类似的话。

老史家的三姐妹,除了吃饭时间,很难看到她们扎堆在一起。能在雪后的阳光下,一起到村后的公路上玩,一定是因为我。我发现,她们都经过精心的打扮,最亮眼的,还是三姑娘萍萍,她今天穿一条裤脚更加肥大的红色喇叭裤,屁股到腿弯都收得很紧,白色的太空棉夹克式棉袄,里面是绿色的高领毛衣,大围巾是嫩黄色的,加上她白皙的皮肤,鲜枝活叶,就像春天的一枝花。相较萍萍而言,二姑娘史丽娟的穿着就太一般了,但也比平时讲究,最显眼的是那件羊毛衫,兔灰色的,胸前带一朵小红花。萍萍人像一朵花,艳丽,喜感。史丽娟是戴一朵小红花,却没有小红花那样鲜艳,这可能是性格决定的。大姑娘大翠也换了新装,栗色的裤子,虽然不像萍萍那么"喇叭",也把屁股包裹得紧紧的。和往日不太一样的是,她没穿那件平时常穿的臃肿的大衣,而是穿了一件套着花格外套的棉袄,这样,她的身材比平时窈窕多了,却也失去了一些矜持和庄重。大翠能够跟我们出来玩,还遭到萍萍的奚落:"难得大姐今天不去玩牌啊。"大翠并不去理她,而是跟史丽娟耳语了什么,惹得史丽娟也笑了。萍萍知道两个姐姐一定是拿她的穿着寻开心了,便不依不饶地追打大翠,还抓一把雪掷向史丽娟。

村后的公路离村子有二三百米,是绕着山岭蜿蜒到村后的。公路上,已经有马拉爬犁的痕迹了,还有胶轮车的车辙印。我们先是踩着车辙印走。大翠和史丽娟都是慢慢的,小心谨慎的。我也是。只有萍萍,蹦蹦跳跳的样子。我跟着她们走了一会儿,便向雪厚的地方走。我试了试最深处的雪,一脚踩下去,一直漫到我的膝盖。

萍萍扭回身,也跟我来了,她嘻嘻地说:"好玩吧。"

萍萍说罢就弯下腰,两手摊开,一拢,就拢了一堆雪,又摊开，又一拢，那堆雪就大了一倍，她两手一合，再一合，那堆雪很快就成了一个大雪球。她抓起大雪球，挥着臂，试投了几次，才把手里的大雪球掷向远方。

萍萍在弯腰和挥臂扔雪球时，都露出了一截白闪闪的腰肢和肚皮，和满眼的白雪交相辉映。我也被她的白肚皮闪了一下，像做了坏事一样不敢看，便抓了个雪球，向路的一侧扔过去。

史丽娟和大翠被我们感染了，也纷纷扔起了雪球。

在我们掷向雪球的方向，是缓缓的下坡，一直到坡底，便是一片阔大而平坦的雪原了，雪原的上边，又是上坡，坡上便是一大片林子了，密集的林子一直延伸到望不见的远方。

"那是后山？"我问。

"是啊，那就是后山。"萍萍拍着手套上的雪，"看，山坡上是我家的一块田，就挨着那片林子，我还在林子里捡过蘑菇——可惜你来的不是时候——北大荒最美的是夏天，山下边有一大片沼泽地和浅水湖，节节草啊，芦苇荡啊，一簇一簇的，有许多大雁和天鹅，有一年大姐带我去捡天鹅蛋，跌进沼泽里，差点丢了小命。"

听着萍萍的话，望着远方的树林和林子下的雪原，在那片看似平坦的雪原下，就是萍萍说的水塘和沼泽了。我心里充满感慨，啊，这不就是我想来的地方吗？除了季节不对，辽阔、无边、沼泽、节节草、芦苇荡、白桦林，还有天鹅和大雁……太让人神往啦。我真想听萍萍继续讲下去，也想和她们一起去那里走走。

这时候，有一辆摩托车驶过来了。骑手显然也看到我们了，它鸣响了喇叭，而且很霸道地拉了个长音，示威一样加速向我们冲了过来，在要靠近三姐妹时，一个急刹车，摩托车歪斜着滑翔了一段距离，溅起的雪高高飞扬，落在了三姐妹的身上。应该承认，骑手的动作虽然危险，也十分潇洒。

但是，骑手的恶作剧引起了萍萍的不满，她"啊啊"尖叫几声，抓起雪掷向骑手，还不依不饶地大声骂道："吴小胖子你要死啦！要死啦！"

叫"吴小胖子"的并不恼，还哈哈大笑起来。他单腿支着摩托车，熄了火，眯着小眼睛对大翠说："大翠，我带你兜风玩啊！"

大翠没有理他。大翠掸着身上的雪。大翠"受灾"并不是最重的，最重的是落在后边的萍萍。萍萍满头满脸都是雪，但萍萍不急于掸去身上的雪，而是冲在前边，不断地抓起雪掷向吴小胖子。

吴小胖子对于萍萍掷过来的雪，也不去躲闪，只是傻傻地笑，继续看着大翠。

史丽娟拉走了萍萍，还瞪了萍萍一眼，对大翠说："回家！"

大翠不再掸雪——她身上其实没有雪。

三姐妹几乎是并排着，走了。

吴小胖子的摩托车又轰轰响了起来，从我们身边骑过时，回头冲我们吹了声口哨。

"小流氓……丑得跟鬼一样！"萍萍依旧不服气，但不像是生气的样子，她对我说，"家里开个破小店就显摆了，要不是他爸在镇里的农科所当所长，他也当不了联防队员，有啥了不起的，还到处抓赌博，他自家的小牌局怎么不抓？大姐，不许你再去他家看牌了，也不许你再搭理他了……"

萍　萍

　　走进村庄后，我要向西，去井房，而三姐妹要回家。就要分手了。我想邀请三姐妹去井房玩，主要是想听听她们讲后山的故事，讲白桦林里的小花鼠，讲山下边的沼泽地，讲大雁和天鹅，再咨询她们，虽然是大雪天，还能不能去那儿玩一次，感受一下冰雪下的沼泽和水塘。但史丽娟说雪太大，路不好走，危险。她顺带着也拦住了大翠和萍萍，她指挥大翠去前庄（就是自民村）把她们的母亲喊回来。史丽娟说："就知道赌，迟早死牌局上了！"

　　史丽娟的话很负气，也是说给大翠听的。大翠也爱小赌。

　　大翠自然不爽，她又指挥萍萍说："你去！"

　　"谁爱去谁去！"萍萍才不理这一碴，头一梗，回家了。

　　不欢而散啊。史丽娟偷看我一眼。史丽娟的本意不是这样的。但史丽娟也不想和我解释什么。我去后山的白桦林和冰封的沼泽地的想法也只能是想想了。但我又多了一些思考，觉得这三姐妹都像各怀心机，都在斗智斗勇似的。我还想，这可能都是因为我的到来。我的突然闯入，给这个北方小村子带来一股暗流和波动，也给这个家带来了不安定因素。

　　回到井房，我心里还惦记着远处的白桦林和冰雪覆盖的沼泽地，如果不能在临走时去那里感受一下，总是不甘心的。

　　萍萍又回来了，仿佛她最能懂我。

　　"哥，你要去后山玩白桦林和沼泽地，我带你去！"萍萍一进屋，就亢奋地说，"别听二姐的，她什么都怕。她就是个胆小鬼！"

真是求之不得啊。我立即跟着萍萍走了。

这时候我才发现，萍萍换衣服了，上衣还是白色太空棉夹克小棉袄，腿上换了一条蓝灰色的棉裤。棉裤又旧又硬，还有些短，走路时发出"嚓嚓"声。萍萍忍不住告诉我，这是她妈去年的老棉裤，虽然不好看，但是可暖和了。

通往后山的路，真要走起来，我还是怕的。从村后的公路下来，就是大缓坡。刚才掷雪球时，觉得后山并不远，坡底的开阔地（沼泽和水塘）也近在咫尺。这阵子，却发现有些距离了，缓坡上的那些树，还有一排电线杆，看上去都很渺小。我跟在萍萍的身后，看到她一脚下去，雪就漫到了腿弯里，要拔出来，才能走第二步。

"我们走的是路吗？"我跟在她后边说。

"放心吧，我闭着眼睛都能找到路。"萍萍停下来等我，"看到那棵大树没有？"

我顺着萍萍手指的方向看去，说："看到了。"

"大树前边，还有一棵树，看看？"

"看到了。"我想，这哪里是什么大树啊。

萍萍像能听到我的心语似的，解释道："远看不大的，近了，你就知道，是大树了，我们两人都搂不过来的——第二棵大树前边，有个大山包，看到没有？"

那算什么大山包啊，就是缓坡上又隆起的一道岭，在萍萍眼里就成大山包了。不过，白雪在那里起伏，倒是有几分壮观和浪漫。

"到了那里就好了，可以顺着陡坡滑下去，连滚带爬就到水沼了。"

"我们会漏到水沼里吗？"

"会呀,水沼很深很深的,深到没有底。水沼里还藏着怪物,有一年,一只山羊走进去就没有出来,听大人说,水沼还吃过一头驴。你又瘦又高,都是瘦肉,水沼最喜欢吃了,正对胃口呢。"

"啊?"

"吓唬你的,哈哈哈……啊?啊?"萍萍学着我的口气,"笨不笨啊?这样冷的天,水沼早就冻透了,收割机开进去都漏不下去的。"

哈,我上当了。不过萍萍那认真的口气,还真吓着我了。

"走吧。"萍萍拉住了我的手。

我心里紧张了一下,虽然都戴着厚厚的手套,我还是感觉到萍萍的手的温暖。其实我应该拉住她才对。但萍萍的手很有力。在萍萍的助力下,我们一歪一扭地行进在雪地里。本来我就不后悔来后山,有了萍萍的陪伴和牵手,更是平添了一种动力。

一路下坡,不知不觉就走上了那道坡岭——"大山包"上了。我已经很累了。我是第一次走这样的雪路,累得上气不接下气,真想趴到雪地上睡一觉。萍萍也很累,她的围巾上,哈出来的热气已经结上了冰霜。我回头看看来路,从低处往高处看,觉得路途很遥远了。再往下看,坡度确实陡了很多。

"那就是水沼?"我问。

"是啊,还去不?爬不上来我可救不了你啊。其实都是雪,什么也看不到的。最好玩的是在夏天里……"萍萍突然不说了,眼睛扑闪扑闪地看着我。她可能预感到,我不会等到明年夏天吧。

我不说话,拽一下她,意思是继续前进啊。

她回拽一下，说：“急啥呀，我们要滑下去的。看我的……一起滑，别松手啊。”

萍萍往前走两步，选择最陡的地方，坐到了雪地上，两腿并拢地伸在前方。

我也照她的样子坐好。

萍萍说：“我喊一二三，身体要向前纵一下，明白啦？”

"明白。"

"一，二，三，开始！"

我没等她说"开始"，在"三"落音时，就向前一纵了。由于步调不一致，手又紧紧地扣在一起，我们两人都滚到了雪地上，手也松开了，各自在雪坡上连滚带爬的。雪并没有那么滑，没滑多远就停住了。萍萍哈哈大笑着，还骂了几声。她爬到我身边，拂去我脸上的雪，说："你呀你呀你呀……真笨！"

她的脸离我太近，我能清晰地看到她像婴儿一样鲜嫩的口舌，还有喷到我脸上的清甜的热气。她看我的眼神不对劲吧，突然定住了，愣愣地看着我，脸上的笑容渐渐收敛，然后，夸张地向后一仰，躺到我身边了。

我们一顺头地躺在雪地上，望着湛蓝的天空。

半晌，萍萍像是对着天空，喃喃道："哥，这儿不是你待的地方……"

信

没错，我决定要离开史家了。这是雪后的第二天。本来我还可以再待几天的，最好等收到家里的回信。可是，突发的一次争吵，让我觉得，是时候离开了。

争吵发生在昨天晚上。昨天上午,我和萍萍去了后山——确切地说,那还不是真正的后山。也没去水沼,在去后山和水沼的途中,我们就返回了。是萍萍突然要回来的。她对于带我去后山和水沼的决定,突然后悔了,她不顾我的反对,坚决不去了。在回来的路上,她也不再拉我的手了。午饭后,我在井房的炕上写了一个下午的小说,期间,老史来跟我坐了会儿,本来他还是有话要说的(几次欲言又止),看我在本子上写着什么,抽了两支烟,弄了弄炉子,离开了。我接着继续那篇小说的写作,一直写到头昏眼花,一直写到天黑,看看时间,五点半了,才把炉子封好,走出井房。还没到老史家,就听到争吵声了。我一听就是史丽娟的声音。史丽娟是在呵斥谁,而且提高了声音。

"……无耻……你以为人家都像你那么笨啊?什么年代啦?都八十年代了,还搞这一套……无耻!无耻……"

我已经走到窗前了,想不听也不可能了,而戛然而止的争吵声让我觉得,这一次的争吵,和上一次一样,还和我有关。

我从下屋地进到里屋,本可以略作停顿,让争吵双方平静一下,但我还是急了点,刚进屋里时,看到史丽娟把炕上的一本书迅速拿起来,压在一个信封上,又以书为掩护,把那封信和书一起装进了书包。不用说,那是我请老史寄的家书,昨天请他带进城里去的——虽然一闪而过,我已经确认了,老史没有寄走我的信,而是带回来了。从史丽娟的口气中,老史不应该是忘记了,而是故意不寄的。当一瞬间我意识到这个事实后,便假装没有看到史丽娟慌张的掩饰(我相信她会帮我寄的),挺自然地说:"今天来早了……"

"不早,正正好。"萍萍把怀里正在织的毛衣往炕尾一扔,

"吃饭！"

我心里有点五味杂陈，暗暗下了决心，不能再待下去了，美丽的北大荒之行，是时候结束了。

所以，在晚饭前，我礼貌地跟老史提出，请他明天送我进城，直接去佳木斯火车站。我在开口说这句话时，是艰难的，也是忐忑的。当我说出来了，气才顺畅。接着我赶紧感谢了老史和他全家这几天的热情招待，我还真诚地要交这几天的伙食费和住宿费。我的这些话，让老史不断地吃惊（从他抽烟的动作和神情上能看出来）。萍萍也是惊讶的，虽然她早已经料到这样的结局。萍萍还是不停地看看我，又看老史，当她看到史丽娟低着头不断地整理书包的平静样子，便不再如往日那样伶牙俐齿地说话了，只顾往炕桌上收拾饭菜和酒了。

"不喝酒了。"我说。

"喝呀，不喝酒成什么席？萍萍，你去老吴家买盒午餐肉来，再烧两个菜。也跟老吴说一声，明天我要借他家木爬犁用。"老史说借木爬犁，是决定要送我了。

我不敢看老史的表情，他一定很难过。

"要买你去买……我不去！"萍萍说。

"娟，你去。"老史的口气有点乞求。

"家里不是有冻豆腐嘛，我来炒个酸菜豆腐。"史丽娟说。

老史只好不作声了。过了一会儿，他还是没憋住心里的事，小心翼翼地说："我出去一下，就回……"

"不行，谁也不请了——你要敢叫老曹，我就不做菜了。"史丽娟的口气很决绝，"我们家的事，不需要别人掺和！"

老史只好在炕上抽烟。

这是我到老史家，第一次吃史丽娟烧的菜。史丽娟在准备烧菜时，看我坐着无聊，找了一本《红楼梦》给我，是从她的书包里拿出来的。我把这册《红楼梦》拿在手里，慢慢翻几页。这套《红楼梦》我也有，浅蓝色封面，分四卷装订。史丽娟给我的这本是第二卷。我看到扉页上有她的签名，很秀气的字，还有购书时间：1982年12月18日购于佳木斯新华书店。那就是一个多月前喽。在这么紧张的学习之余，还能看得进《红楼梦》，说明史丽娟是个文艺青年啊。我翻翻书，书里突然掉出来一枚树叶，红色的，红得耀眼透明，已经风干了，很精致，叶子上的脉络清晰可见，我猜，这应该是白桦树的叶子吧。我身边就是织毛衣的萍萍。萍萍也看到这枚树叶了。是白桦树上的吗？我如果问她，她会告诉我的。但我不想问了。是不是白桦树的叶子，或是别的什么叶子，已经意义不大了。

最后一顿晚饭了，大家都沉默不语。老史也不是世故的人，心里有一点事都呈现在脸上，他一直闷着头，喝了好几杯酒。平时不喝酒的史丽娟，也敬了我一杯。萍萍还认真地说："哥，回家你要给我们写信哦。"

"到家就写信。"我也很干脆。

这似乎又给老史一点希望，所以当最后我要留下一百块钱时，他怎么也不收，直到我把钱丢到炕上，他才露出不好意思的笑容。

故事到这里已经结束了。我在第二天一早离开了自力村，送我的不是老史，而是老曹。老曹一是受老史的委托，二是他也要到市里去采购年货，算是把我捎上了。离开时，只有萍萍和老史送我到村头，其他人只在门口和我道别。当木爬犁走到村头时，萍萍还叮咛我别忘了写信，还跟我不断地挥手。

我坐在木爬犁上，望着渐渐退后的自力村，心里突然产生了一丝依依不舍之情。

一路上，老曹还说了许多可惜的话，他夸他们的家乡如何的好，人均有多少的地，多少的林子，重点是夸老史家的人多么的好，是个老实、厚道的人家，又夸三个姑娘三朵花，都是能过日子的好姑娘，还劝我回家过了年，春暖花开时再来玩玩。对于老曹的好意，我也只是含糊其词地应了几声。

我没有食言。我回家后就给老史家去了一封信。很快也收到了老史家的回信，信的内容，虽然是老史的口气，从笔迹却能判断出，写信的是史丽娟。

在此后的大半年的时间里，我和老史家一共通了五六次信，从第二封信开始，信后有了落款——史丽萍，即萍萍。综合萍萍几封信的内容，我大致知道了老史家的许多事。大姐史丽翠在春节后出嫁了，就嫁在本村，新郎正是骑摩托车耍酷的、"丑得跟鬼一样"的"吴小胖子"。二姐史丽娟在1983年8月考上了佳木斯师范学院。史婶的主业还是看牌，不再出村看了，就在本村，而且就在亲家老吴家。老史没有什么变化，夏秋时和老曹合伙做了几趟生意，主要是贩卖大豆和玉米，没说挣了多少钱。至于萍萍自己，倒是没有太多的信息，只是在最后那封信里，给我寄了一张彩色照片，是在照相馆拍的。照片上的她依然是花枝招展鲜艳欲滴。然后，我和老史家（或和萍萍）的通信便中断了，不再有任何联系了。

还是信

时间的车轮迅速驶到1990年春夏之间的一个周末，我意外地收到母亲从老家带来的一封信（我在几年前就因为写作上的成绩，被市里的一家报社聘为副刊编辑了），这是一封厚达七页的长信，是从佳木斯寄来的，我先看看信的落款，果然是史丽娟。信的开头是客套话，前半部分是说她的现状，她师范毕业后分配在市区一所小学做老师了，工作、生活各方面都很好。信的后半段是一大段精彩的文字，是对她们村后山下边的沼泽和季节湖的描述，主要是描写夏天的风光，在她的生花妙笔下，我领略到了那片神奇的土地，那里丛生的杂草，丰富的植被和天鹅、大雁等大型候鸟的美丽风姿。她还热情地邀请我去她家乡旅游，说后山已经开发成旅游景点了，是北大荒著名的湿地公园，面积可大了。信的最后，附带告诉我她们家的一些情况，比如她大姐史丽翠离婚了（原因没说），又远嫁到漠河了；老史在佳木斯市一家粮油加工厂当保管员了；史婶不再看牌了。信上没有提萍萍。是因为在她们家时，我和萍萍最亲近吗？她在信上还给我留了她们学校的电话号码。

这封信让我特别激动，反复读了几遍。不知为什么，我心里隐隐涌起一阵歉疚之情，特别是大翠的离婚，感觉那是一段不幸的婚姻。我要不要回信呢？回信又说些什么？有几次，我拿起电话，想给史丽娟打过去，一时又没想好要说什么，心底的那份歉疚，就在回忆中，越来越深了。

在此后的几天里，我的脑海中多次出现三姐妹的身影。她们青春、善良、真诚、美丽，虽然各怀小小的心机，而那心机又是如此的表浅和直接，让我越来越感怀不已，她们是多么的清澈、透明和简单啊。在纠结了几天之后，我还是给史丽娟回了信。也许不回信才是最大的伤害呢。于是，在这封长信里，我告诉史丽娟我的现状，并回顾了1982年农历岁尾那次难忘的北大荒之行，回顾了在她家度过的五六天难忘的时光，并真诚地感谢了她们一家的盛情款待。

没想到的是，这封信寄出不久，我收到一个包裹，打开一看，是一件红色的毛衣。手工针织的毛衣非常精致。在随毛衣寄来的信中，我得知了一个非常伤感的故事，让我唏嘘不已几度落泪，史家的三姑娘萍萍，在她十七岁那年的夏秋之交，因为去后山的沼泽地里救助一只受伤的天鹅，不幸被沼泽吞没了。史丽娟在信上说，萍萍并没有给我织一件毛衣，但萍萍确实说过要给我织一件毛衣的，所以，这件毛衣，是她代萍萍送我的。读完史丽娟的信，我的心反而沉静了，我的幻象中，出现了萍萍许多的影像，也明白了为什么在 1983 年 8 月后突然中断了通信。

现在已经是春末夏初了，五月的阳光里，我无法穿上这件红色的毛衣，我把毛衣仔细地珍藏了起来。我知道，这件毛衣，不仅是萍萍的心愿，也饱含着史丽娟的深切情谊。我简单收拾一下行装，当天就踏上了开往佳木斯的火车。我要去看萍萍——她的墓地就在后山上的白桦林里，她安睡之地，能看到山下一望无际的水沼、湿地，还有成群的天鹅，那也是我心驰神往的地方。

我临行前想给史丽娟打个电话，但我没打。我要给她一个惊喜。

自画像

1

早餐来一套煎饼果子，是老鲁的固定节目。

今天他要多买两套，请画室的两位画师享用——他觉得人的口味都差不多，就像他们所临摹出来的世界名画，都一模一样，如出一辙。

老鲁叫鲁先圣。没有人叫他鲁先圣，都叫他老鲁。他站在煎饼摊前，手指头快速地滑动着手机。煎饼摊上的面粉香、鸡蛋香、酱香、火腿肠香和错碎的芫荽香、韭菜香，次第触动着他的嗅觉和味觉神经。其实，朋友圈里多如牛毛的信息他并没有上心，他的嗅觉和味觉系统也没有被煎饼果子的香味完全激发，或者说，他没有投入地去享受煎饼果子的扑鼻香味。他分心了。他的注意力被那个女人吸引了——叫女人似乎不妥，应该叫女孩——她就站在那面红墙下。确切地说，那是一段红砖墙。更确切地说，已经不像一面墙了，墙上被涂鸦了，被涂上一些不明就里的超现代符号，黑白蓝绿黄的符号，互相交错，互相重叠，互相游离，互相照应，成了一幅壁画。诡异而艳丽的壁画。整个画家村，没有一面墙像墙了，都成了一幅幅画。她就定定地立在那里，不动，像是涂鸦的一部分了，或者是嵌在了墙上，是墙体的一部分了。老鲁看了她几眼。她高而不瘦，衣着很有特色，砖红色（和墙体相近）的棉麻布长裙，黑色短T恤，T恤上的图案和墙上的图案很接近，这或许就是老鲁错把她当成墙体的一部分的原因吧。事实上，说她是一尊雕像更为恰当。画家村里不是有许多莫名其妙的雕像吗？这些雕像不是某个真实的物体，不是具象的动物、植物，不过是一些造型奇特而怪异的四不像罢了。倒是有点像她。她怪异吗？奇特吗？四不像吗？总之不是太正常——在这个阳光灿烂的清晨，在一面画风奇异的墙体前，一个装成一尊孤零零雕像的女孩，怎么看，都有点反常。

绿化带里突然钻出一只猫，在路牙石上伸个懒腰，又慵懒地抬头望了望这个清晨，望了望老鲁，望了望煎饼摊。它身上的图案夸张、激进而艳丽，一看就不是它自然的毛色，一看就是被涂上的色彩。谁这么恶作剧地拿一只流浪猫来涂鸦？看来，画家村里，没有不被涂鸦的东西了。这只突然出现的流浪猫没有向煎饼摊走来。也许它还不太饿吧。也许煎饼香还不足以吸引它——它走过去了，向女孩走去，走进了阴凉里，从她的脚前经过，沿着墙根，心不在焉地走了。

一只被涂上色彩的、近在咫尺的猫也没有引起她的注意，她甚至都没有看它一眼。她是谁？为什么出现在这里？现在才是早晨六点四十分。五月末的六点四十分，太阳已经热热闹闹地照在画家村的建筑和花草树木上了，鸟儿们也在枝头叽叽喳喳地跳来跳去了。但是，画家村的画家们还在酣睡中，除了卖煎饼果子的大妈和一只早起的彩绘流浪猫，谁会起这么早？她也是画家？不像，但又很像。画家村的画家都不像画家，又都很像画家。她多大啦？老鲁最怕猜女人的年龄了，在他看来，二十五岁和三十五岁都差不多。她的长相，就是典型的年龄模糊相。在等煎饼果子的几分钟里，他脑子里一直在翻涌、猜测着这个女人，就像毕加索的画，各种错位都有。如果不是要画凡·高、莫奈、高更、米勒，如果让他画一幅自己愿意画的作品，这个女孩和懒散穿过清晨的阳光、走进墙体制造的阴凉并从她面前走过的流浪猫，是可以入画的。

三套煎饼果子做好了，老鲁在扫码付款时，多付了一份，总共四十块钱。老鲁对摊煎饼的大妈说："给她做一套。"

大妈知道他说谁。大妈瞥一眼那个依然一动不动的女孩，嘴角牵起一丝会心的微笑，立即操作起来。

2

还没有走到八区毕加索路十七号，老鲁就忘记了那个女孩和那只彩绘流浪猫了。他遇到高兴事了。昨天下午，他接了一个大单子，来自凡·高家乡荷兰阿姆斯特丹的大订单。那是一家和他有着长期合作的画廊，叫HD，分别订了凡·高的《自画像》《向日葵》《星夜》《丰收》和《咖啡馆》，各一百张。五百张画啊，而且单幅价格比法国、德国、意大利和比利时的客户要贵百分之八到百分之十二。HD画廊里的中国籍员工吴小姐，电话里的口气也多了几分兴奋。老鲁更是兴奋，不但请两位画师喝了酒，半夜里还醒了好几次，有一次就是笑醒的。他知道为什么睡着了会笑，肯定和吴小姐的那个电话有关，和订单有关。但具体梦到了什么，他毫无印象了。他只记得躺在床上时，把那个梦回味了好几遍，想着天亮后讲给陈大快和胡俊听，可天亮后就忘得一干二净了，怎么也想不起来了。这让他十分懊悔，出门买早点时，从陈大快身上跨过去，看他流着口水吧嗒嘴的样子，知道他也做梦了。这个大订单不会也是梦吧？老鲁有点害怕地想。很快又确定了，不是。老鲁看了看手机，看了看昨天的通话记录，心里美滋滋的。

毕加索路十七号在一个大型车间的后侧（车间里也被隔成了一个个展厅和工作室，还有茶社和纪念品商店），从主干道拐进一条"L"形小巷，拐弯处一排平房中的一间，就是十七号了。十七号的门楣上是他亲手绘的招牌字：先圣画廊。字是金色的，是用油彩直接绘在墙体上的，早晨的阳光照在四个蹩脚的汉字上，汉字光彩夺目，熠熠生辉。

老鲁先是踢了陈大快一脚，又给了胡俊一脚，嚷嚷道："起来起来，睡不死啊！都几点啦！吃饭！"

昨晚两位画师高兴，喝大了。

陈大快坐起来。他睡在一扇门板上。这扇门板是他某一天趁着夜色从外面顺回来的，算是他临时睡在这里的床铺。他来不及抹去眼角上的一堆眼屎，拢了拢被单，头一歪，又倒下了，嘴里嘟囔道："老鲁，你要搞死我啊，老子正在和凡·高吃饭，凡·高请我吃一只烧鹅，好肥、好香的烧鹅啊，还有葡萄美酒，凡·高拎拎我的耳朵，摸摸我的脸，塞一条流着油的鹅腿肉在我嘴里，夸我比他画得好，你就给了我一拳头。恨死你了。"

"想得美，还一拳头，一脚好吧。"胡俊已经爬起来了，他卷着用来睡觉的瑜伽垫放了一串屁，噼噼啪啪的，似乎配合他在回应陈大快，"我十天不做一个梦，你小子一天做十个梦，连白日梦都敢做——你小子昨天那个梦啊我给你圆得怎么样？嘿，我说你小子做梦吃好东西带没带我。"

"带你？你有资格到我的梦里，我天天做梦，馋死你！"陈大快给胡俊使眼色，在胡俊说话时就不停地使眼色了，仿佛他真有个不可告人的梦。还好，胡俊把关于白日梦的话给模糊过去了。陈大快又反过嘴来对老鲁说，"每次请客都这一套，能不能少吃一回煎饼果子换个口味嘛，想把我们吃残废啊，做老板的也这么抠，让别人怎么活？"

"昨晚的酒喝进狗肚子去啦？早餐还能吃什么？煎饼果子配

不上你？想吃好的去梦里吃。"老鲁看到陈大快和胡俊之间的眼色了，不知道这两个家伙背后又嘀咕了什么，怼他道，"凡·高都穷死了，还请你吃肥鹅？"

"就是请了！"陈大快拿屁股拱开胡俊，极不情愿地去刷牙了。

"听着，吃过早餐，大快画《自画像》，一百张，十天画完。胡俊，你画《星夜》还是画《咖啡馆》？也是一天十张，一百张。"

胡俊说："随便。"

老鲁说："那就《咖啡馆》吧，这个你最熟。我来干《星夜》。还有《丰收》和《向日葵》没人画了——人手不够啊。大快，想办法再给我个画工，临时救急的也行。"

"你这个价，剥削剥削我们还行，找个能画的全面手，喊，怕是比找一个会上树的猪还难——现在都哪一年啦，猪小排都卖四十块钱一斤了，你还是老价格。"陈大快的话里有一万个不满意。

老鲁听出了他话里的坏情绪，怕引出他更坏的情绪，便不吭声了。

这是一间只有二十四五个平方米的小房子，三十五年前是工厂的保卫科，几年前，被老鲁从别人手里不知是第几手转了过来，成了他的画廊。胡俊和陈大快是他请来的两个画工。胡俊一点也不俊，陈大快也不像从前那么快了。胡俊长得很猥琐，像是被晒蔫而缩水的土豆，脸像土豆，鼻子像土豆，就连脖子，也像是一枚土豆。他年龄不大，四十来岁吧，干这一行却有二十多个年头了，练出了一手炉火纯青的临摹本领，只要拿起画笔，模仿谁就是谁，分毫不差。陈大快也掌握了这手技能,可能比胡俊还能画,手速还快,据说从早上七点画到夜里十一点,一天画过十五幅《向日葵》。因此陈大快跳槽的频率就比胡俊多。胡俊在老鲁这里干了五六年了,都没有要走的打算。陈大快来了不过一年多,就思想反常,几次流露出跳槽的意思——虽没有明说,老鲁能感觉出来他的不安心和蠢蠢欲动。老鲁不怕他跳槽,像陈大快这样的画匠,或比他次一点的,画家村里遍地都是,一撸一大把。但像陈大快这样性价比高(又快又好又便宜)的画师,确实难找了。

"老大,接这么大的单子,该给我们加点肉末了吧!"接着刚才的话茬,陈大快果然来事了,他说的肉末,就是钱;加点肉末就是加工资。他抓起那套煎饼果子,咬一口,看一眼胡俊,明显是想得到胡俊的附和和支持。

胡俊洗脸刷牙的时间比陈大快少多了,他已经边吃煎饼果子边整理画布了——单手把裁好的画布摁在板墙上,四角固定好,再把一管一管不同的颜料挤到调色盒里,没有正眼去看陈大快。陈大快的话他听到了,假装没听到,那双像土豆一样的肿眼泡上耷拉着厚眼皮,一副事不关己的样子。但他没有立即开工,而是又在板墙上固定了四块画布——他要同时画五幅,他有这个技能的。

至于老鲁,他听到陈大快的话了,却像没听到一样,整理着画具。

不太宽敞的画室里,开始弥漫着新鲜油画颜料的气味。老鲁把事先裁好的属于《自画像》的画布扔一沓给陈大快(属于《咖啡馆》的画布胡俊已经拿走了),扔一沓《星夜》的画布在角落里——那是他的画位。

老鲁也很快投入工作中了。

画室里安静极了。画笔和画布接触、摩擦而发出的声音，细微而隐秘。老鲁左右手各有一支笔，他能一边画画一边辨别出陈大快和胡俊画笔的走势，甚至画到哪一笔了，是第几次上色了，他都能判断出来。这让他敏感地想到一个人。

"大快，白色鸟还画吗？"老鲁嘴动手不停。

"谁？白色鸟？我怎么晓得！"陈大快的话有点冲，带着反感的情绪。

老鲁说："她画《向日葵》最拿手了，《丰收》也是。特别是她画《向日葵》时，像跳舞一样带节奏。"

陈大快没有接茬。

陈大快不接话，老鲁就后悔了。因为老鲁看到胡俊在听到他的话后，那画笔在半空中停顿了一下——胡俊上什么心呢？老鲁立即想到了陈大快的反常。这种反常不太引起人的注意，比如陈大快所讲的梦，比如对早餐的嫌弃，还有"加点肉末"的提议。这和白色鸟有关系吗？当然没有。可胡俊为什么会敏感呢？陈大快听到"白色鸟"三个字时，回话很冲，而胡俊则愣了个神，这里有什么联系？白色鸟从前也在"先圣画廊"当过一段画师，她是个手脚麻利且有点城府和心机的姑娘，叫白素珍。陈大快来画室就是顶替她的。据说，白色鸟和陈大快很早就相熟了，早年还同居过一段时间。这时候提白色鸟，引起了陈大快和胡俊的反应，可能也只是普通的反应吧。但老鲁想想，确实也不太合适，一是画室刚揽了大单子，需要人手，需要人手可不就要找人吗？找不到人难道不能提高现有画师的工资待遇来刺激产量吗？二是白色鸟和陈大快有过情感上的瓜葛，具体情况不明。这时候说起白色鸟，肯定会分散他们的精力。提高工资和分散精力，这两者都是老鲁不愿意的。

老鲁不合时宜的话的副作用立马显现出来了——陈大快搁下画笔，看起了手机。

整个上午，陈大快看手机的频率很高，几乎每画几笔就要看看，还时不时地写着什么，分明是在和别人聊微信嘛。《自画像》对陈大快来说，驾轻就熟，这么多年来，他画了有上千张了，就算不看那幅印刷体的《自画像》，他也能模仿得惟妙惟肖。但他一个上午只完成了半幅，就到午饭的点儿了。而胡俊，依然保持正常的手速，已经开始画第四张《咖啡馆》了。这个差距太明显了。老鲁想，要出事。

果然出事了，午饭后，陈大快没有像往日那样放下门板小睡半小时，而是郑重其事地找老鲁谈了话，不干了，理由不是待遇低，而是"家里有事"。

鬼事！老鲁想，就是嫌钱少了呗。但，也不至于这么突然啊！或许，他早有辞职、另谋高就的打算了，只不过是待遇问题加速了他的决定。

3

陈大快的突然辞职，闪着了老鲁。

老鲁想，在这个节骨眼上撂挑子，是故意要弄他难受：你不是小气嘛，不是不给加工钱嘛，不是刚接了大订单嘛，不是需要人手嘛，老子不干了。虽然画家村的画工多，但各有各的专长，有的画室只画莫奈的，有的画室擅长画毕加索的，有的画室专攻高更的。陈大快在这一行混久了，能熟练临摹莫奈、凡·高、高更、伦勃朗、毕加索等等多种风格的画，算得上这一行的顶级高手。所以，陈大快的离开，真的踢到老鲁的痛处了。

老鲁的这单活，时间紧，交货急，要求高，一下子还真找不到和陈大快相当的画师。老鲁又想，要是能把白色鸟再请回来，和陈大快也算是半斤对八两了，不差给他的。除了白色鸟，老鲁脑海里搜索着，可记忆的大门迟迟不能打开，那些知名的画师没有一个面目清晰的，都从他的记忆里隐身了。原来，感觉一抓一大把的画师，真要是找一个合适的，还是挺难的。

门被敲响了。

画室的门是玻璃门，如果有人要来观光，是可以直接进来的。"笃笃笃……"只听敲门声，却不见人推门。玻璃上明明写了一个"推"字啊。

"请进。"老鲁不抬头地说。

来者还在继续敲门。

胡俊离门近，应该他去开门。可胡俊背对着门，不但不搭理敲门声，还回应一个屁。他不想耽误哪怕半分钟的时间——这就是留下来的人和想走的人的区别。

"进来！"老鲁把分贝提高了几倍。

让老鲁吃惊的是，来者是他早上请吃煎饼果子的女孩，那个仿佛嵌在红砖墙上的神秘而怪异的符号。

女孩也认出了他，脸上的表情在急速变化，仿佛在说：你在这里。"你是来找工作的？"老鲁下意识地冒出一句。

"是啊是啊，来找工作。"女孩显然是顺水推舟。

老鲁立即意识到，她可能是一个好画工，可能久闻"先圣画廊"的大名了，可能在早上就考察他了。时代真的变了吗？要员工考察老板？他的画廊虽然不能和那些著名的画廊、工作室相提并论，但圈内也是有不少人知道的——那她就是慕名而来吧。

真是要瞌睡送来了枕头。

"你怎么知道我这里缺画师？"老鲁觉得话多了，赶紧说，"凡·高的画能画吧？我这里只画凡·高，喏，瞧瞧，这是胡老师。知道他画的这幅画吗？"

"《咖啡馆》。文森特·凡·高有好多幅关于咖啡馆的画，这是其中的一幅，也是最著名的一幅。"

老鲁心头一乐，她叫了凡·高的全名了，内行。便领着她向里走了几步，还把路上的障碍物踢开，有快递盒，有废弃的不知被踩了多少次的废画布，有断了杆、掉了头的笔，还有可乐瓶。老鲁指着陈大快没有完成的《自画像》问："这一幅呢？"

"自画像，也是凡·高的。不过叫《自画像》的有很多幅，耳朵缠绷带、叼烟斗的《自画像》，献给保罗·高更的《自画像》，戴草帽的《自画像》，画家的《自画像》，这一幅就叫《自画像》，最经典，被临摹得最多。"女孩的声音提高了些，有些自得地说，"我在学校就临摹过，而且不止一次。"

"学校？"

"是啊。"

"大学生？"

"是啊。"

"那你可以走了。"老鲁非常失望，口气异常坚定。

女孩脸色白了一下，她对老鲁的突然改变深感惊讶。

一直没有停笔的胡俊偷笑了笑，没有声音的笑，只是一股气流。

老鲁太了解大学生了，大多是理论高深，夸夸其谈，惰性十足，让他们十天临一幅可以，要是赶进度，一天临十幅，那是不可能的。而画家村各个画廊里拼打出来的画工，可能没有创造力，没有理论知识，没有宏大理想，但硬功夫了得，临什么就是什么。

女孩没有走，她定定地立在原地，脸上由白泛红。那红晕遗留着，迟迟不退，伴随着她不尴不尬的笑意。她看来是要和老鲁理论理论了。她嘴角抽搐一下，也很轻浅，很难让人察觉。但对细节特别敏感的老鲁还是察觉到了。老鲁占据主场之利，他一直霸道地盯着她看。老鲁惊讶地发现，她不像早上那么滞涩了，那么有漫画感了，衣服虽然还是那套衣服，却比在高大墙壁的阴影里鲜明了很多。她鹅蛋脸，长颈，皮肤光滑，头发束起来，露出饱满的脑门，一双黑白分明的眼睛亮闪闪的。而且，她也比早上好看了很多。早上可能和花哨、怪异的背景墙有关，可能和她成为墙体的一部分有关。她现在是一个独立的个体了，反而有一种特别的魔力，不是漂亮，不是气质，是一种神韵，像他看过的某一幅油画。老鲁努力想从凡·高的元素中解脱出来，脑子却瞬间错乱了，越错乱越混沌，半天才沉淀并慢慢浮现出来，老鲁激灵了一下，没错，她不是那个戴珍珠耳环的少女吗？四周的光线，背景，都是戴珍珠耳环的少女的再现。

"你家不是缺画工吗？"她开始反击了，"大学生怎么啦？"

"大学生也挺好呀。"老鲁口气软了，准备给她一次机会，"你叫什么名字？"

准备蓄势和老鲁辩论的女孩，没想到对手变化这么快，也只好顺着他的口气如实道："翁格格。"

"翁什么？"老鲁没听清。

她又重复一遍。

老鲁其实还是没有弄明白是哪三个字。老鲁听成了"嗯哥哥"。这是哪里的口音，老鲁没有半点概念。他对着陈大快那幅半拉子工程，潇洒地扬一下肥短而宽阔的下巴："能把这幅画完吗？"

"试试吧。"她自信地说。

"你还画过什么？"老鲁突然又多了个心眼，继续考察她。

翁格格拿出手机，让老鲁看她相册里的画。

老鲁本来没准备看她的画，只想听她说说。既然拿出了画——虽然是存在手机里的照片，也能看出门道来的。画有十几幅，先是同一个人物不同角度的肖像：一个年轻的村妇，安静而成熟的表情背后是尘世的风霜，和翁格格有点神似。后边是几幅乡村老屋，也是从不同的角度来呈现的，还有屋边的短巷、篱笆和老树。前者采用的是写实，有真情，后者采用的是速写风格，充满沧桑。

"我妈。我家。"翁格格说。

老鲁心里"咯噔"一声。翁格格的两句极其平常的短句，猛然敲到他的心上。老鲁立即想到了他的妈妈。他妈比翁格格的妈要老多了，也生活在家乡的老宅。老鲁无意打开自己的记忆之门，在记忆的洪水决堤泛滥之前，迅速关闭了闸口，把手机还给了翁格格。

4

翁格格画完了。

凡·高的那幅《自画像》，一大半是陈大快的手笔，一小半出自她的纤纤素手。她从午后一点半开始画起，一直到晚上七点多，总算画完了。正如老鲁预料的那样，她不是一个老辣的专职画工，她确实像大学刚刚毕业，不，是一个在校生，一个毛毛嫩嫩的美术入门不久的在校生，每画一笔，都要端详半天，每画一笔，都要细细品味一番，下笔和收笔都很谨慎，仿佛在揣摩原画的每一个细枝末节，又仿佛要找准凡·高当年作画时的情态。即便是如此细心和用功，整幅作品，看起来和陈大快这类熟练工所临摹的《自画像》还是差距不小。差在哪里呢？差在透视的力度和颜料的光泽上。但这种差距不大，不是老画工或专业人士，很难察觉。在老鲁看来，她已经很可以了，已经超出他的预期了。但老鲁急啊，他几次想说，这里不是学堂，不需要那么仔细，画就是了，大胆画，琢磨什么呢，大半天一张，还有别人打的底子，就算不发薪水，也耗不起啊。老鲁几次话到嘴边又咽回去了。算了，反正就让她尝试这一张，反正也不准备聘用她，随她去吧。

老鲁走到她的画前，看着画。老鲁的脸是黑的。老鲁的脸本来不太黑，可他现在不得不黑了。老鲁的脸是梯形的，下巴本来就比脑门子宽，现在更宽了——他在释放一种信号，不满意的信号，让她看到他黑着的脸、宽着的下巴，就知道他不满意了，就知道他不会录用她了。

老鲁释放这个信号后，又转头看胡俊那画好的十多张像是复印出来的《咖啡馆》，心里满意，但他也没有笑。胡俊不过是常态的工作，有什么可乐的？因为要继续把信息传递给翁格格，故意一二三四五地数着胡俊的画，最后说："速度呢？"

胡俊仿佛看透了老鲁的心思，没接话茬。

"鲁老师，我可以再画一张吗？"她不识趣地说。

"今天就这样吧，"老鲁尽量把话说得让她听起来舒服些，"你看小翁，叫你小翁可以吧？是这样的，我这里不用学徒，我这里用的都是像老胡这样的熟练工，所以你应该去做别的工作，比如去教孩子画画啊,不少赚的。明白我的意思了吧?"

"鲁老师,我不走,我想在这儿干。"她听懂了,但很固执。

"不行啊,这儿不是艺术机构,这儿就是复制工厂,你就是一台复印机,一天复印十张是保底。保不了底,拿不到钱的。"老鲁不看她了。因为他知道女孩顾盼的眼神会抓住他心软的弱点。

"不谈钱,能画画就行。"

"没有钱吃什么?"

"早上你都能请我吃一套煎饼果子,"翁格格大着胆子争取道,"给个吃饭钱不行吗?"

"不行。"

"那饭钱也不要,一分钱不要。我想留在你的画室,就算招个实习生嘛。我再交点实习费也行。"

话都说到这个分儿上了,老鲁还是心软了,为难了。老鲁能感觉出来,翁格格是有基本功的,用笔很专业,对色彩也敏感。如果留下她,目前肯定是指望不上她出活了。如果一时半会找不到合适的画工,收个女徒弟也不错,一天出个一张两张的,虽然杯水车薪,慢慢也许就成熟练工了。她有这么好的基础,有成为熟练工的条件,只要改变观点,肯吃苦,速度提起来,或许能给画室带来好运气的。

"我不收徒弟。"

"就不能收一个吗?"

"老胡,你看呢?"老鲁已经动摇了,他问胡俊,是在给自己找个松口的台阶。

胡俊说:"放屁还添风呢。"

"陈大快是话多,你是屁多,文明啊,人家可是女学生。"

老鲁明白胡俊的意思了。但他的话也太糙了，怕引起翁格格的不快。老鲁知道胡俊也不是故意的，话糙是他的风格。要搁在平时，老鲁也不会叮嘱他要讲文明，这回是专门说给翁格格听的，以示自己是个文明人，也是对她的尊重。

"没事，要能添风，给画室助力，就是屁也好。"翁格格的话听起来像是自嘲，可她面相和口气又是严肃的。

"我去吃饭了，饿死了，前墙贴后墙了。"胡俊也觉得话糙了，不好意思了，故意岔开话题，搁下笔，去洗手了，在哗哗的水流声中，大声说，"想吃火锅了。"

老鲁没去附和胡俊。知道胡俊想拉上他，顺道请上翁格格，算是为新人接风。老鲁不上这个当的。老鲁的坏心情（因为陈大快的辞职）渐渐消退了，他开始好奇这个翁格格了，她固执地要留下来，几个意思？他偷偷瞥她一眼，她身上一些细微的夺目之处触动了他，她黑色紧身小T恤的胸前图案是一只色彩艳丽的老鹰，老鹰的羽毛不是这么花哨的，却故意画得如此花哨，还给老鹰戴上一顶红帽子，几个意思？可爱的是，这个老鹰的画风，是在模仿毕加索晚期的画法，身体都是错位的，有一只鹰眼，掉到了胸部，和另一只眼分离又形成某种照应。束起来的长发（有几缕发梢染成了酒红色）落在后背上，挺爽气。有的人，乍一看好看，却经不住细看；有的人乍一看一般，却越看越漂亮。她另属一档，乍一看好看，细看还是好看。她的皮肤是小麦色的。通常人们并不欣赏这种皮肤，在她却有一种和五官天然匹配的感觉，还有微微牵起的嘴角，总是在耍点小脾气的样子，让他觉得仿佛一直欠了她什么。而她手机里藏着的那几幅画，妈妈的肖像，故乡的老屋，再次触动了老鲁的心，于是，他对她说："好吧，明天过来，还画自画像。试用期半个月。"

"一个月不行吗？"她总是抓住任何一个可以讨价还价的机会。

"那就一个月。"这回他很爽快了。

翁格格很感激地一连说了几个谢谢，把眼泪都说得在眼里打闪闪了。

5

老鲁就是这么一个人，心里不能有事，一有事就会反复琢磨。

留下翁格格，他不知道这个决定是冒失的还是错误的。老鲁心里不太踏实，惶惶的，惴惴的。他对这个叫翁格格的女孩一点也不了解。她不要工钱，又不是完全不能画。她这样做的目的是什么呢？回顾一下在已经过去的整个下午里，他没有和她说什么，她也不主动说什么。倒是胡俊，有一搭没一搭地和她说了几句，无非是问她住在哪里、此前在哪里工作、画了多久之类的闲话。他们的对话，老鲁当然也听到了，知道她住在马各庄，在一幢普通的平房里。他没听错，马各庄，平房，说明是在乡下，说明她的经济状况并不怎么样。但是对于她曾经做过什么职业，毕业于哪所学校，画过什么作品，她倒是含糊其词，语焉不详。老鲁不是好奇心强的人，因为当时已经不打算留她了，也就没有参与他们的说话。倒是胡俊，会多事地问一句老鲁这个、老鲁那个，似乎在告诉她，这个不想要你的人姓鲁。

此时的老鲁，软塌塌地走在画家村的村街上。黄昏已经来临，画家村覆盖着一层暗紫色的迷人色彩。长长短短、宽宽窄窄的街道上，观光的人还不见减少，大多是时尚的年轻人。衣着和长相都很土气的、农民工造型的中年男人老鲁，走在他们中间，显得格外另类，但是他旧T恤和牛仔裤上沾染的油画颜料还是或多或少地暴露了他的身份。

他要去找两个人，两个都是画凡·高的高手。当然，他也知道画家村画凡·高的人很多，几乎每家画廊或艺术工作室里都挂有凡·高的画。但他知道除了陈大快，只有两个人是高手中的高手，其中之一就是白色鸟。他已经好久没见过白色鸟了。其实，好久也不算久，不过一年左右。但由于一年里一次也没有联系过，就觉得好久了。他找白色鸟，本可以打电话的。一年不见，突然打电话就谈事，显得太功利了，也太唐突了，就找一个熟人，跟他打听白色鸟的下落。熟人告诉他，白色鸟自己搞了一个画廊。老鲁不禁感叹，白色鸟在他的画室画了几年之后，翅膀确实硬了，居然自己搞画廊了。那个熟人又说，白色鸟除了自己画，主要代理画家村各个知名画室所临摹的世界名画。老鲁回忆一下，觉得白色鸟在他画室时，已经表现了独当一面的才能了，一年时间自己搞个画廊，在画家村这个地方，并不奇怪。

白色鸟的画廊在前街上。前街叫徐悲鸿路，但大家都叫前街。前街是画家村的主街道，路宽，店铺气派。

老鲁去前街，要穿过一个大车间。车间贯通的走廊两侧，也分布着一家家店铺，借助车间内的各种支架、管道隔成的店，本身就具有独创性，加上花色不一的装修，使这些店铺的个性特别显著。这个工厂原来是个保密企业，是用数字代替的，20世纪50年代初由苏联援助，民主德国负责设计和建造，所以这个大车间的外形和内部构造颇有欧式建筑的风格。如今被艺术家们稍做改造，就更有了异域的风采。

虽然在同一个"村上"，老鲁也不是每家店铺、画廊都了解的。画家村的大小画廊及画室、工作室有千余家，村内聚集的油画从业人员据说有七八千人，还不算周边社区从事相关行业的一两万人。这些企业和画廊，以油画及相关产品的生产、交易为主，也从事国画、书法、篆刻、刺绣、铜雕、木雕、陶艺、泥塑、剪纸等中国传统文化产品，以及工艺品、抽象艺术等其他艺术品的生产和交易。画家村的大小街道上，还分布着书店、酒吧、茶社、咖啡厅、展示厅、出版公司和全国各地的特色餐饮，有了这些元素的聚合，画家村形成了具有国际化色彩的"SOHO（自由职业）式艺术聚落"和"LOFT（高挑开敞空间）生活方式"的艺术区域。这个区域，展示了私人理念与社会经济结构之间的新型关系——在乌托邦与现实、先锋意识和传统情调、实验色彩与社会责任、记忆与未来、精英与大众之间形成了一种互补和平衡。但这些元素似乎影响不到老鲁。老鲁还保持着十八岁那年进村时的思维和做派，勤劳，刻苦，认真，凭着本事挣钱，养活自己，还要养活住在贵州十万大山一个小山坳里的七十岁的老娘，二十多年初心不改，挣钱，挣钱，挣钱。不仅目标没有改变，外形上也巩固了自己的长相，同时也越发地邋遢和不修边幅了。

老鲁在路过一家叫"蒙玛特的蔬菜园"的画廊时放慢了脚步，显然这也是一家以凡·高为主题的画廊，高大而敞亮的橱窗里，陈列着凡·高的几幅著名的油画，还有一些稀见的、无人关注的作品，比如《一双鞋子》《高更的椅子》《维纳斯的身体》，另有几幅他叫不上名字。老实说，这些仿制品并不比他的水平高明，特别是《自画像》和《向日葵》，由于装饰了豪华的画框，加上摆放的场合和专门的灯色，才显得特别的精致而高贵。老鲁在《自画像》前踟蹰了一会儿，觉得这种作品太一般，甚至有些地方不到位，他的荷兰客户一定不会要，弄不好要退货。就在他欣赏橱窗里的画作时，从橱窗玻璃里，他看到两个熟悉的人影从他身后依傍着经过了，再细细一看，这不是陈大快和白色鸟吗？老鲁没有想到陈大快和白色鸟又和好了。当初是白色鸟嫌弃陈大快的，是什么原因让白色鸟又回心转意了呢？不要说现在了，就是当初，白色鸟也是全方位高过陈大快一头的。陈大快在男人当中，算不上英俊，也算不上帅气（当然比胡俊要强多了），身上毛病不少。白色鸟就不一样了，五官端正，亭亭玉立，皮肤白皙细腻，本来是可以靠脸吃饭的，没想到才华也很优秀。他不止一次地听白色鸟抱怨陈大快，骂陈大快。胡俊也挑拨白色鸟，他那么人渣，休了他。后来白色鸟离开画廊，陈大快果然就被白色鸟踢出家门了。或许是出于人道吧，也或许是旧情未断，白色鸟在离开时，介绍了陈大快来画室。看来白色鸟是个现实主义者，加上她年龄也快四十岁了，画廊也需要帮手，时过境迁，思想便更现实了，和陈大快恢复旧情、相互取暖也是情理之中的事。陈大快和白色鸟的琴瑟和鸣提醒了老鲁，白色鸟不会再回来了，不会再辛苦地画凡·高了，不会再回到他这种低档路线了。她的事业正如日中天呢。但，老鲁不甘心，决定去白色鸟的画廊看看。他只听说她的画廊很气派，高大上。怎么个高大上，他要眼见为实。

确实如熟人所讲的那样，白色鸟的画廊就叫白色鸟，和村里的不少画廊一样，也是以经营世界著名画家的名画为主的。老鲁只在门口站站，没有进去。进去干什么呢？说什么好？既然断定白色鸟已经不是他要找的人了，何苦自找不痛快？老鲁转身离开了。

他在转身离开的同时,也放弃了寻找另一个画师的想法。

此时,画家村里华灯初上,人流更多了,一些露天酒吧更是聚集了很多年轻人,甚至还有一个小型乐队在演唱流传已久的经典老歌。他驻足听了一首《江河水》,听得他热泪盈眶、想念家乡了。老鲁不想再受更多的刺激,准备去吃碗面条,回画室。对,回画室而不是回家。他在八里庄买了一套两居室的商品房,只是隔三岔五才回。他宁愿住在画室里,节省路上往返的时间用来画画,也不愿意回去睡舒适的大床。以前他就偶尔和陈大快、胡俊在画室打地铺,后来他把一块画板支起来,当成了床。

回到画室,胡俊和翁格格已经在画画了。

"吃饭啦?"他问翁格格。

"吃了,胡老师请我吃了煎包。"

"没吃火锅?"老鲁记得胡俊叫唤着要吃火锅的。

"吃火锅耽误时间。"翁格格说,"我想画画。"

她还是在那幅《自画像》上修修补补。

"这张很好了,再重新起头另画一张吧。"老鲁说。老鲁的意思,既然跟着胡俊回来加班了,就像加班的样子,以提高效率为主,别在一张画上磨叽了,磨叽再久,也是一张画而已。

"不行,还差点意思。"翁格格看来也是挺固执的,"胡老师也让我重新画一幅。我肯定要独立画几幅的,但这一幅还有不少问题。原来的老师画得不好,太匠了,和我的画法不一样,我得尽量把原来的痕迹盖住。"

她的话吓了老鲁一跳,她居然说陈大快画得不好。

"哪里不好?"

"和文森特·凡·高的原作差距太大了——不过我也没见过凡·高的原作,我觉得凡·高不会这样画的。"

翁格格偶尔会叫凡·高的全名,文森特·凡·高。老鲁觉得这样也很好,显得郑重其事,显得比别人要多懂一些。老鲁也没看过凡·高的原作。他看到的都是印刷品。所以他也不知道她说的差距在哪里。他更看不出她的画法和陈大快的哪里不一样。但他也不想改变她的想法,不再强行让她再画一张了,毕竟人家刚来,又处在试用期间,由着她吧,她说肯定要独立画几幅的。

6

老鲁到底还是没有找到合适的画师。

翁格格在画室已经实习一个多星期了。翁格格的表现,比老鲁预想的要好。好,不是因为她画画的速度。她画画的速度太慢了,简直让他忍受不了,平均两天半画一幅《自画像》。如果指望她完成荷兰方面的任务,这要多久才能完成?一周了,第三幅还在打磨中。"打磨"这个词,也是翁格格说的——胡俊觉得她的第三幅《自画像》已经完成了,夸了她一句,她就说:"不行,还得打磨打磨。"老鲁最讨厌的就是打磨了。什么叫打磨,就是磨洋工嘛。除却"打磨",老鲁对她的绘画水平还是有好感的。如果不掺杂个人情绪,她临摹的《自画像》,比任何人的卖相都好。"卖相",是老鲁的专用词。他猜想,她有可能像他不喜欢"打磨"一样地不喜欢"卖相"这个词。但,不管怎么说,老鲁对她心存希望了,觉得要不了多久,她就是另一个白色鸟了,就能独当一面,给他带来可观的效益了。虽然,也许,翅膀硬了会自己飞,会另攀高枝,会自立门户,但毕竟在飞走之前能为他所用啊,能为他赚来大把的钞票啊。

但是,荷兰方面的吴小姐的电话又打来了,催问他能按时交货吗。老鲁算了下日期,满打满算还有一周的时间,《星夜》没有问题,他明日就可完成;《咖啡馆》也没有问题,胡俊后天就可以告竣,他和胡俊可以腾出手来用四五天时间突击画出《向日葵》了;而《自画像》和《丰收》怎么也赶不出来了。荷兰方面最在乎的可能就是《自画像》。如果他们合力赶制《自画像》,《向日葵》和《丰收》同样赶不出来。怎么办?老鲁立即想到了一个救急的办法,想到了街边的那个小摊。那天,就是他去找白色鸟的晚上,在回画室的途中,他看到一个供艺术展示的小广场的边上,有一个给游客画肖像和漫画像的小摊,一幅漫画或肖像要价四十元。在标价的小黑板上,还贴有一幅自画像,这是摊主做广告用的,表明自己敢给顾客画漫画和肖像,是有底气的。最让老鲁吃惊的是,在小黑板边一个长条形木质旧茶几上,摆着几摞画,其中一摞,就是凡·高的作品。他随手翻了翻,凡·高各个时期的代表作几乎都有,有的一幅两幅,有的五六幅,那几幅尽人皆知的名画就更多了,仅《自画像》就有四五十张,虽然颜色不一,水平参差不齐,画工偏于稚嫩,可能是临摹者不同时期的作品,也可能是艺校学生们的作业。如果买回来,润色一下,可不可以呢?老鲁没有把自己的想法告诉胡俊和翁格格,悄悄出门了,很快就来到了那个小广场上的艺术展示区,找到了那个画摊。

"这油画卖吗?"

"大叔,您说话真是好玩耶,不卖我摆着看的呀。卖!"年轻人只抬一下头,看这个大叔土里土气的,不像是他等待的顾客,便继续玩手机了。

"大叔"的称呼,让老鲁心里不爽,虽然四十岁了,对眼前这个年轻人来说,确实是大叔辈了,可他内心里一直没觉得自己是"大叔"辈的,一直以为自己还是个青年,还有很多未来和很多钱要赚的大青年,怎么在他眼里就成了大叔?"多少钱一张?"老鲁要买他的画,不想把心里的不爽流露出来,继续和颜悦色地说。

"十块,随便挑。"

这么便宜!老鲁心扑通扑通地跳了起来。这个价格有点离谱。十块钱,连画布和颜料的成本都不够啊!随便在野地里薅几把草,在画家村的街头一摆,也不止十块钱啊!"买两幅赠送一幅。"年轻人又说,继续玩手机。

哈,这简直就是白送了。老鲁心里暗喜,一张一张地翻看,心里算着,买两幅赠一幅,就是二十块钱三幅呗,二百块钱三十幅呗,相当于捡来的。老鲁挑了九十幅,其中有二十八幅是《自画像》,余下的都是《向日葵》和《丰收》。此外,还有两幅,一幅是有一个收割者的《麦田》,另一幅是《鸢尾花》。前者老鲁也画过,难度比较大,那黄色的、被太阳烤焦了的麦子是一笔一笔点擦上去的,要是图省事地涂抹,就坏了。这一幅就有涂抹的痕迹,但也还有点看相。他多买这两幅和荷兰方面所要之画不相干的作品,无非想迷惑一下摊主,自己不过是喜欢罢了,不是要贩卖的。

"收款。六十幅。"老鲁打开手机,准备扫小黑板上的二维码。

"这么多!"年轻人终于从手机上抬起头来,看着那一大沓,惊讶地问,"多少幅?"

"六十啊，再加上赠送的三十幅，共九十幅，六百块钱，对吧？"

"对是对，可我不想卖给你了。"年轻人看到他身上斑斑点点的油彩颜料了，猜到他是干什么的了。

"为什么？我正在装修房子，买回去好吊天花板。价是你开的，说话不当话啊？"

"装修房子？"

"是。"

"你以为我不认识你？"

老鲁想了想，确定不认识这个年轻人，口气硬硬地说："管你认识不认识，你出价我出钱，就该成交。"

年轻人没讹到他，便精明地说："我是说买两幅赠一幅，没说买六十幅赠三十幅啊！你把好的都挑了去，剩下的我卖给谁？再说了，装修房子怎么会只买这三种？嘿嘿，要不这样吧，也难得遇到你这样的大买家，你要真想照顾我的生意呢，请坐下，我给你画一幅漫画可以吧？半天没有生意了，就算对我的奖励，补个小红包呗。来来来，您老人家坐好。"

格局不大嘛，不好意思坐地起价，就出了这么个招数。老鲁放松了，说："我正想画一张漫画呢，也看中你的手艺了，可我有事啊——多给你四十块钱吧，不，五十得了。"

小伙子笑了笑，成交了。

7

老鲁得意地抱着一大卷画回到了画室，想把刚才的奇遇讲给胡俊和翁格格听。可翁格格不在了，就问："小翁呢？"

"下班了。"胡俊说。

老鲁看看时间,刚六点,说明她是提前下班的。提前下班,不是翁格格的风格。这几天,她每天都是多待一小时到两小时的,到七点后才回家。虽然晚上七点后不是老鲁规定的下班时间,但他也没有规定六点下班啊。六点下班不过是通常的下班时间。他这是私人画室,按劳取酬,多干多得,少干少得,不干不得。作为学徒,可能不受时间的限制,但提前回家至少要讲一声吧。"我看这个小翁不咋地嘛,屁都不懂。"胡俊话风突然变了,"太磨洋工了,你看没看到,太磨洋工了,咱画室要的是画工,不是大师,还把自己当成人物了,转起来了。凡·高是谁谁不知道啊,一口一个文森特文森特,文森特的风格,文森特的艺术追求,文森特的交谊,谁不知道文森特·凡·高?说这些有屁用,跟咱们有屁关系!"

"前两天你不是还夸她有前途吗?"老鲁说完,突然意识到了什么,一准是他们闹了不愉快了。胡俊是个粗人,什么都表现在脸上,也表现在嘴上。开始也是他想留她的,"放屁还添风"就是他说的,后来还请人家吃饭,还不止一次地说她用笔正,用色正,有底子。这才几天啊,话锋就转了。"文森特·凡·高"翁格格又不是第一次说了,有那么反感吗?说人家"屁都不懂"。说了句"文森特",不至于冒犯你吧,一准是你冒犯人家小姑娘了。

"我那是夸她?夸她什么啦?我才不会夸她。"胡俊说,"你看我是夸人的人?她哪里值得我夸?我是说她不懂装懂,还干不出活来。她干不出活来,不是影响我干活吗?"

"影响你了?"

"影响我了。"

"你干你的,她画她的。"老鲁息事宁人地说,"互不相干嘛。"

"不一样——我当然干我的活了。可该她画的画不出来,将来还不是我来拼命顶?干一幅拿一幅钱,又不多拿,拼出毛病来,损失是谁的?"

胡俊这么说就把话说死了,而且和陈大快是一个套路,说来说去,还是嫌钱少了。老鲁不搭理他了。老鲁走到自己的桌前,把刚抱回来的一大卷画小心地打开,找几幅相对好些的,摁到墙上,远看看,近看看,心里很纠结,一会儿觉得上当了,六百块钱白花了,不,六百五十块钱白花了,真的是一堆废品了;一会儿又觉得,改改或许能改好。他想叫胡俊过来看看,出个主意,主要是看能不能改,怎么改,出点钱给他可以的。还没等开口,就听到身后响起脚步声,并丢下一句:"吃饭去了。"

老鲁听出胡俊的话里有情绪,等他吃完饭回来再说吧。

可胡俊前脚刚走,翁格格就进来了。

"啊,还以为你回家了。"老鲁说。

"没有啊,刚才出去吃了点东西,准备晚上加个小班,"翁格格笑吟吟地说,"这个点正是下班高峰期,公交车排队能排死人,不赶这热闹的。"

"胡老师刚走——也吃饭去了,你们没一起?"老鲁是个有事藏不住的人,他想知道胡俊为什么突然反感翁格格。

"我自己吃点。"翁格格显然不想说,她脸上有些细微的变化,不是太自然,又赶快打岔道,"鲁老师,你在看什么?《自画像》。这么多,谁画的?"

"看看,怎么样?"老鲁听她转移话题,也不想探究了。

翁格格走过来,欣赏墙上的画。

老鲁闻到她身上麻辣烫的味道了:"吃麻辣烫啦?"

"是啊。"翁格格不好意思了,嗅嗅鼻子,"味很大吧?"

"还行。我也爱吃的。"

"哇,太好啦,哪天我请你吃。"

"不让你请。你还没挣到钱,我请你。不过麻辣烫不挡饿的。"老鲁看她眼睛一直离不开墙上的三幅《自画像》,说,"提提意见。"

翁格格脸上的笑意渐渐收拢了,进而消退了,严肃了。她看了一会儿,说:"鲁老师别见怪啊,说真话,我喜欢你的画室,却不怎么欣赏你们的工作——我的话并不矛盾,画室有一股特别的气味,神秘、莫测、迷人而又艺术,会让人产生幻觉,也会让人联想很多,是我最喜欢的了。但是画室一直在画文森特·凡·高的作品,而且是一种低质量的临摹,让我有点、十分、特别地失望。凡·高不是那么好画的。凡·高一生都沉溺在对艺术的追求中,他有着巨大的、无法平息的、怪异的激情,有着独一无二的执着,非常人能够理解的固执。'我是个狂人!'这是凡·高向世界发布的决不妥协的宣誓,他的内心有一股强大的力量,有一团持久喷薄、熊熊燃烧、无法熄灭的火焰。不论是在津德尔特的河滩上捉夜虫、搜集画册、传播思想,还是挑灯夜读,孜孜不倦地沉湎于莎士比亚和巴尔扎克等大师的世界中,都让人倍生崇敬。而且,不仅是画画,他做任何事情都是全身心地投入。所以说,不了解凡·高,不走进凡·高的内心,不了解他所处的世界和当时的环境,画出来的凡·高,连皮毛都不是,就算是高级的模仿,很像,太像,十分像,也不过是像而已,缺少画意,缺少生命,缺少历史的沉淀,也没有传承，充其量不过是一幅复制品，一幅纪念品，仅此而已。"

"你把这话说给胡老师听过？"老鲁像是找到胡俊反感翁格格的原因了。

"大致表达过。"

老鲁明白了。老鲁画了二十多年，当老板也快十年了，第一次听人这样评价凡·高。他无法反驳她。他觉得她句句都在理。但他不懂，他不知说什么好。而翁格格平静的、直率的表达，有点感染了他，觉得这个小姑娘了不得，能说，会说，敢说。但他心里还是油然升起和胡俊类似的念头，一种不以为然、不屑一顾的念头，觉得她真的是在卖弄，是在欺负他没读过几本书。他便直截了当地说："我不管文森特·凡·高做过什么，有多了不起，我画他，画他的画，在荷兰，在法国，在意大利，在比利时，都卖得不错。实话实说吧，这一堆《自画像》，还有《丰收》和《向日葵》，是我刚刚收来的，有好有坏，需要修改。改出来了就是钱。你懂那么多，就由你来改，抓紧时间改，要改得像真的一样。"

"真的一样我做不到。"翁格格看着老鲁，嘴角牵起一丝笑意，不是瞧不起或鄙视的笑意，是内心的真话，"我们都没见过凡·高的真迹，再怎么改也不可能像真的。"

"见过画册啊，改得像画册上一样就行。"

"画册本身就经过无数次的翻拍和印刷，很失真。再说了，就是文森特自己，他画那么多《自画像》，有两幅是一样的吗？我不是不想修改啊鲁老师，从我自己的角度考虑，我宁愿临摹，也不愿意修改这些画。你别为难我了鲁老师，嘻嘻，我请你吃麻辣烫吧。"

老鲁想生气又想笑。生气，是她不听他的安排；想笑，是她还是小姑娘的做派,带有点撒娇和卖乖的样子,而且还是有点笨拙的撒娇和卖乖。老鲁便说:"好吧,你不干,只能让老胡来干了,你还是继续临你的吧。对了,老胡神神道道的,你是不是得罪了他?还是他得罪了你?"

"没有啊!鲁老师这话从何说起,他人挺好的呀,虽然长相尴尬了些,不是不是,我不是要打击他的长相,我是说,他这人挺有意思的,我不是八婆啊,他讲了你。"

"哦?"

"也不算什么事,就是说你小气——当老板的,谁不小气?不小气怎么赚钱?我就说,那是生意,跟小气无关,他就生我的气了,说我屁都不懂。哈哈,我不怪他。"

老鲁也哈哈乐了。既然胡俊和翁格格之间没发生别的事,他就放心了,说:"随他怎么说吧,干活。"

"鲁老师我争取今晚把这一幅画完啊。"翁格格欲言又止地犹豫了片刻,说,"反正我不改那堆画。"

"交给老胡和我了。"

老鲁和翁格格工作没多会儿,胡俊回来了。

胡俊是带着一身酒味回来的,头上还磕破了一块皮,露出鲜艳的血痕,像谁用画笔潦草地擦了一下。胡俊歪歪趔趄、磕磕碰碰,先是撞了一下门框,又撞了一下墙壁,发出砰砰的响声,听着都疼。该死的墙显然碍他的事了,他两手撑住墙壁,向后退一步,退两步,又向前蹿出一大步,刹住车,使劲睁睁眼,可眼睛并没有睁开,便一头扑向那块瑜伽垫了。那块卷起来的瑜伽垫被他扑了开来,他一头扎上去,半截身子躺在地上,嘴里哼哼唧唧,又一连放了几个屁,瞬间打起了呼噜。

翁格格看看老鲁,说:"醉啦?"

"醉了。"

"怎么办？"

"别管他，睡一觉就好了。"老鲁拿一瓶矿泉水，放在他头边，又把他的腿挪到瑜伽垫子上，像是对胡俊也像是对翁格格说，"好嘛，这酒喝的！醒酒喝口水，舒服。"

屋里弥漫着浓烈的酒臭味和屁臭味，连老鲁都难以容忍了，他怕翁格格更是受不了，就难得体贴地说："回家吧，今晚别加班了。"

"你呢？要照顾他？"

"不用照顾，让他睡。"

"你们男人都经常醉酒吗？老师你也喝成这样过？"

"我不喝酒。"

"稀罕人。"翁格格一笑道，"我能请鲁老师喝一杯吗？"

"你喝酒？"

"如果鲁老师肯给面子，也能喝点。"翁格格进一步说道，"刚才，关于文森特·凡·高的话意犹未尽呢，何不再交流交流？我发现了一家叫罗马假日的咖啡店，应该有点特色的。"

老鲁觉得是时候和翁格格聊聊了，她来了一个多星期了，自己和他还没有认真谈过话。他只是从翁格格和胡俊的聊天中，对她的情况略知一点。他想知道她更多的事，想知道她经过一段时间的练手，画艺精进、老到了之后，会不会留下来做一个职业画工，这是老鲁迫切想知道的。老鲁一听说要继续交流，怕她反悔似的，赶紧说："好呀，我知道罗马假日的，这家咖啡馆不错，简餐也挺好，牛排特别地道。走，我请你！"

"好呀，听老板的！"翁格格高兴了。

这些天来，翁格格难得露出如此真实的笑容，走路也轻快了很多。她今天的装扮也是十足的小清新，裙子还是那条砖红色的棉麻大肥裙（应该是她今夏的主打了），修身小T恤换了件白色的，也是带夸张图案的，鞋子是平底的尖头小皮鞋。这是对身高非常自信的女孩才敢穿的平底小皮鞋。他们穿过画家村的几条宽宽窄窄的小街，穿过明明暗暗的灯色，来到位于米格尔街拐角处的一家独立的欧式建筑里。

8

咖啡馆的环境确实不错，有点网红店的意思。靠窗的好位置都坐着时尚的年轻人，两两成双嗫嚅小谈的，也有单独一个人在笔记本电脑上忙事的。老鲁和翁格格选一个大厅里四面不靠窗的位置坐下来。老鲁拿过菜单，问翁格格要吃什么。翁格格说一杯咖啡，够了。老鲁知道她吃过麻辣烫了。但麻辣烫不挡饿的，就点了几样好吃的，都被翁格格否定了，套餐不要，煎牛排不要，法国鹅肝也不吃。她只要一杯咖啡。一杯咖啡怎么行呢？老鲁不想给自己省钱。他想在翁格格面前改变小气的名头。但翁格格坚持一杯咖啡足够了，还说吃什么不重要，重要的是想和鲁老师聊聊。被请的人什么都不吃，老鲁仿佛被歧视一样，怏怏不乐地要了一份意大利面，自己吃。待面上来了，老鲁要分点给她，她居然接受了，用筷子挑了一点点，感觉仿佛是在给老鲁面子了。老鲁又觉得，她也不是太装。

"不是要喝酒吗？给你要一杯红酒？"老鲁说。

"开玩笑的，我哪能喝酒啊。"

"那随你啦。"

老鲁狼吞虎咽地吃了意大利面，便东南西北地和翁格格聊了起来。老鲁在画家村混了这么多年,对画家村的变迁了如指掌,发生在画家村的趣事逸闻也积累了很多,讲起来没个完。翁格格认真地听,或胳膊支在咖啡桌上,或两手托着下巴,或靠在椅背上,偶尔响应地哼一声,或一笑,或颔首。老鲁说着说着,突然意识到她只是一个听众了,便收了话题,让她再谈谈凡·高。她不说话,或者是在思考该怎么说,但终究没有说。老鲁又想起初次见到翁格格的那天早上,便笑着说:"那天你那么早地来画家村,是找工作的吗?"

"哪天?噢——晓得了,那天呀,那天还吃了你一套煎饼果子呢。"翁格格快乐地说,"正想问你啊,你是不是把我当成流浪汉啦?不,应该是流浪女,是不是?"

"没有。那天光线不对,你站在背阴里,一动不动,背景的墙上全是涂鸦,我的眼睛被太阳晃花了,你就成了涂鸦的一部分了,就像嵌在墙上一样,吓着我了。也不是,不光是吓着,怎么说呢,反正吧,头天晚上,我接到荷兰方面的一个电话,然后又收到一笔可观的订金,感觉很开心,我就请画室的画工吃早餐。那天见谁都想请。还记得那只猫吗?都想请它吃一顿大餐。那天是不是冒犯了你?"

"觉得挺怪的,谈不上冒犯,不过你成功地引起了我的注意。我没有吃你恩赐的煎饼果子——那天我吃过早饭来的,是骑着扫码单车来的,来太早了,正犹豫不决不知要干什么时,就发现了你。对,是发现。后来就跟踪了你。你不知道吧?"

"不知道。哈,怪不得你找到了画室。"老鲁奇怪地问,"你在那里干什么?"

"你没觉得那天早上的太阳很厉害吗?怕太阳晒啊,走在阴凉里,有什么不对吗?女人不都是怕晒的嘛。"翁格格表情平静，声音清幽而流畅，"有没有注意我刚才用了'发现'这个词？其实，那天我发现了一个巨大的秘密，你，摊煎饼的女人，还有煎饼摊，还有那热热烈烈的早晨的阳光，是一幅很高级的构图，像极了文森特·凡·高的画，不是具体的哪一幅，像他画里的某个场景，或者说，是凡·高经常要表现的东西，写实的，夸张的，热烈的，独特的，无法平息的，很生活，很扭曲，很真实，又很艺术，总之，就是凡·高的那个味道。我就看痴了，同时也被你发现了。"

"你是说，你当时呆呆的样子，是在欣赏一幅画，一幅凡·高的画？"

"没错，可以这么说。嘻嘻，你看人准的，呆呆的样子，就是我，我有时很痴的。"

"可是怎么会是很扭曲的还无法平息，什么意思？"

"这个嘛……"翁格格想了想，像在思考着怎么表达，最终，轻摇一下头，从她的包里拿出一个速写本，翻了几页，放到了老鲁的面前。

老鲁惊呆了，速写本上果然有一个煎饼摊，一个女人扎着围裙在摊煎饼。在煎饼摊的对面，一个男人在刷手机。这个构图紧凑，摊煎饼的女人和煎饼摊是一个整体，刷手机者游离于那个整体，但又有某种联系。一只猫从刷手机者的脚前走过。背景是一排绿化树，树丛中是忽隐忽现的高低不等的建筑。一枚太阳从楼缝中升起。这幅速写的不同凡响之处是，构成这些画面的笔调，不像是一幅规矩的速写，是铅笔和墨水笔的混合，是物体、人体的变异和夸张，是抑制不住的激情和生命力，但又不失为真实场景的重现。

"你画的？"老实说，单凭老鲁的欣赏能力，他只觉得这是一幅非常高明的速写，但他说不出这幅速写高明在哪里，也无法和凡·高的画相联系。他没画过速写，也没看别人画过。他只在书上看到过。他画艺的提高，不需要速写来铺垫。他的绘画功底都是一点点积累起来的，是从没日没夜临摹数万张世界名画磨砺出来的。他所惊讶的，是没想到自己成了别人的速写对象，成了别人画中的人物，而且，特别神似。

"当然是我画的啦。"翁格格说。

"可是，这和我在书上见到的速写不一样啊。"

"为什么要一样呢？你觉得谁的画和凡·高的画一样？一样的叫临摹，叫模仿。凡·高有一个朋友，用多年的时间，试图驯服他脱缰的画笔，改变他放荡不羁的画风，而凡·高最终还是文森特·凡·高，这样的凡·高才被后人如此大规模地模仿。先不评价这幅速写，其实我也只是学点皮毛，但你会不会联想到《黄屋子》，联想到《公园里的夫妇和蓝枞树》，还有《吃土豆的人》《塔拉斯孔的驿车》《阿尔勒朗格鲁瓦桥边洗衣服的女人》？这些画中的人物和静物，人物和静物的关系，和你买饼时的情态是一样的，像是游离，又像有照应。如果运用凡·高的笔法上彩上色，真的就能以假乱真了。"

"那会不会有人说是造假？"

"当然不是。不署上文森特·凡·高的名字，就是创作。"翁格格微微一笑道，"要说造假，你搞的那么多《自画像》《向日葵》《星夜》《丰收》《咖啡馆》，才是造假呢。用学到的技法，画自己的作品，不叫造假，叫创作。"

"可是，不画《自画像》《咖啡馆》这些，挣不到钱啊！"

"从挣钱的角度来讲，当然无可厚非。"翁格格脸上的笑收敛了，"但做自己，画自己的东西，会有自己的面目，是自己的作品，可以建立自己的体系，自己的王国。"

"你的理想？"

"是的。"

"野心不小！"

翁格格自信地说："鲁老师，你是在夸我吗？谢谢你了，我将来是要成为我自己的。我喜欢文森特·凡·高，但我决不永远临摹凡·高啊、高更啊、米勒啊，我要画自己的东西，让别人来模仿我。我就是我，我要成为我自己。我希望，鲁老师也能成为你自己。"

老鲁接不下去了。他不觉得她的话哪儿不对。但他也不赞成她的话。她是在暗笑他一直在临摹别人，没有自己的创作，她不知道那是在挣钱。不过他也承认她心气很高，果然是个不凡的女孩。看来她不会留在自己的画室的，她不会成为自己想要的那种画工。与其耽误自己挣钱，还不如让她早点离开，至多一个月期满后，就让她走。

老鲁想结束这次小聚了。

但他看到翁格格目光偏向了左侧。她的目光是专注的，透着一种欣赏和兴奋。老鲁也悄悄看过去，一个和他年龄相仿的男人，坐在靠窗的桌前，正在打瞌睡，桌子上是一只带托盘的咖啡杯。老鲁认出来了，这是陈大快啊。陈大快怎么在那儿？翁格格认识他？老鲁记得她那天到他画室时，陈大快已经辞职离开了啊。她是接手陈大快那幅没有完成的《自画像》的。他们应该不认识。但是，陈大快什么时候坐在这里的呢？什么时候睡着的呢？陈大快看到他和她了吗？怎么不打声招呼？"认识他？"老鲁问。

"不认识——这是一幅很好的构图，你看他，睡得多香啊，口水都流下来了，坐姿太有画面感了。我要把他画下来。"翁格格拿过速写本，从包里抓出几支铅笔。

老鲁看陈大快的坐姿确实太不雅了，身体斜靠在椅子和窗户形成的直角里，赤裸的右脚垫在左边的屁股下，左腿撇开很远，一只鞋子横在椅子下边，而左脚上的鞋子挑在脚尖上，摇摇欲坠。这有什么好画的？老鲁想，挺丑的啊。

"鲁老师，你帮我拍张照片吧，拍我工作时的照片。"翁格格悄声说，她眼神始终没有离开陈大快，手上的笔在不停地勾画。

老鲁便用手机，一连拍了几张。

"发给我啊。"她笔还是没停，眼神依然专注。

老鲁应一声，看看照片，还行，就把照片发了几张给她。老鲁看她如此投入的样子，既不能打扰她，又不能一个人离开，干什么呢？就再次欣赏刚拍的照片了。不知是拍摄技术好，还是她本来就好看，老鲁觉得照片上的她，脸上线条很柔和，神情平静而专注，给人很舒服的感觉，再加上四周的灯色很温润，有一种淡淡的光泽，她在那样的光泽中，透出一股神奇的感染力。老鲁再看她本人，意念中，在她四周镶上了华丽的画框，居然和照片中的她重叠了。哈，她在画别人，她画画时的样子，又何尝不是一幅画？时间在悄悄地流逝，四周萦绕、回荡着咖啡甜腻的香味。她的存在，她工作的专注，让对面的老鲁不敢乱动，连呼吸都屏住了，怕不小心惊扰了她。她那么爱速写，那么爱画。老鲁再一次想起她手机里存着的画，想起她妈妈的肖像、老屋的速写。老鲁害怕自己的思绪也顺着时光回去——事实上他脑海里已经现出七十多岁老母亲的影像来了。他赶紧举起手机又拍了几张。

9

没想到老鲁栽了个大跟头。

老鲁寄到荷兰的这批画,有三分之二不合格,被退回来了。老鲁一下子傻了眼。他还从未遇到过这样的事。这是老鲁第一次被退画。而且,因为涉嫌欺诈,对方还威胁要罚款。

老鲁不淡定了,立即给荷兰方面打电话,承认因为时间紧,一部分画没有画好,他一定会弥补这个过失的。荷兰方面也并非要把他一棍子打死,对他改造的那批画,吴小姐只是一带而过,让他不能这样投机取巧了。并且暗示他,HD画廊的老板可是懂画的,一丝一毫的误差都能看出来,何况这么大的偷工减料呢。吴小姐也传达了HD老板的意思,这批画,合作还继续,在时间上不再要求了,因为没有按合同规定的时间交画,违约的款还是要罚的。但是,考虑到以前的愉快合作,如果能确保把所缺的画补上,还可以拿到该拿的款项。就是说,罚款归罚款,画钱人家也一分不少给,而且时间上还没有要求。这简直是再好不过的结果了。

即便如此,老鲁还是遇到大困难了——手下无人了。早在不久前,翁格格一个月实习期满后,他没有再留她。虽然翁格格流露出不想离开的意思,但他还是狠心地叫她走了。而就在昨天,胡俊毫无预兆地辞职不干了。一个多月前还欣欣向荣的先圣画廊,一下子变成他一个光杆司令了。这就是人们所说的"屋漏偏逢连夜雨"吗?他看着荷兰方面退回的一大包画,犯愁了。三分之二的不合格品里,也有一部分是胡俊画的《咖啡馆》和《自画像》。当时没有注意,现在看,胡俊的画,确实比以前退步了不少。不，不是退步，是没有认真，过于马虎和草率，可能太过追求速度了；也可能，他早有要走的打算，才这样应付差事的。现在，老鲁所面临的，是就连胡俊这样的画家都流失了。如果不采取措施，不仅完成荷兰方面的画有困难，还涉及他画室的前途。那么，问题来了，胡俊为什么要辞职？陈大快的辞职，有可能是因为没有涨工资，胡俊是因为同样的原因吗？他决定给胡俊打个电话，再劝劝他，承诺给他加工资。他拿出手机，拨通了胡俊的手机。铃声一直响到自动停止——胡俊不接。看来，胡俊是不想再和他啰唆了。胡俊是一走了之了，可给他造成的影响，不仅是任务没有完成，不仅是罚款，关键是，他的信誉，大打折扣了，就算荷兰方面很宽容，可谁的心里没有一杆秤啊。所以，当务之急，是要画出一批更为优质的画，最大限度地挽回不利影响。

老鲁想到了陈大快。陈大快看来工作不太紧张，他能够一个人在晚上泡咖啡馆，而且悠闲地睡着了，说明他有时间。要是请他帮帮忙，哪怕多开点费用，也行啊。不知道陈大快肯不肯给面子啊。此事不能打电话，要诚意满满地当面谈。

白色鸟画廊高大而敞亮，人一进去，就被周围的名画包围了。那个一直保持端庄微笑的接待小姐礼貌地问他找谁。他说白老板。他没说陈大快，他怕接待小姐不知道陈大快是谁。

白色鸟一看是老鲁，惊讶地说："鲁老板稀客啊！怎么有心情来我这儿？"

"你这是好地方，高级，上档次，来学习啊！"

"这一夸，我会飘起来的。是不是找大快的？"

"你看，连撒谎的机会都不给我了——我就不能来看看你，欣赏欣赏你的画廊啊！算了算了，就是来找陈大快的，这家伙在你这儿混得得心应手吧？你们是不是……啊？"老鲁把两个大拇指碰了碰。

"不会不会，就是互相利用，哈哈哈……他在干活呢，画米勒的《晚祷》，一个大老板订制的，出这个价。"她竖起四根手指，"来画室看看他。"

"四千？"老鲁觉得挺高了。

"老鲁，格局能不能大点？四千，过家家啊！四万！"

老鲁心头被震一下，一张《晚祷》要四万，难怪陈大快要跳槽了，提成不会少啊，百分之二十还有八千的收入。老鲁断了要请他帮忙的念头了，结结巴巴地说："他忙，忙就算了。我随便看看。"

白色鸟也陪着他。白色鸟一袭白衣长裙，黑色细高跟皮鞋，气质高贵而优雅，早不是在老鲁画室画一幅几十块钱的画工了，她陪着老鲁参观，也是给足了老鲁面子。老鲁心里不由得又自卑起来，觉得从他那里离开的人，都越混越好了。

"不会是来挖人的吧？"白色鸟警惕地笑问道。

"陈大快啊他就是求我，我也不要他的——人往高处走嘛，他在你这儿合适。"

"这话我爱听——调教好了，这人还是很能画的。"白色鸟看老鲁盯着一幅画，便自夸道，"这是莫奈的画，大快的手笔，你看看这些睡莲，一朵一朵的，鲜活水灵，都能摘下来了。一天画十幅和十天画一幅还是不一样的。你看这边，也是莫奈的，稻草垛系列，六幅，同一内容，高明之处是，在每幅中运用不同的光，表现一天中的不同时辰，从早晨到黄昏——这系列作品已经被订走了，十八万。"

其实，老鲁虽然在看画，但他的心早不在画上了。他没有注意那些睡莲，更没有发现稻草垛的光色变化，他在想，他发往欧洲的那些画，他们卖多少钱一幅呢？他还想，胡俊辞职后也干这个工作吗？被高档画廊聘请啦？老鲁心里产生了危机感。更让老鲁无地自容的是，白色鸟说话的口气，她说一幅四万，说一个系列十八万，说稻草垛光色的变化，说睡莲鲜活得可以摘下来，仿佛不是炫耀，而是在奚落他。

"接待室喝茶去。"白色鸟客气地邀请道。

"不了不了。"老鲁仿佛才醒过神来，杂乱无章地说，"有点事从你门口经过，就来看看了。挺好挺好。我也忙，得啦，走了。留步。"

"真没事吧？"白色鸟送他到门口。

"没事。"

"老胡也好久没见了。"白色鸟说。

"他不干了。"

"啊，胡俊不干啦？你要改行？"

"谁说我要改行？"老鲁一句也不想再说了，匆匆离开。

10

老鲁无心画画了，决定去看看翁格格。

既然画工一时两刻找不到，街上的烂画又不能滥竽充数，工作就不能停下啊。画一幅赚一幅。抱着这样的心理，他从白色鸟画廊回来就开工了。在退回的画中，包括全部的《自画像》，其中就有陈大快画的、翁格格改的那一幅和翁格格画的几幅。老鲁觉得，他从市场小摊上买来的那些被退也就算了，陈大快和翁格格的不是挺好的吗？他有点不得其解，进而又想，自己的水平和陈大快的应该不相上下,难道就不会被再退?老鲁越画手越软,越画越没有信心,就想起了翁格格。翁格格在干什么?眨眼又一个星期了。何不给翁格格打个电话?如果她愿意,还可以再回来嘛。放屁也添风。胡俊的话没错,至少,多个人气。

"喂,小翁你好,我是……"

"鲁老师,听出是你啊。你好。鲁老师,怎么,出事啦?"

这都什么人啊!老鲁立即想到白色鸟,白色鸟看出了他要"改行";打个电话,又被说"出事"了,哪来的根据啊?不过他虽然没有改行,但是如果任这样的局面发展下去,改行是迟早的事。翁格格说"出事",可不就出事啦?画被退回,画师无缘无故地辞职,都被说中了。但老鲁还是故作轻松地调侃道:"出什么事啊?哪有那么多事出啊?你才出事了——要有人请你吃饭了。"

"谁?"

"我呀。"

"哈哈……鲁老师,想不到你也幽默啊。"翁格格说,"现在才几点啊,晚上吃吗?我迟点去可以吧?我在画东西呢。"

"画啥呢?"

"画,就是一幅画,不想告诉你。"翁格格的声音犹犹豫豫的。

"能看看吗?"

"你到马各庄啦?"

"我知道马各庄怎么走。"老鲁有一天在画家村村口的公交站点,无意间看到一辆驶过的公交车,终点站就是马各庄,他默记了一下,还真的起了作用。"369坐到底,是吧?我还没到,不过快了。马各庄有好吃的馆子吗？"

"有啊，好吃的可多啦。你来马各庄，该我请你。"

"谁请都行，要紧的是我要看看你画什么。"老鲁敏感地觉得她吞吞吐吐的话里，一定藏着什么。

"要到我家啊，好紧张啊！好吧，差两站时告诉我，去接你。"

通完电话，老鲁看着墙上挂的几幅流水作业的《自画像》，越看越没劲，越看越味同嚼蜡，去看看熟人，换换心情，未尝不是很好的选择。他看看自己的穿着，觉得这样脏兮兮地去见一个女孩，似乎不礼貌。但回家换衣服又耽误时间。再说了，家里也未见得有合意的衣服。他便拐进画家村的一条小街，去一家卖纪念品和特色服装的店里，挑了一件T恤。这T恤不便宜，麻的，带有一点文化衫的意思，宽松、黑色，上面印一行小绿字：你才是画家了。他又挑了一双个性十足的休闲皮鞋，什么牌子他也不讲究了。

穿上新T恤和新皮鞋，出门后，把试衣服时换下的旧T恤和旧旅游鞋扔到了垃圾桶里。

公交车停停靠靠十几站，就到了郊外，路也不如城里平坦了，路边是一片片苗圃和绿化带，路上车少，红绿灯间隙长，车行速度很快。他感觉这段路不近。想起那天翁格格说骑扫码单车去的画家村，不禁想，这要骑多久啊，两个小时？为了锻炼还是为了省钱？他没有等到差两站时给她发微信，而是还有三站时，告诉了她——这是让她提前准备的意思。

马各庄真的是一个村庄。这和画家村的概念完全不一样。画家村是市中心一个废弃的工厂改造的。马各庄再怎么改造，也是一个村庄。都是盛夏了，马各庄还没有一点生气，一色的红砖红瓦的平房都是灰头土脸的,每户人家的墙上,都写着大大的"拆"字。

隔着老远,老鲁就看到翁格格了。

翁格格打着一把伞,正翘首望着公交车呢。

他们行走在马各庄的村街上。翁格格主人一样地介绍着马各庄的历史,并且非常遗憾地告诉老鲁,她也住不了多久了,今年冬天,马各庄就要整体搬迁了。老鲁对此并不奇怪。老鲁奇怪的是,她怎么会住在这么一个面临拆迁的大村子里。老鲁想起那天在咖啡店里,他在翻看她速写本时,看到几幅速写的建筑——水塔、烟囱、铁匠铺、豆腐坊、院墙带门楼的四合院,这些建筑上都有一个"拆"字。看来她把这里当作她创作的基地了。

拐进一条小巷,走到第二排第一户院子时,翁格格说:"到了。"

这是一户典型的北方庭院,有两间东厢,是厨房。正房是三间,当间两边各有一个房间,东房的门紧闭着,西房的门敞开着。当间除了一个方桌子和几把椅凳、几堆绘画工具,简直就是一个杂物堆,夹杂着皮箱、衣架、椅凳和靠在各种物体上的画。墙上也挂着画。从西房敞开的门望进去,有旧家具和床。床上是零乱的,散落着枕头、靠垫和布猫猫,还有笔记本电脑,深蓝色的床单拖下来。梳妆台上放着大大小小的瓶瓶罐罐。屋里弥漫着油画颜料和陌生女孩的气息。"乱死了。"翁格格说,便带着老鲁简单参观了院子、厨房,介绍了院子里的几棵树,最后回到当间,笑嘻嘻地说,"欢迎鲁老师来我的小狗窝指导。"

"挺好挺好,"老鲁再次伸头向西房看看,评价道,"乱而有序。"

"哈哈……还是鲁老师会说话。鲁老师,我没茶,给你泡一杯咖啡啊。"

"不喝了。"老鲁看到了方桌上的烧水壶和咖啡杯,"挺宽敞的,就你一个人住?"

翁格格看一眼东房,嗫嚅道:"不是,室友上的是夜班,她正在屋里睡觉。"

"哦,那咱们说话小点声。"

"没事。我们一会儿去吃饭,你看看我的新画。"翁格格站到其中的一幅画前,"本想把这幅画带到你的画室请你指点的,正好你来了——是不是很熟悉啊?我给它起了个名字,叫'煎饼摊前的男人',或者叫'早餐'。"

画面确实很熟悉,就是那天他买早点时的情景再现。如果说,那天在咖啡馆初看到这幅速写时,他震惊了。那么,现在他不再是震惊,而是感叹,感叹她能把生活如此还原,能让生活变成一幅有质感的画。为了传达摊煎饼的女人粗犷的特征和细心的操作,她用了强烈对比的饱和色彩的厚重笔触,红色的围裙衬托着暗灰色的煎饼摊,地下则是明亮的橙色砖块,摊煎饼的女人的面部神情,在晨光照耀下显得祥和而温馨。等待早餐的男人的面目和表情看不清,但通过刷手机的手指滑动的动作和身体的朝向,能看出这是一个心不在焉的男人。事实上,老鲁当时关注的真不是手机内容,也不是煎饼摊,而是躲在墙根阴凉里的翁格格——居然在画上得到了体现——只露出一缕酒红色的发梢。老鲁心中的秘密像是被窥探了。

"不好不好,"老鲁说,"煎饼摊前的男人显然不是主角,叫'早餐'也太普通了,还不如叫'摊煎饼的女人'。"

"暂时可以这样叫,但我还有一个名字,先保密。"翁格格诡秘地一笑。

"哈……这有啥好保密的。"

"要保密。鲁老师,我准备再画这一幅。"翁格格打开手机,让老鲁看。

老鲁看是自己给她拍的照片,就是她在咖啡馆给陈大快画速写时的照片,这是一张特点非常明显的照片。老鲁也喜欢,他由衷地说:"这张照片好。"

"谢谢。你拍的。名字我都想好了,叫'画速写的自画像'。将来我也能像文森特·凡·高那样出名的。哈哈……吹牛了。走,请你到我们村里的高档饭店吃一碗炸酱面,纯北京乡村风味的炸酱面。"

老鲁的手机就是在吃炸酱面时响起的。

这是荷兰方面打来的电话。打电话的,还是荷兰代理商的中国籍店员吴小姐。吴小姐告诉老鲁,老板也分析了这批画作失败的原因。事实上,从上一批画中,老板已经觉察到整体艺术水准下滑的趋势了。这次退画也是万不得已,是对艺术的负责。老板还是器重他的。为了他能够画好,能够继续亲密合作,特邀请他去荷兰国家博物馆、凡·高博物馆和凡·高故居访问,参观凡·高的真迹。吴小姐还告诉他,到了荷兰,可以住一周,也可以住两周,甚至更长的时间。在荷兰的吃住行都由荷兰方面解决,他只负担往返机票就可以了。

接电话的过程中,老鲁本想避开翁格格的。但乡村小馆子太小,门外也就是两步宽的小巷,店里店外很难真正地回避。再说了,也不是什么秘密的谈话,他就和吴小姐交流了。主要是谢谢对方。又告诉对方,他没有要去荷兰的打算。能参观凡·高博物馆和凡·高故居当然好了,他也是有兴趣欣赏凡·高的真迹的,待时机成熟时,一定去。说到被退回的画时,他表态说会认真对待,请对方告诉HD的老板,让他放心。

老鲁没有注意到,翁格格听了他拒绝去荷兰参观访问时,急得就差抢过他的手机答应对方了。所以,当老鲁一结束通话,翁格格马上就说:"鲁老师,多好的机会啊,参观凡·高博物馆和凡·高故居,欣赏凡·高的真迹,可是我做梦都想的事啊,你怎么能不去呢?你不去把机会让给我啊。"

"忙死了,哪有时间?往返的机票要花多少钱?你可能听到了,上次那批画,三分之二被退回来了,损失太大了,我得抓紧画啊——这个胡俊也太不讲道义了,在这个节骨眼上辞职,这不是坑我吗?你呢,瞧不起我们画室,也不愿意为我干活——我是看你不愿意才让你走的。其实我应该挽留你。我这次来,就是想请你再回画室的。"

"我不是不愿意,也没有瞧不起的意思,我没法像胡老师和你那样画,我每一笔都要琢磨琢磨的,不琢磨透了,哪敢下笔啊。再说了,没看过真迹,模仿的都是印刷体,怎么画也画不出文森特·凡·高的神韵来。"翁格格看来是真急了,她筷子都放下了,两手撑住桌面,神情焦虑地说,"鲁老师,要想提高绘画水平,要想先圣画廊稳定发展,要想先圣画廊脱颖而出,荷兰方面的邀请,一定要认真考虑啊,去和不去、看和不看,肯定不一样的。再说了,哪有这样的好事啊,只要掏往返机票就行了。去,一定要去!鲁老师,一定要去啊!"

老鲁继续不疾不徐地说:"我最不爱出门了,连老家都不想回。"

"不一样。这不是一般的旅游,这是学习,是提高,是为了自己的前途,是每一个画家都梦想的事。鲁老师,要不你把名额让给我,不,就说我是咱们画廊的代表,你派去的全权代表。我有护照。机票钱我来花。"

"这样能行?"

"行!鲁老师,你要能促成我去荷兰参观访问,我一定要为你的画廊做贡献。我的画,你在我家看到的那些,都捐给你——别说我画的不值钱啊,那可都是我的心血!"

"哈,还真画了不少。"

"当然。"

"值钱不值钱先不说,可我卖给谁?"老鲁很现实地说。

翁格格脸也红了,可能她也为太高估自己而不好意思了。但话既然说了,再辩解也就没意思了,干脆道:"鲁老师,我要是你,绝不再画别人的东西了。别人的东西再好,也是别人的,你一定要打造自己的特色画廊,全卖自己的作品,也许会有暂时的困难,但这绝对是一条正确的道路。鲁老师,你一定能做到的。"

11

事情真是太出人意料了,去荷兰的,不是翁格格一个人,也不是老鲁一个人,而是老鲁和翁格格两个人。

老鲁架不住翁格格的三寸不烂之舌——翁格格真是执着啊,真是拼啊,真是能说啊,她抓住自己的死理硬是不松口,一定要作为老鲁画室的代表去荷兰。老鲁可能觉得不为她争取一下,炸酱面不但吃不成(已经冷了),恐怕人也离不开马各庄了,便打电话给荷兰方面,向吴小姐说明了他的意图,也就是翁格格的意图。这吴小姐看来很当画廊老板的家,不但同意他的方案,还力劝他也同行，说真是难得的好机会，既然代表都能来，你为什么不能来？而且有两人做伴就不觉得旅行孤单了。吴小姐可能也是懂画的，她的一部分观点和翁格格如出一辙，即看凡·高的真迹和看印刷品绝对是不一样的两种体验，再参观一下凡·高长期生活和艺术风格形成的地方，对自己是一个很大的提高。为了未来，为了钱，这次荷兰之行绝对值得。吴小姐的劝说，加上翁格格不停地怂恿，这次旅行居然就在马各庄一农家小餐馆里被定了下来。

旅行签证很简单，加上老鲁也有护照，两人很快便办好了手续。待确定的行程一到，两人便从首都机场直飞荷兰了。

十四五个小时的长途飞行是寂寞难耐的。他们早已料到了这种寂寞难耐，便各自带了一本书。老鲁平时不看书，带什么书呢？想了很久，才决定带一本《聊斋志异》，不是全本，是上册，而且不是白话聊斋，是竖排繁体字文言文。老鲁小时候听母亲讲过不少鬼怪狐狸精的故事，长大了才知道这些鬼妖故事大都来自《聊斋》。利用这次机会，重温一下小时候听过的故事，也是对母亲的惦记吧。翁格格则做了充分的准备，她专门去画家村的艺术书店，买了一本比砖头还厚的《凡·高传》，是美国人史蒂文·奈菲和怀特·史密斯合著的，在飞机升空平稳飞行后，她就捧起了书，专注于凡·高的世界了。老鲁也开始读书，读几行，读不进去，思想老是开小差，想着这次荷兰之行的意义，想着会有什么样的结果，想着和一个基本上不了解的女孩出远门，而且是去异国他乡，究竟合不合适。他想着想着，想不出结果，便懒得再想了。想什么都是无用的，做好自己吧，做好自己就好了。通过这几天办签证的频繁接触，老鲁对翁格格有了大致的判断。她是学西画的大学生。翁格格是她的真名。今年刚刚毕业。她有自己的绘画理念和追求。她沉湎于自己的世界中。她并不想对他有太深的了解。她不问他绘画之外的任何事，没问过他家庭，没问过他婚姻，没问过他的经济状况。所以，她死死地揪住他一起出行，确实仅仅是为了艺术，为了凡·高，或许还有一点点对异域风光的好奇。那他也要知趣地把控好自己的情绪和作为了。他老大不小的年纪了。他现在的状态，完全背离他当初离开十万大山里那个偏僻小山村时的初衷了。那时候，他目标明确：到大城市来，打工，赚钱，回家起楼，娶媳妇。没想到没过几年，他就打消了这样的想法——楼是起了，媳妇却一直没娶回家。或者说，回家娶媳妇的想法早已改变了。起了两层小楼，也只是让母亲住得更舒适一些。即便是有朝一日娶了媳妇，他也要在城里安家了。但媳妇也不是那么好娶的，十年前他谈过一次恋爱，失败了。女的是他的徒弟。那是他信心满满地从别人的画室出来单干后收的第一个徒弟。他对女徒弟第一印象非常好。女徒弟对他也好。二人相处融洽，两情相悦，没多久就开始谈婚论嫁了。让他没想到的是，女方提出要出国留学，学费由他承担，等学成回来就结婚。他心里就开始动摇，并对女方的动机产生了怀疑。但又不甘心，提出先结婚，后送她出国留学。女方又不同意了。如此相持了不到一个月，女方得到另一个男人的经济援助而成功出国了，他们的爱情也就自然夭折了。此事对他打击很大，造成的影响很深远，他轻易就不再谈女朋友了，连交友也开始谨慎起来。所以对于翁格格，他从一开始就警惕——不是要警惕翁格格，而是要警惕自己的非分之想。他们之间也确实安之若素，不要说碰撞出什么火花或有什么暗示的话了，就连和工作无关的话，也很少涉及。他感觉到翁格格对他也是心存戒备的。就说那天在马各庄她家吧，她说有一个上夜班的室友正在补觉。事实证明，是她虚构出来的，是她放的一枚烟幕弹——那间屋里并没有人补觉，否则她不会在他压低声音说话时，还保持正常的声调，甚至多次抬高嗓门。更重要的是，他们在出门吃饭时，她把门锁上了，是一把"U"形锁，从外面锁上的。屋里真要有人睡觉，她会从外面锁上门？里面的人根本无法开锁出来呀。另外，约定同行荷兰后，她在最初的兴奋之后，也只顾准备自己的行囊了，对他的出行准备漠不关心。现在，飞机上，她看书是专注的，偶尔会放下书，和他说句什么，不是关于外面好看的云层，就是夜空中闪亮的星星，最多再猜测一下飞机到达哪个国家的上空了。他能感觉到，她和他说话，明显带有恩赐的意思：瞧，我要不和你说说话打打岔，你会很孤独。同时他也感觉到，她的话，是不需要接茬的，如果他不识时务地顺着她的话继续聊下去，从她的语气里就能感觉到一种克制的厌倦或无奈的应付。

整个飞行中，他除了睡觉，其他时间都在看电影。

终于到达阿姆斯特丹了。

吴小姐开车在机场出口处接到了他们。由于已经是荷兰的晚上十点多钟，吴小姐告诉他们，没有再安排其他活动。他们就被直接接到了酒店。吴小姐是天津人，艺术学硕士，三十多岁的样子，瘦高挑儿，白净脸，办事非常干练。由于老鲁跟她打交道已经有几年了，有过频繁的通话，所以虽然是第一次见面，也并没有陌生感。吴小姐一边开车一边和老鲁说话，介绍接下来七天的安排。老鲁听了也没有记住，无非是接风酒会，参观画廊，参观博物馆，参观凡·高故居，然后还是参观、参观，最后是送行酒会。

在酒店大厅办理入住手续的时候,吴小姐才说:"老板只安排一个房间——你们……"

吴小姐停顿下来,试探地看了看老鲁和翁格格。

老鲁心里"咯噔"一声。他没有看翁格格。他不知道翁格格怎么想。

吴小姐从老鲁和翁格格细微的表情变化上可能看出点什么了,接着说:"如果要再开一间房,费用得自己付,也不贵,一百八十欧元。"

老鲁瞬间把欧元换算成人民币,咬牙刚想说再开一间,翁格格抢着说:"挺好呀,干吗再开一间?挺好挺好。"

老鲁就不说话了,既然你不介意,那就省一百八十欧元。

吴小姐把他们送进房间,道声晚安就离开了。

房间不小,相当于中国五星级宾馆的一个标准间。房间正中是一张铺着洁白的床单的大床,一张桌子,两把椅子,橱柜什么的一应俱全,窗户下还有一个长沙发。卫生间比国内宾馆的卫生间要大。床头上方的两侧,分别挂着两幅油画,一幅是凡·高的《有乌鸦的麦田》,另一幅是凡·高的《自画像》。老鲁一眼认出来,这两幅油画都出自他的手笔。老鲁对房间瞬间就有了亲近感。

吴小姐一离开,翁格格就"扑哧"笑了,她盯着老鲁看,眼睛狡黠地闪烁着,一反平日的态度,调皮地说:"放心鲁老师,我不会欺负你的——这沙发正好让我睡。"

老鲁不自觉就被带进她的话语节奏里:"那不成,你睡大床,我睡沙发。"

"鲁老师,这次你得听我的,我个头比你小,睡沙发正合适。"翁格格打开箱子,开始往外拿东西,很快,沙发上就堆满了她花花绿绿的物品,"累死了。我先去洗个澡啊。"

两人都洗过澡之后,各自穿着睡衣躺下了,却都睡不着。一男一女同居一室,对于老鲁和翁格格来说,都是头一回。老鲁还是避免不了尴尬,想着更尴尬的应该是翁格格吧,便不再说话,准备好好睡一觉,听吴小姐的口气,明天的活动很重要。

"几点啦?北京时间。"翁格格说,语调很中性。

"不知道。不管他了,肯定是大白天。"老鲁眨巴着眼,精气神十足。他估计翁格格时差也不会这么快就倒过来,一看,果然,她穿着略显宽大的两件套的格子睡衣,一条腿跷在另一条腿上,晃晃悠悠的,捧着《凡·高传》,专心看书的样子,身体语言也挺悠闲的。老鲁觉得她的悠闲,实际是一种坦荡、一种暗示,也是对他的提醒,在接下来连续几天的两人世界里,互相要保持相应的距离,但也不能很拘谨。老鲁也用很中性的语调说:"还看书啊?"

"睡不着,"翁格格把书搁在胸前,"说说话嘛,鲁老师。"

"说呀。"

"你说 HD 画廊有多大的规模?"

他其实也没有概念,随便应付道:"不会小吧,能雇得起中国的员工,一次还要那么多画,肯定规模很大。"

"我也这样想。看看人家大画廊是怎么运作的,好好学学。对了鲁老师,有一件事没和你商量——我也是想趁这个机会表现一下——我把那幅画带来了,就是摊煎饼的女人那幅,记得我说要改名字吗?改叫'画面之外'了。我的意思是,画面之外,还有更好的风景,更迷人的风景,你说是不是我用三个意象来表达,一是用煎饼摊前那个男人的脚尖的朝向;二是被风吹进画面一角的一缕女人的头发;三是煎饼摊的鏊子上,除了正在做的一张煎饼，边上还摞着叠好的一张——那是给画面之外的人准备的。我想把这幅画捐给你的客户，就是HD的老板，你说这会不会冒失呢？"

"不冒失。这是好事，算是送给他们的见面礼。你做得好，周到。"老鲁嘴上这样说，心里却深有感触，觉得他当时的那点小心思叫她看了去，难道不是吗？脚尖的朝向正是她所站的位置，而从飘进画面的长发上可以看出这是个女人。明显是在说，这个等早点的男人心不在焉，是个好色之徒。画面之外也不够准确，何不叫"食色"呢？老鲁觉得这个翁格格不得了，心思缜密，洞察一切，自己可要小心应对，不可造次，要做个绅士，收敛内心的贪婪，因为有些事情的分寸只在毫厘之间，"恶心"和"开心"瞬间可以切换。

12

然而，让老鲁和翁格格非常失望的是，HD并不是一家画廊，而是一家纪念品商店。

当老鲁和翁格格被吴小姐接到HD时，当他们看到在一条古老的大街上，HD不过是比周围的几家纪念品商店略大一点的店铺时，面面相觑，都不相信眼前的景象了。在老鲁和翁格格的想象中，HD应该有一个很大的、华丽而整洁的展厅，展厅里展示的，是来自世界各地的艺术珍品，而不是以售卖各种有关凡·高绘画的仿品和纪念品为主的老房子。翁格格还小声地问吴小姐这是不是HD画廊。吴小姐非常肯定地说这就是HD，也是画廊。

HD的老板是个矮胖子，叫里杰·巴斯腾，他西装革履，笑容可掬，带着他三四个人的接待团队非常得体地领着中国客人参观了他的"画廊"。"画廊"是敞开式的,进门是一个不大的厅,在厅的四周,摆放着大量的画,尺幅都不大,几乎全是名画的仿制品,凡·高的居多。在一面稍大的墙上,集中挂着七八幅凡·高的《自画像》《向日葵》《吃土豆的人》《坐着的轻步兵》《在圣玛丽海边的渔船》等名画,一看就是老鲁提供的。巴斯腾在这面墙下站定,举起右手,对老鲁和翁格格说了一通,吴小姐翻译说,来自鲁先生画廊的作品,一直受到高规格的礼遇。在本部是如此,在几个分部也是如此。老鲁也只能跟着吴小姐的笑容而笑笑,表示感谢,却心情复杂。巴斯腾和几个分部的经理又带他们继续参观。在一排柜台的上方和柜台里侧的彩色绳索上,一排排用夹子夹着的仿制品,全部出自老鲁的画室。绕出柜台,有一扇门。巴斯腾在推门进去时,卖了个小小的关子,说接下来是最惊喜的时刻。推门而入,真是别有洞天,这是一个面积和外面基本等同的区域,几乎没有别的摆设。窗后有一个小院,另有侧门相通。从窗户外出去,小院里有大树和碧绿的草坪,大树下还有一个秋千,是个幽静的场所。巴斯腾抬一下手臂,把老鲁的目光拉回到室内,并介绍说,这是精品陈列厅。老鲁这才理解所谓惊喜时刻,是指墙上所展示的画,没错,墙上的画,比外面的布局要考究得多,有了点老鲁希望的那种画廊的感觉。只是在这么多凡·高的仿品当中,属于老鲁的画只有一幅,也是《自画像》。和另外几幅《自画像》相比,这幅《自画像》不比别人的高明在哪里。和自己的《自画像》横向比较,只是色彩更浓艳了一点,特别是凡·高的棕色胡须,格外出挑,像是受某种微光的映照,以至于把凡·高的耳朵都映成了透明状的棕红色。老鲁对这幅画有印象,大约是前年冬天的作品,他画出后,以为画坏了,没想到被当成精品陈列了。

巴斯腾简单介绍了精品陈列室之后,由吴小姐主持的捐赠仪式开始了。由于早上电话已经联系好,老鲁和翁格格要向画廊赠送一幅创作作品,并把作品先期送到了画廊。所以,不多的来宾都很期待。

在吴小姐的引导下,老鲁和翁格格被请到画前,和巴斯腾一起,把盖在画上的白布共同揭开了。现场响起了热烈的掌声。巴斯腾欣赏后,发表了答谢致辞,并表示,要把这幅来自遥远东方的作品永久陈列。

赠画这一插曲,给老鲁带来了意外的安慰。他从巴斯腾的表情和吴小姐翻译的口气中,能够感觉到,巴斯腾是真心喜欢这幅画的。老鲁暗暗敬佩翁格格了,觉得翁格格这次来对了,给他争面子了。就算是他的作品(应该是商品)一直没受到HD的重视,一直被当成纪念品批量出售,有了这个小插曲,也不算失败了。

招待午餐是典型的荷兰风格,就在后院的大树下,临时摆上了桌凳,菜也是自制的,简单而有仪式感。老鲁吃了不少,也喝了一些红酒,似乎没有吃饱,似乎也不想再吃了。他期待下午的活动——参观国家博物馆,观赏凡·高的真迹。

凡·高的真迹再一次给他带来巨大的刺激。这是他第一次见到凡·高的真迹,不是一幅,不是两幅,不是三幅,而是很多幅,其中包括他临摹过无数次的数幅名画。在凡·高的一幅幅真迹面前,他感受到一种无法逾越的高度,感受到了距离的遥远。他的各种临摹,连凡·高的万分之一都达不到,至少他觉得凡·高的每一笔油彩,都是凸出来的。凸出来的技法,他也能熟练掌握,但都无法和凡·高相比。那凸出的每一笔,都有棱有角，在不同的角度有不同的透视，而且油彩的亮度和光度，完全不一样，整体的颜色更是不同。在凡·高的真迹面前，他第一次产生放弃的冲动，觉得再这样画下去，就是死路一条。同时，在翁格格接连发出的细微的惊叹声中，他还有一种亵渎神灵的负罪感。他也体会到为什么翁格格不屑于为了金钱而对凡·高无休止地临摹了，也理解了她为什么一定要走自己的路、画自己的画、做一个真正的自己了。

参观第一天，老鲁就动了回家的念头，觉得这次荷兰之行的目的达到了，看到了神，认识了自己，定位了位置，发现了差距。接下来再去别的地方参观，比如凡·高博物馆，凡·高的出生地，凡·高活动频繁的几个城市和乡村，看了也就看了，不会再有新的感慨了，不过是在原有感慨的基础上，加了着重号而已。

某天晚上，回到宾馆，老鲁闷闷不乐，躺在床上，两眼望着天花板，一动不动，心情还沉淀在自己的感慨里，还在盘算着自己的未来。未来在哪里呢？他的目标还没有清晰起来，还在遥远的远方。他看到翁格格倒是挺开心，洗完澡，在她的沙发上翻手机——她拍了太多的照片，虽然凡·高的真迹禁止拍照，她还是兴致很高地拍了别的，建筑、街道、河流、老桥、森林和大树，甚至人造雕像和街头艺术家。她几乎逮到什么拍什么。

"鲁老师，看微信，发了几幅照片给你。"翁格格说。

老鲁拿过手机，看翁格格发来的一大批照片，主要有两个部分，一是和别人的合影，都是他参加活动时的影像，是翁格格的抓拍；二是风光照，有荷兰国家博物馆的入口处，还有HD的店门和橱窗。老鲁翻翻照片，想着要不要选几幅发朋友圈。又想想，算了，他很少发朋友圈，可以说一年也摸不准发一条两条。如果把这次荷兰之行发朋友圈了,会有很多人看到,画家村的同行们他倒是不用担心,老家的亲戚同学肯定会盯住他不放的,万一要托他带点什么东西,怎么办?答应还是不答应?不是他对老家的亲戚同学薄情寡义,是他完全没有那个心思。再说,万一让老母亲知道,国都出了,那么远的路都能去,责问他怎么不能回一趟老家,就惹大麻烦了。因为他来荷兰之前,给母亲打了个电话,没说出国的事。而母亲倒是问他中秋节回不回来。离中秋节还有一个多月,母亲就巴望他回了。他当然想回了。可回去也是麻烦一大堆,就狠狠心说不回。他能感受到千里之外的母亲那轻轻的叹息声。

  翁格格说了句什么,老鲁听到了,但老鲁还在回忆的世界里没有走出来,看她一眼,没有搭话。她也没再说,顿了顿,了然无趣地拿过速写本,照着照片画着什么了。老鲁继续看手机,看到高中同学群里有几十条未读短信——有人在群里发了很多照片,是他当年读书的古镇老街的照片。这个镇不大,三面临山,一面临水,只有一条古街道,依傍山势,沿河蜿蜒。街面上,铺着石板,经千年踩踏,光滑如镜。中间一条车辙更是凹下去很深,诉说着陈年的历史和久远的记忆。只有两三米宽的街两边是陈旧的木头房子,有的还很结实,也气派。而大多数房子已经歪歪斜斜破败不堪了。上传照片者在呼吁同学们,要保护古镇,保护古街,因为老街要拆除了。老鲁的记忆被带回到二十多年前的古镇,带回到他当年就学的高中,几十张旧时同学年轻的笑脸开始在眼前依次浮现。

  "睡觉!"翁格格放下速写本,突然来这么一句,似乎带着某种情绪,某种不满,命令自己,也暗示老鲁,明天还有活动,别太晚了。

因为灯的控制开关在老鲁的床头,他就执行了她的指令,关了灯。

房间里顿时一片漆黑。

翁格格的口气,让老鲁突然想起她刚才的话。她说什么呢?老鲁想起来了,问他照片好不好。他走神了,没有做出评价。老鲁顺着思维回溯:她是满怀期待地发了几十幅照片给他的。他看了,欣赏了,没有批评,没有表扬,没有讨论,也没有谢谢。她一定觉得自己被轻视了。老鲁想补充一个谢谢,又觉得,相隔时间太长了,这声谢谢要加很多注释的。

13

余下的几次参观,对于老鲁来说,没有什么可欣喜的,也没有什么可激动的,所走所看也不过如此。巴斯腾看样子很忙,陪同、出行都是由吴小姐负责。吴小姐也严格按照事先排定的行程。老鲁发现,这些行程都是以阿姆斯特丹为中心,向外扩展的,早出晚归,有时回来得早一些,有时回来得晚一些。吴小姐既是导游,又是司机,还是翻译,还时不时地给他们一些建议。他们所看的,有中世纪的古堡,有海洋博物馆,有藏在森林里的小镇。他们还听了一场音乐会,看了一个现代艺术展。有一次回来得早了一些,才是当地时间下午四点多钟,吴小姐提议去看一个行为艺术绘画的现场表演,要拐到另一个城市去。老鲁问吴小姐要拐多少路,吴小姐说两个多小时,活动是在晚上七点半,一个小时结束。老鲁想,花这么多时间拐这么多路去看一场行为艺术,不值得。就说算了,回来会太晚,好好休息,后天回国。翁格格只能遗憾地跟吴小姐笑笑。

回国前的最后一个晚上,是送行晚宴——烧烤,也在 HD 后院的草坪上,不像上一次那么正式,人也少了一些,设在别的城市的 HD 分部的几个经理没有来,就巴斯腾、吴小姐和老鲁、翁格格,外加一个烧烤师傅。老鲁有一种莫名的兴奋,可能是即将踏上归国的行程了,他和吴小姐接连干了几杯,表示这次荷兰之行收获很多,并感谢她完美的安排和陪同,还承诺,回国后,抓紧工作,以最好的状态,把欠下的作品画好。吴小姐把他的话翻译给巴斯腾听了。巴斯腾的胖脸上笑出了好几圈深沟,很中国式地敬了老鲁一杯。

回到宾馆已经很晚了。

可能是喝了太多红酒的缘故,老鲁面红耳赤地和翁格格不停地说话。红酒后劲大,他的话也一反常态地越说越多,如影随形地跟着翁格格说,说这次荷兰之行的感想,说回去的打算。翁格格换鞋时他说,翁格格烧水时他说,翁格格照镜子时他说,翁格格去卫生间换衣服时,他差点跟了进去。反反复复说的就是那几个事,画廊、森林、乡间、西餐、烧烤,说各种博物馆,说对吴小姐的好印象,说巴斯腾其实也并不坏,做生意嘛,还能怎么样,这次他应该没少花钱。最后说到凡·高时,老鲁突然不说了,他醉眼迷离地问翁格格:"凡·高,凡·高咱们还画吧?"

"不画还能干什么?画!"翁格格附和着老鲁已经说了很多的话,她每一句话都是顺着老鲁的话说的。她知道他喝多了。

"好,那就画!小翁,我要画一幅自画像你信不信,关于我的自画像。我这几天都想好了,我的自画像,肯定比凡·高的出名,凡·高画都是些什么东西!"老鲁终于还是表现出醉态了,他看着床头上方的自画像,跳到床上,摘下画,对着画

"呸"了一口，恨铁不成钢地说，"把凡·高的自画像画成这样啊，羞不羞耻！"

最后这一句，倒不完全是醉酒了。

"鲁老师，鲁老师，"翁格格跟到他跟前，她怕他把画弄坏了，惹出麻烦，赶紧抢过来，继续顺着他的话说，"是啊是啊，鲁老师你肯定能画一幅自画像的。凡·高的自画像怎么能跟鲁老师的比呢？"

"废话！"老鲁瞪着翁格格，"不许说凡·高的坏话。"

"好，不说了。鲁老师，早点休息，明天要早起去机场。"

老鲁往床上一坐，不说话了。

翁格格准备把画重新挂上时，看到这幅画的背面被人涂鸦了，而且是几次的涂鸦，其中有不堪入目的内容，也有评论，有两条是英文评论，是骂模仿者糟蹋了凡·高，还有一条高度评价了其中的一幅涂鸦。

老鲁也看到涂鸦了。老鲁从翁格格手里抢过画，要把它摔了。

翁格格拼命地阻止，老鲁才算住手。

"鲁老师，你去冲个澡，早点休息吧。"翁格格再次劝道。

老鲁愣愣神，这回听话了，去了卫生间。

老鲁打开花洒，任莲蓬头里的水尽情地喷溅，自己却并没有脱衣站在莲蓬头下，而是扶着面池，艰难地站立着，努力想稳住自己。但是，他头越来越沉了，眼睛也迷离起来，所看的物体，都在飘忽浮动，都在旋转，都在上蹿下跳，不停地分离出多个物体，又和自身的影像重叠，再分离，再重叠。他抬头看了看镜子。镜子里有一张既陌生又熟悉的梯形肥脸，短短的粗脖子，肥厚的黑嘴唇，两只眼睛像牛眼一样地外凸，身上的肉在腰间堆积、隆起，成了一个游泳圈。这家伙是谁？真丑啊，敢眨眨眼吗？老鲁感叹着，眼睛一眨，一眨，一眨。镜子里的影像，在他每一次眨眼中，又换成另一副模样了，每一副样子同样熟悉又陌生。与此同时，他牢牢地抓住面池的一角，把面池当成房子的把手——他想稳住房间。但房间越来越稳定不住了，某个地方开始翘起来，他身体也不由自主地往后退。他想闭上眼，又怕会跌落进另一个世界里。他害怕了，害怕马上站不住了，强撑着，拉开门，扶着墙壁向外挪动着脚，朝着床狂奔而去。

但他终究没有扑到床上——离床还有一步远时，趴到了地板上。

14

老鲁来到画家村的先圣画廊，已经是从荷兰回来的第四天了。这四天里，他大多数时间都在蒙头大睡，不睡时，也处于迷糊状态中，感觉像生了一场病。

老鲁刚到画室，就接到胡俊的电话了。

"在画廊吗？"

"什么事？"老鲁没好气地反问道。

"面谈。"胡俊一副神秘的口气。

不知为什么，老鲁并不想见他。

胡俊一副志得意满的样子来到画室，和从前那个画工完全判若两人。

"老鲁，你这些天干什么去啦？听说你的画廊好久没开门了，去哪浪啦？还是闷头发大财啦？还有点款没结清，没忘吧?"胡俊笑嘻嘻地说,"不过我不是来跟你要钱的,那点款不要了。我是来给你送钱的。"

"你有那么好心吗?"老鲁看不惯他那副嘴脸,知道他葫芦里也没有好药卖,便警惕地问,"什么事?"

"当然有事。以前都是你帮我,现在到我帮你的时候了——也算不上帮啊,就是正巧有这么个机会——简单说吧,画一百张凡·高的《自画像》,我给你这个价。"胡俊竖起了两根指头,"两百,可比你给我的多得多哦。"

"吃错药了吧?我给你画!你不知道我都忙死啦!"老鲁说。

"嘿嘿嘿⋯⋯老鲁,你就这点不好,不说真话。你的事我听说了,货都叫人退回来了,都关门歇业十几天了。"

"谁说的?"

"以为画家村大了就没人知道?退货那天有人看到了。"

"你知道个鬼!老子正在忙大事。告诉你也无妨。"老鲁正色道,"我搞原创了,不会再画别人的东西了,凡·高啊毕加索啊,都滚一边去吧。我要开一间画廊,一间专门展示自己作品的画廊。你小子没想到吧,我赚了很多钱,赚够了,赚腻了,不玩那些低档货了。哈,不过你来接手也正合适。"

"哟,看不出来呀老鲁。"

"你能看多远!"老鲁不屑道。

"搞原创?就你?理想很丰满,现实很骨感哦,不会是中了魔了吧,不,你不会中魔,你没那么幸运,你是中了翁小姐的美人计了——真不画?"

"不画。"

"画画的猪找不到,画画的人,画家村一撸一大把。"

走了！"

　　胡俊走后，老鲁呆坐了好久。刚才那番话，并不是他的即兴发挥。他回来几天了，什么也不想干，除了睡觉就是睡觉，倒时差也不至于要倒好几天吧。把荷兰方面的画补齐的承诺，也忘到九霄云外了——不是忘，是想方设法不去想它。没错，胡俊说他是中了美人计。美人计倒是谈不上，但确实和翁格格给他灌输的观点有关，或者说是翁格格的话在发酵，在作祟，在潜移默化地影响他。搞原创画廊，就成了他心里摇摆不定的想法了。叫胡俊一刺激，这个念头再一次清晰起来。

　　翁格格在干什么呢？老鲁不能不想到翁格格了，一定在家画画了。在回来的航班上，翁格格继续捧着那部《凡·高传》读，还说这次旅程的一个大收获是看了真正的文森特·凡·高，另一个大收获，就是读完了一本她早就想读的书，而且这书对她启发很大。那么，老鲁的收获又是什么呢？真的要改弦易辙吗？还是在回程的航班上，还是在他忍受着脑壳疼痛的时候，就涌出一套完整的计划了。

　　说干就干！老鲁下决心了。

　　老鲁开始整理画室。说是整理，其实就是清理，除了能用的东西，画布、颜料、调色板、大大小小的画笔等必须留下外，其他东西全部当成垃圾扔了。

　　几个小时后，画室里干净多了。他面对光秃秃的四壁，想象中，如果挂上的，都是他自己的原创作品，那是一种什么样的感觉呢？他心里有一股热流在翻滚，有一种情绪在涌动，那是一种创作的冲动。

　　老鲁在手机里找了一张照片。这是翁格格拍的照片，是他的一张侧脸，在HD后院参加晚宴时拍的，光影非常美，背后的物体都虚拟了，只有那个挂在老树上的秋千还能辨清。而秋千上停着的一片泛着金色的树叶，和他的神情一样地静。好，就画这张。

这是老鲁的第一次原创。老实说，他手还是生，感觉像不会用笔似的。虽然，他事先用铅笔描出了轮廓，在运用色彩方面，还是不自觉地采用了凡·高《自画像》的技法，只是他没有完全写实。他想起从荷兰回程的前一天晚上，就是醉酒的晚上，他在卫生间镜子里看到的那副脸。不错，那副脸更能代表自己。那才是真实的自画像，猥琐，油腻，贪图小便宜，安于现状，胸无大志。对，就是这样，这就是画家村大部分画工的真实状态。他要把这幅画挂在墙上，常看看。

15

在一周多的时间里，老鲁画了三幅画，一幅自己的自画像（五官都做了夸张处理，只是神似），一幅翁格格在咖啡店里画陈大快时的照片（这幅是完全写实）。在马各庄翁格格家参观她的画时，翁格格说她也要画这一幅，名字都起好了，叫"画速写的自画像"。她画了吗？是什么风格呢？他很希望能看到翁格格的这幅画，两幅出自不同画家的同一个内容的画，放在一起，会是什么样的感觉？是高下立判还是相互辉映呢？他给这幅画起名叫"少女"——把翁格格画得更年轻了，脸上还有婴儿红，嘴唇更饱满，眼神更纯净。第三幅他最满意，命名为"老街"。他从高中同学群里挑选了一张照片，一张最能体现出老街风采的照片，以这张照片为基础，又参考了多幅照片精画而成。这幅画，他采用的是高更的技法，也掺了一些凡·高的笔致，为了更准确地画出老街的沧桑和古老,他在吸收古人、名人的基础上,煞费苦心地尝试了多种表现形式——关于理论上的绘画技法,老鲁一句也说不出来,让他实际操作,他都能完美地呈现。在这三幅画的创作过程中,他像行走到多岔路口的迷路的旅人,这里走走,那里走走,走通了(满意了)就继续向前走,走不通了,再换一个方向走,总有一条路是通的。他也考虑过"风格"问题。不同的题材要有不同的表现手法,他知道这么个意思,所以,他的每一幅画都琢磨、尝试了好几次,终究找到了适合"这一幅"的技法,完美地表达了他想要的主题。

就是从这三幅画开始,他找到了创作的灵感,或者是方向——多种风格的综合,加上自己的想象,使之成为最拿手的画风。

这天,老鲁在欣赏三幅原创作品时,想打电话给翁格格,邀请她来画室做客。这是老鲁第 N 次想打电话了。老鲁的思路,或者说转向,是受她的影响,或者就是按照她的思路办的。但是老鲁那点可怜的自尊心不想被一个女大学生看破。

真是奇怪,老鲁想给翁格格打电话,翁格格的电话就打来了。

"鲁老师好,好久没见啦!你在画室吧?"她说话还是那么干脆利落。

"在的。"

"我去玩玩啊!"

"怎么,没事啦?"

"鲁老师不欢迎?"

"欢迎欢迎,随时过来。"

"好呀,一会儿就到了。"

翁格格会来,老鲁想到过。但她真要来了,老鲁还真紧张了,犹疑了,不安了。他看着墙上的这幅少女,不知道她看到这幅画会怎么想,会怎么解读。

随她怎么想了,随她怎么解读了。她要是喜欢多想那是她的事。她画煎饼摊前的他,想过他会怎么解读吗?翁格格一到,画室全新的布置吓到了她,惊得她下巴都掉了,半天才回过神来,露出一脸灿烂的笑。翁格格穿一件短袖的白衬衫,还是那条宽松的砖红色棉麻大裙子,和照片上的她穿的是同一款。她把两手叠加着,背在身后,在画室里逡巡了一圈,又逡巡了一圈,逡巡了好几圈。其实,墙壁上只有三幅画,每幅画她都看了好几遍,但她还在继续看。一旁的老鲁心里发毛,并且犯嘀咕,什么毛病?"这自画像是你吗?怎么觉得不像?"翁格格说。

"像。"老鲁肯定地说。

"不像。"她也肯定地说。

"以后会像的。"

"什么意思?"

"就是这意思。"

翁格格想了想,没想明白,便转移话题说:"鲁老师,我的画,能挂吗?和你的画挂在一起,沾沾你的仙气。"

"好呀,欢迎。"

"太好了鲁老师,我这就回家拿。"

个把小时后,翁格格就回来了,是打出租车来的,带来了几幅装了框的画,还有一卷没装框的。

老鲁就和翁格格一起往墙上挂画了。老鲁踩在方凳上时,手机响了起来。

"我帮你拿。"翁格格把他正在充电的手机拿了过来。

老鲁接过翁格格递来的手机,看显示是姐姐打来的,心立即悬了起来。这些年,他最怕姐姐来电话了。每次姐姐来电话,他都担心家里会发生什么事,其实就是担心母亲会发生什么意外。

"姐,有事啊?我挺好啊。这个嘛,昨天不是发照片给你啦?这有什么不相信的,真的假不了,假的真不了。好吧好吧,中秋节回不回家还没定呢,好好好,一定回,这下行了吧?好,一起回。对啦,同学群里说,镇上的老街要拆了哦,你不知道啊,好吧,我这次回去,要去老街写生的,就是画画。好,再见!"

"真是姐姐?"翁格格看他先是紧张,后是放松的表情和说话节奏,已经知道是他的真姐姐了,但她还是调皮地问。

"这还有假。"

"要回老家?"

"是啊。"

"你说的老街,是不是这个?"翁格格指着墙上的老街。

"是啊,我小时候最喜欢老街了,老妈每次带我赶场,都会给我买好吃的。"老鲁有点伤感了,"我妈都七十多岁了,好几年没看到她了。这次要回家陪她过中秋节,然后,要好好画画老街,准备画一个系列,不同光线下的老街,我的老街。"

"一起的那个人是谁?"翁格格盯住老鲁的眼睛。

"啥?"

"和你一起回老家的人。"

"没有谁。先稳住她们。"老鲁表情不自然了,转过身整理墙上的画。昨天,他姐姐打来电话,问他女朋友的事,数落他都人到中年了，自己不着急，就一点也不为妈着想吗？他被问急了，随口说有女朋友了。姐姐问他要照片，他就应付地把翁格格的照片发给了姐姐。

看老鲁不想说，翁格格也不再问。她眼睛盯着墙上的老街，那老街变成了一条真实的老街，雨雾蒙蒙湿的街道上，走来一个少年，那是二十多年前的老鲁吗？翁格格的眼睛湿润了，她怯怯地小声道："鲁老师，你这次回家过中秋节，不租个女朋友吗？现在不是都时髦租女朋友嘛……我要价不高的，报销车费就行。"

老鲁的腿晃了一下，被他踩着的凳子也晃动了一下。墙上的画滑落到他怀里，那是翁格格创作的写实体《画速写的自画像》。

上青海

1

我赶上一桩巧事儿。

7车6号下铺这个铺位,我在一周前也坐过。那是在盐城至北京的火车上。没想到在北京西站至西宁站的普快上,同一个铺位,重复了一次。这是个好兆头——在没有事先预谋和设计的情况下,居然随机两次买了相同的铺位,这种巧合,真是难得一遇。

前一次坐这个位置是心情愉快的,满怀希望的——我的简单的行囊中,就有我视为生命另一半的吉他——我是来北京唱歌的。

我到了北京后,并没有找到唱歌的场所。这当头一棒,委实把我砸晕了。我住在朋友小拙的半地下室里,郁闷了几天,不想回灌云老家。既然回家也是无所事事,何不在小拙这儿多蹭几天,等待机会?但是,小拙的生活也很困难,我们一天三顿都是白米饭,偶尔有个小菜,也不过是拍黄瓜,奢侈时,才搞个醋熘土豆丝或青椒炒鸡蛋来解解馋。按说,我的支付宝和微信里还有点钱,抵挡一阵子没问题。可接下来的未知的前途,让我不敢造次。这时候,古影子发在朋友圈的一组信息提示了我,那是她新创作的一首歌,还有她试唱这首歌的视频。我看了她的影像、听了她的歌,不淡定了,何不利用这个时间,写几首我一直想写的歌呢?但是,想到古影子,我心里泛起了微微的波澜,心思定不下来,乱了,不能集中精力和思想创作了。

古影子是个漂亮的女孩,三十岁左右的样子,唱抒情而粗粝的女低音。民谣中的女低音是很难唱的。她不但敢唱,而且唱出了别样的味道来。据说到她的老家，要越过一望无际的盆地，翻过险峻的荒漠，乘几种交通工具（乡村公共汽车、马、牛），才到达山区草原，一个海拔近4000米的叫拉提的小村里。还据说，村的那边就是新疆了。古影子家乡的民歌很好听。她也给我们演示过，确实好听，但没有她那沧桑、沙哑的民谣有味。她在北京三里屯酒吧街一个叫"阳台上"的酒吧做驻吧歌手不到一个月时间，春节就临近了，她就回西宁她叔叔家了。因为我回家的车票比她晚了三天，就请她在中8餐厅吃了一顿饭，算是送行吧。我只叫了小拙作陪。饭局上也没说什么分别、伤感的话。因为我们之间还不十分了解。还因为我们知道不久后又会相聚的，有种来日方长的从容。没想到接踵而来的新冠肺炎疫情，把我们的生活全部打乱了，首当其冲的便是酒吧、歌厅等娱乐场所。因此我们再见的机会就遥遥无期了。在抗疫五个多月后，也就是上周，我来到了北京——小拙说，听说电影院要开禁了，酒吧开禁还会远吗？又听说，有的酒吧已经开始营业了，要不了多久，就会像半年前一样热闹了。而那些地下或半地下的酒吧，已经有乐队和歌手在演出了。小拙的话打了折扣——我们费了不少周折，都没有找到所谓的地下酒吧（或许压根儿就没有）。看了古影子的视频影像，我们开始怀念过去的生活，开始怀念一起合作过的乐手和歌手，而很多时候，我们都在说古影子。我们都对古影子有很好的印象，我甚至还有点暗恋她，特别是她在视频影像里超水平的发挥和婀娜的身姿，旧日在一起合作的美好时光又呈现了出来。我就给古影子发微信，向她问好，并诉说我们的寂寞无聊和对前途的忧虑。她倒是干脆，说来吧，到西部来，到青海来，夏天是青海最美的季节，或许会有意想不到的收获和惊喜呢。又煽情地说，我在西宁等你们,一起去看青海湖,一起去看青海湖的日落和月光,一起在月光下弹吉他、唱歌、唱诗。我当即就被她说动了心。可小拙不赞成在这个时候出行,一来,他的经济实力不允许;二来,他要抓住有可能出现的、稍纵即逝的工作机会。但我觉得古影子的话很有感召力和吸引力,而且话里有话,暗含着一些潜在的意象,让我对她产生了非分之想——既然工作还没有着落,疫情管控还在继续,既然等待也是痛苦的事,为何不遵从古影子的邀请,来一场说走就走的旅行呢?如果因此而收获了爱情,也是意外的惊喜啊。而小拙也说,你是不是爱上人家啦?我不置可否地笑笑,心想,不去争取一下,怎么能知道呢?就算没有碰撞出爱情的火花来,能在青海湖的月光下唱歌、唱诗、弹吉他,也足够浪漫和抒情了。我听从了内心的召唤,在手机上订了一张硬卧票,登上了远去西宁的列车。

找到铺位后我就发现了,这次和一周前我从家乡来京时所坐的铺位相同。接连两次买了相同的铺位,没有经历过的人很难理解这样愉快的心情。是啊,远方的古影子,是给我带来好心情的原动力,我又打开视频看了看。我喜欢她抱着吉他的样子,喜欢看她穿长裙子的样子,喜欢她把长发随意一绾的样子,也喜欢她抿嘴一笑的样子。她皮肤白皙、细腻、有光泽,有一双浅灰色的眼睛和俊俏的鼻子,如前所述,她的充满磁性的嗓音更是入心入肺,感人至深。有了这样的好心情,我就有一种说话的冲动,一种想向别人分享我的快乐的冲动。可我的上铺和对面的三层铺位上都没有人。

列车启动后,才匆忙走来一位年轻的女乘客。她甫一出现,就让我愣了一下,这不是古影子吗?她当然不是古影子了,只是有点像而已。她从另一节车厢走来,拉着沉甸甸的红色行李箱，很急促。她一边走，一边看车厢上的位次号，脸上热气腾腾的都是汗。我觉得她是找5号下铺的，就是我对面的铺位。果然，她在我跟前停下了。

我立即起身，给她让出通道。

她看我一眼，微笑地说声谢谢，又说："请帮帮忙。"

我便帮她把箱子和随身的背包举到了行李架上。她再次说声谢谢，坐到我对面的铺位上了。她一坐下，就从随手拎着的塑料袋里拿出一只精致的小保温杯，还有一些零食，放在小桌上。她在做这些时，动作是麻利的、自然的，也透出优雅和自信。

可能是我帮了她的缘故吧，她饮一口水，问我："去哪里？"

"西宁。"

"真巧，我也去西宁。"她说，声音很好听，口气里有种淡淡的喜悦。但是，和古影子的声音相比，薄了点，轻佻了点，只是那种喜悦是真切的。而我也听出来，这种喜悦并非是因为"真巧"，而是因为"西宁"。是西宁这座城市给她带来的愉悦和快乐，跟和我同行并无关系。然后，她打开手机，和大多数年轻女孩一样，开始刷手机了，涂着指甲油的细细长长的手指不停地滑动着。

2

她一直在刷手机。

我坐在铺位上，悄悄地观察她。如果不听声音，仅从她的身型、气质上看，还真的接近古影子，脸型、眼睛也像，而且越看越像。难道这又是巧合？这增加了我的好心情。试想一下，是古影子的原因，才让我有了这次西宁之行，如果行程中能和另一个古影子相聚于同一节硬卧车厢，并相对而坐（卧），那简直就是天赐的机缘了。她穿着简洁大方，一条板型很修身的深蓝色牛仔裤，一件黑色紧身小T恤，一双白色时尚板鞋，处处透露出古影子的神韵和风姿，如果把她这身装束换成古影子式的裙装，说她就是古影子，我还真能相信。我知道接下来的旅途还有二十多个小时，要明天下午三点多才到达西宁站。如此漫长的时间，能提前和"古影子"相见，并很投缘地说说话，不仅可以打发旅途的寂寞，还可以练习一下我的状态，让我见到真古影子时感到更加的自然和默契。

她可能感觉到并奇怪我的沉默了，抬头对我一笑，眼睛又回到了手机上。

我要把我的快乐和她分享，就不顾突兀地没话找话道："啊……真太巧了，一周前，我到北京，也是7车6号下铺，同一个位置。"

她没有搭理我的话，而是继续翻手机。在短暂的停顿之后，她才醒悟似的说："哦，你说什么？"

她对我的话一点也不感兴趣。我这才意识到，在我看来是一桩巧事、好玩的事、有趣的事，对于她来说，根本就无所谓。同样的道理，我把她当成模拟中的暗恋对象，她不仅没有察觉、不予配合、一副事不关己的样子，还懒得理我了。

但是，我不甘心，又换了一个更为俗套的话题："去西宁出差？"

她的目光终于离开手机，也只是一抬眼，甚至都没有看我，又回到手机上了，含糊其词地说："啊，是啊……"

显然，她还是不想说话，不愿说话。是对陌生人的警觉还是手机上有更吸引她的东西？我便瞥一眼她的手机。原来，她不过是在回看和朋友的聊天记录。她细长的手指在手机上滑动着，逐条逐条地看，有时候快一点，有时候慢一点。有时候嘴角牵动着，似乎在阅读。我看不清具体的聊天内容，但可以看出来，对方很多时候都说了大段大段的话。她也会回复大段大段的话。她在复习这些大段大段的对话时，脸上藏不住幸福的微笑。随着手机显示屏的移动、停顿，再移动、再停顿，我看到，对话之外，还有照片，一幅的，一连多幅的，有对方发来的，也有她发给对方的。对方发来的，是帅哥。她发给对方的，是美女，就是她自己。有好多次，她会把对方的照片放大，仔细地欣赏。照片上是一个年轻而帅气的小伙子，脑门宽阔，眼睛有神。她在看这些照片时，已经不是微笑了，而是咧开嘴角放开了笑。那是从心底流露出来的笑，真实，自然，感人。

她发现我在关注她的手机时，并没有刻意躲开，而是把手机放平，让我更清晰地看清屏幕上的帅哥，喜悦而骄傲地轻语："我男朋友。"

怪不得。我这才恍然，人家正在热恋中，在复习、回味那些百听不厌的情话，在欣赏男朋友的青春靓影，哪有时间搭理你那无聊的话题啊。我便有点暗笑自己了，你以为她像古影子就是古影子啊。"挺帅啊。"我讨好地夸道。

"谢谢。"

"你男朋友在西宁？西宁是个好地方。"

"嗯……"她神情略有些变化，眼里有暗影一闪。可能觉得刚才对我的态度有点粗枝大叶了，也可能是对我夸奖她男朋友和夸西宁是个好地方的回报，旧话重提地说，"你刚才问我什么来着？"

"我是说，你去西宁出差？"

"不，前边那句。"

前边那句，呵呵，我现在也觉得相隔一周，买两张相同车厢相同铺位的火车票没有什么好稀奇的，更何况，因为她的怠慢，再说这个，也有点索然无味了。但我还是说："一个小小的巧合而已。"

"哦。"她这才有了一点点好奇。

她既然问了，我也只好重复了一遍车票的故事。

但是，那种要把喜悦和别人分享的愿望已经下降了很多个百分点，几乎归零了。没想到的是，她又来了兴致，说："哈，这还真是巧。你上一次坐这个位置，身边也是女的？"

我摇摇头。

不过另有一巧，我不想说，即她和我要见的古影子十分相像。还有呢，她是去见男朋友的，我是去见古影子的。虽然古影子还算不上我的女朋友，但通过这次访问，有可能向这个方向发展了。至少，我内心是有这个愿望的。如此说来，这个巧合，比相同车厢相同铺位更有意义了。

"去西宁旅游？"她对我的行踪也好奇了起来。

我正想着要不要告诉她我此行的真实目的时，手机响了，一看，是古影子来微信了："袁彬，梦想家，你好啊！给你在西宁云台宾馆订好了房间，云台宾馆在东关大街上，你拿身份证直接入住就可以了。你到了先休息一会儿，下午六点左右我去宾馆接你，为你接风。饭后再商量后几天的行程。"

同时发来的，还有云台宾馆的定位图。古影子既叫我真名袁彬，又叫我梦想家，是证明她还记得我，还怀念我们在北京建立起来的情谊。古影子的话，让我想起了那次在中8餐厅的饭局。由于我们年龄相仿，饭局上，各自谈了自己的理想和以后的人生规划。她的理想比较现实，来北京做驻吧歌手并不是她的终极目的，她是要通过这样一种形式，来实现她的作曲家的梦想——拥有一个自己的音乐工作室，制作各种音乐，上传网络，让更多的音乐爱好者传唱她的歌曲。她在北京短短一个月不到的驻吧歌手生涯，反复自弹自唱的十几首歌，都是她自己作曲作词的。她在演唱时，很注重听众的反应，也能谨慎地和听众互动。我和她有过配合，觉得她的词曲，不像来自中国的西部高原，不是高亢、嘹亮、抒情的那种，而是带有明显的美国西部民谣的风格，甚至有刻意模仿的痕迹。但这一点也不影响我对她的好感。在说到我的理想的时候，说真话，我从没有过对未来的规划，所谓的理想，在我脑子里还比较虚无和缥缈。我灵机一动，顺着她的话轻声道："我的理想是能一直为你的歌伴奏。"这话并不是调侃，当时的那种氛围，也不适合调侃，倒是有着明显的倾慕和追随的意思，也有那么一点点爱的暗示。但是，说完，我还是有点小小的紧张，虽然也是内心的真实反映，但我们的交谊还没到说这个话的份儿上，明显是直白和草率了。但话既出口，也无法收回，况且身边还有小拙。小拙听了，正怪异地偷笑，而古影子也略有尴尬。我赶忙改口说："我的理想嘛……当然有理想啦，就是梦想。对，我喜欢梦想，做一个梦想家，一直在梦想里生活，一直生活在梦想里……没错，就这样。"我的一通话，算是把当时的小尴尬给消解了。事隔这么久了，古影子又旧话重提，是什么意思呢？莫非是对我的倾慕和追随的回应？我心里油然产生了满满的幸福感，立即给她回道："真想马上见到你。"古影子也来了句："还有二十多个小时呢，耐心点，会有惊喜的。"

又是接风，又是饭后商量行程，又会有惊喜，真是个好兆头啊。

"谁的微信呀，这么开心。女朋友？"看来她也是个好奇心重的人。

"……从前的一个同事——就是她邀请我去西宁玩的。"我差一点就要说"是"了，但是我的话里还是抑制不住内心的甜蜜。

"真好，有人邀请。"她说。

"你不是男朋友邀请的？"

"我呀……"她欲言又止，脸上的笑意渐渐收敛了。

"你男朋友住哪里？来接站吗？"我的意思是，我们都是到西宁下车，她是打车，还是男朋友来接呢？已经确定古影子不来接我了。古影子的意思很明白，让我直接去宾馆。那么她呢？如果她男朋友来接她，我可以顺她的车，或者她顺我的车——如果方向差不离的话。

她神情瞬间黯淡了，眼泪也迅速包在了眼里，莹莹地闪着亮光，但还是没有忍住，流了出来，喉咙也响起了哽咽声。还没等我问她悲从何来，她就说："男朋友……我都两天没联系上他了，电话停机了，不，是我拨打的电话不存在了，微信也把我拉黑了……"

"……这样啊。"旁观者的清醒和敏感，加上她的口气和神情，让我对她的男友产生了怀疑，手机停机，微信拉黑，这不正常啊，哪像热恋中的情侣啊，是不是要和她分手啊？"你谈过恋爱吗？"她期待地望着我。

我一时语塞了。我当然谈过。可她肯定不是要听我的爱情八卦，我扬一下下巴，准备听她继续问。

"你能这样对待你的女朋友吗？对女朋友屏蔽一切联系。"

我突然觉得，她遇到麻烦了。看她悲痛欲绝的样子，我问："你们认识多久啦？"

"好久。"

"好久是多久？"

"今年一月二十九日认识的——网上认识的，到现在，五个月了。"她清楚地记得初识的时间。

五个月确实不算短了，但也不能算是好久。我进一步问："你们见过几次？"

"一次也没见过。"她眉头紧锁着，擦了把泪，"这不，上周约好的见面时间……就是后天。他说还要送我礼物的……结果，两天前，突然就……"

她哽咽着，说不下去了，趴到小桌板上，肩膀在轻轻地耸动着。

我觉得她不是遇到一般的麻烦，她是遇到大麻烦了。她的"男友"是故意不见她的。这里有什么猫腻我不知道，但肯定是有猫腻的，就是遇上骗子也有可能。

我也不知道怎么安慰她，看年龄，她不应该是那种不谙世事的小姑娘了，至少不比古影子小——说不定还要大一点呢，应该有辨别是非的能力了。可她的心理年龄还是少女，甚至还很幼稚。难道这应了传说中的"恋爱使人弱智"的箴言？网上认识，从未谋面，在对方拉黑微信、更换手机号码后，还不知道上当受骗吗？还要不远千里地去找他吗？找到了又怎么样？责怪他央求他？难道她不知道，一个男人拒绝一个女人最狠、最阴的方法就是断绝一切联系吗？爱情的继续和结束，都是有迹可循的，有话要说的，继续有继续的话说，结束有结束的话说。从她的情况看，断绝了交往，只有两种可能，一种是骗了她的钱财，或以骗钱财为目的；另一种就是对方还处在婚姻中，无法两全其美。无论哪一种可能，对方的行为都是恶劣的、令人作呕和唾弃的。我有点同情她了，也很想多了解一点经过和细节，帮她分析分析，出出主意，如果涉及钱财，还可以报警。

3

她告诉我她叫杨洋。我用家乡方言重复一次，就是痒痒。但并没有给人身上发痒的不适感，相反，还有几分雅意和喜感。我告诉她我的名字之后，表示想听听她的故事。她没有拒绝我的好奇心，避实就虚地把她的恋爱经过讲给我听了——

她是在网络上认识她"男朋友"的。她的男朋友叫陈彼得（什么平台或什么群里认识的我没有细问），网名叫梦想家彼得（吓了我一跳，古影子也叫我梦想家）。她亲昵地叫他彼得，听起来像个外国佬。他们甫一交往，就陷入了烈焰般的情海中，开始了如火如荼的热恋了。梦想家彼得二十八岁，硕士学历，身高一米八二，毕业后自主创业，在西宁开了一家咖啡店。咖啡店的名字也很好听，叫梦想家。梦想家彼得显然也对杨洋的美貌产生了深深的迷恋，在疯狂的追求中，说了许多情话，每一句情话都击中了她的要害，比如"我愿意为你成为更有成就的人"，比如"你就是我最大的鼓舞和动力"，比如"遇见你是我这辈子最幸运的事"，比如"千百年的等待，回头一看，原来你就在那儿"，等等，每一句话既知性又有感染力，都让她春情翻涌，都让她心房悸动，都让她欲罢不能，她就越加地喜欢听他的这些情话了,每次和他聊天,都让她充满了幸福感。她也愿意向他敞开心扉,一五一十地告诉对方想知道的事,比如她的年龄,她的身高,她的学历,她的兴趣爱好,她爱吃什么不爱吃什么,包括她的职业——她是一家少儿艺术培训机构的法人,这家机构叫上书房少儿艺术培训学院,很斯文又很艺术的名字,专门培养小学生兴趣爱好的,有音乐班,舞蹈班,油画基础班,篆刻书法班,创意作文班。因为疫情,她的培训机构迟迟开不起来,她也就一直处在赋闲状态中。没想到虽然在生意上无法经营、损失巨大,却在爱情中遇上了这么暖的大暖男,真是意外的惊喜——岂止是惊喜啊,简直就是捡到了大宝贝。唯一让她心有不安的是,她比彼得大三岁。但也正应了中国那句古老的俗语,女大三,抱金砖——他居然能够接受她,而且是欣然接受。不久前,西宁的疫情防控逐步降级,饭店和茶社、咖啡店等餐饮业基本恢复了正常,梦想家彼得的咖啡店却意外地遇到了困难,由于五六个月没有营业收入,还要支付大量的房租和人员工资,他现金流断了,顶不住了,便跟杨洋借了四十万块钱,分两次,前一次要发放人员工资,借了十五万;后一次是要交房租,又借了二十五万。杨洋办艺术培训机构也品尝过缺钱的滋味,就毫不犹豫地借给了他。借钱后,杨洋觉得他们的爱情进入了一个关键节点,就提出了见面的要求。梦想家彼得不仅爽快地答应了,还说早日见面也是他最大的心愿。双方便约定了见面日期,他还说要给她个惊喜。她问什么惊喜(她以为是求婚戒指),他还卖关子说保密。谁承想在见面日期日渐临近的时候,彼得突然就失联了。好在她有梦想家咖啡店的地址和照片。她相信他肯定不是故意关闭手机和拉黑微信的,他肯定是遇到问题了,遇到麻烦了,遇到大问题大麻烦了。她相信只要到了他的咖啡店，就能找到他，至少找到答案了。

"他给了你咖啡店的地址？"我问。

"没有……有照片，照片上看到的。"她说，"咖啡店的照片，彼得的照片，都有。"

她快速地滑动着手机屏，给我看一张照片。这是一幅咖啡店门脸的照片，照片上有"梦想家"三个黑体字招牌，旁边还有两个宋体小字"咖啡"，和一只冒着热气的咖啡杯。我看了看照片，看不出来"梦想家"三个字是P上去的，还是原有的。倒是旁边的一个蓝底白字的门牌号，明显是后P的。门牌号是"石坡街18号"。如果仅从照片上判断，梦想家咖啡店所在的地址是石坡街18号。这种造假也太拙劣了，怎奈杨洋信了。她又给我看一张彼得在咖啡店里的照片。要么就是彼得的造假功夫太高，要么就是真的是他在咖啡店的照片。照片上的彼得，手持一个咖啡小托盘，小托盘里是一个精致的小咖啡杯，穿一身考究的深蓝色西装，白色的衬衫很整洁，正悠闲地背靠着吧台，荡漾着一脸从容而迷人的微笑。我含糊其词地夸一句"很好"，她也信以为真，说："帅吧？"我说："帅。"她就露出甜美的微笑了，又开始滑动手指，欣赏她男友另外的照片了。她难道没有察觉到她遇到麻烦了？我该如何提醒她？我用手机查一下地图，搜一下石坡街上的梦想家咖啡店。果然不出我所料，石坡街上根本没有这家咖啡店，别说梦想家了，就连咖啡店都没有。倒是古影子为我安排的位于东关大街上的云台宾馆，和石坡街相距不远。

"你明天到了西宁，怎么去梦想家咖啡馆？"我问。

"那还不方便？"她很不情愿地从手机上移开目光，"我叫个网约车，直接去石坡街就得了。"

"可是……万一没有这家咖啡馆呢？"

"我查了，确实没有……以前彼得说过，他的咖啡店是冬天才开业，本想春节期间大赚一笔的，谁承想，不到半个月就遇到疫情了，加上知名度不高，目前还查不到梦想家。但石坡街是有的。我到石坡街就能找到梦想家了……怎么……"她脸色渐渐严峻起来，眼里流露出一丝紧张和慌乱，"你怀疑……你是说……彼得是骗子？我不相信，他那么优秀，那么诚实，不可能是骗子，他一定是遇到麻烦事了。"

"但愿吧。"我觉得我的目的达到了——原来她也早就有预感，只不过爱情的火焰把她的头脑烧昏了。我得进一步提醒她，作为局外人的提醒，希望能引起她的重视吧，"还是谨慎点好。"

"什么意思？有话直说嘛。"她的口气不太友好，对我对她男朋友的怀疑产生了不满，是真实的不满。她打量我一眼，转移话题道："你真有一个从前的女同事住在西宁？我要怀疑她是骗子你肯定也不高兴吧？"

杨洋的反击毫无意义，我也不知如何作答了。

"她不是骗子。"我只能这样说。

"既然你那么坚信你的女同事不是骗子，那你凭什么怀疑我男朋友彼得是骗子？"杨洋的目的达到了，又问，"她漂亮吗？你从前的女同事。"

我想说你的男朋友和我的女同事不是一回事，不能这么混淆来对比，想想，算了，说了也许会让她添堵，便回答她另一个问题："是的，很漂亮。"

"你说她住在西宁的叔叔家，是乡下女孩？"

"是的。"

"乡下哪里？"

"海西，海西的西部山区里。"

"海西，"她思索着，"不知道，也是青海的？我知道德令哈。"

"德令哈就是海西的首府啊。"

"是吗，这样啊，彼得说过的，他在德令哈有一套别墅，乡下的别墅，挺大的，在青年北路56号16幢，前后都有小院子……我们还计划去别墅住几天呢，路上再看看青海湖，品尝青海湖的美食，看看青海湖的月光，可是……"说到"可是"的时候，她又情不自禁地神情黯淡了，眼里再次涌满了泪。但她还是在手机里找到了照片，不是一张，是好几张，有别墅的整体，有局部，有内景，有外景，有草坪和绿化带，其中还有一张彼得在别墅前厅的留影。从照片上看，别墅确实很豪华，院子里的绿化也很美丽。她欣赏着照片，眼泪终究还是没有涌出来，声音悠然地说："我不相信……这么具体的街道都有了，还有别墅，别墅的门牌号码……有这么傻的骗子吗？你居然说他是骗子……你才是骗子呢。"

她在说这些话时，我看到她的嘴唇在微微地战栗。

4

第二天下午三点十分，我和杨洋从西宁站出来，叫了一辆网约车，直奔石坡街了。

通过二十多个小时断断续续的交往，我们相对熟悉了。杨洋对我也信任了（我也让她看了我和小拙、古影子的合影，古影子演出的照片，还给她看了我和古影子的聊天记录）。同时我也肯定地告诉杨洋，你受骗了。但杨洋还是将信将疑，冲动大于理性，在错觉里走不出来。由于古影子要到下午六点才到宾馆接我，我便提出和她同行，陪她一起去石坡街的梦想家咖啡店——虽然我已经知道那是一家子虚乌有的咖啡店了，但为了证实我的判断是正确的，也为了能帮她挽回点损失（经济上的，情感上的），让她早日醒悟，我多花点时间也算不上什么，就算万一耽误了和古影子的约会，相信古影子也能理解。

在网约车上，杨洋问专车司机，石坡街上有一个叫梦想家的咖啡店你知道吗？司机说不知道。司机说西宁这么大，哪能记得这么细啊。司机又说，好在石坡街不长的，你们去找找看吧。

石坡街确实不长，从东关大街岔下去，像一段盲肠，只有二三百米长。我们快速地在街上走了一趟，杨洋望左边，我望右边，没有发现梦想家的招牌，连类似的招牌都没有。我们问街上的行人，梦想家咖啡店在哪里。被问的人都摇头不知。我发现，杨洋的神情有点慌，情绪渐渐激动起来，她在街上又找了一遍，石坡街18号倒是看到了，是一家已经关停的小超市。杨洋站在18号下，脸色青了一会儿又白了一会儿，感觉很冷的样子，脑门上却沁出许多汗珠，嘴里喃喃地不知嘀咕什么。她肯定失望极了，伤心极了，心情也错乱极了。我听清了，她在说"不可能"。她不停地嘀咕道："不可能不可能不可能不可能不可能不可能不可能……"

"刚才在网约车上，我看到路边有个派出所。"我赶紧说，我怕她精神承受不了这样的打击，提醒她，报案吧。

杨洋听到我的话了，空洞的眼睛盯着我看，灰白色的嘴唇颤抖着，已经十分疲惫的身体突然一松，拉在手里的行李箱"吧嗒"倒在了地上。人也随即瘫了，蹲下来，抱头痛哭，却又并未哭出声音。

我在列车上，已经看她反复多次的情绪变化了，在感觉上当受骗时，在相信她的彼得不过是遇到突发情况时，在心存绝望时，在心存希望时，在绝望和希望混淆不清时，她都表现出不同的情绪状态。像现在这样伤心欲绝、抱头痛哭却哭不出声音的样子，还是头一次。我能说什么呢？我心里也不好受。我担心她出事，因失恋而出事的案例多了。如果她真的是古影子，我能不管吗？我是个富有同情心的人，可同情心有屁用，同情心不能帮她解决任何问题。我想到了报警。对，报警，报警是目前唯一正确的选择。

从我们身边走过的人，都用奇怪的眼神看我，好像是我欺负了杨洋。甚至有人问我："她是你什么人？"

我当然无法回答。

有人围观了。先是两三个人，后是五六七八个，一看都是当地人。有个像是退休老干部的黑脸汉子严肃地问："你是干什么的？"

听他口气，我好像是个人贩子。

一个五十多岁的胖大妈，双手叉腰，仿佛看出我们之间的关系了，操一口带着浓郁西宁口音的普通话，笑嘻嘻地说："闹别扭啦？好好哄哄人家，带女朋友去吃吃好吃的，大老远来西宁——小伙子从哪里来？"

"北京。"我说。大妈和其他人一样，都把我们当成情侣了。大妈的经验可能是，吃能解决情侣之间所有的矛盾。我回应大妈一个微笑，便弯腰在杨洋身边，拍拍她的肩，拉拉她的胳膊，把她披散的长发拢了拢，轻声说："走吧走吧，先住下，咱们再去吃羊肠面，手抓羊肉也行——就吃手抓羊肉吧——走起啦你呢！"

杨洋泪眼蒙眬地让我把她拉起来了，同时拉起行李箱的拉杆，挽住我的胳膊了——她听到人们的谈话了，在这种情况下，她也学会了掩饰自己，否则，别人会怎么看待我们？万一出现个正义感强的人把我暴揍一顿怎么办？我回头看一眼大妈。

大妈做了好事，很有成就感，调皮地跟我挤了下眼睛。

"到派出所我怎么说？真丢人……"走了几步，杨洋松开我，小声道，"拖累你了。"

"没事，我给你壮壮胆子。"

派出所很重视，两个年轻的警察接受了我们的报案。

由于有我作陪，杨洋也沉着了很多，不再像先前那么沮丧、灰心和绝望，也不再激动和冲动，细致地回答了警察的各种询问，全力配合警察的各种取证，特别是手机里的聊天内容，还有彼得的十几幅照片。当然，警察也问了我是谁。我只能实话实说。最后，警察问她现在住在哪里时，她朝我望。我便替她做了回答，说就住在离这儿不远的东关大街云台宾馆。警察让我们先去住下，等案情有了进展，立即联系她。

到了云台宾馆，入住后，才是下午五点十五分。离古影子约定来接我的时间还有四十多分钟。我放下行李，简单洗漱之后，还是对杨洋不放心。因为路上，她又后悔报案了，又喋喋不休地说万一彼得不是骗子呢？万一彼得是被冤枉了呢？万一彼得和她联系上了怎么办？万一彼得被公安局抓到了，而他又不是骗子，会不会误伤了他？杨洋还拿出手机给彼得又拨了一通号，给彼得的微信又发了一通信息，直到彼得的手机继续拨不通、微信还和此前的状态一样时，才不再嘀咕。不嘀咕归不嘀咕，她的状态还是极差，闷闷的，苦苦的，自怨自艾的，一惊一乍的。我猜想，她是心疼被骗的四十万块钱呢，还是害怕失去全情投入的爱情？也许两者都有吧，毕竟四十万不是个小数目，毕竟投入的感情不会轻易地消失。

我给她房间打了个电话。

"喂——"她迅速就接了电话。

"是我，袁彬。"

她一听是我，声调立即低了下来："怎么啦？"

"没什么……我一会儿去吃饭了，你要不要跟我去？"

"我最不喜欢的事就是做电灯泡啊，你好好约会去吧，祝你成功！"杨洋真是个细致而敏感的女孩，她知道我大老远地跑到西宁，并不仅仅是为了看看旧日的同事。

我不置可否地笑笑，又说："那你晚饭呢？叫外卖？"

"别管我了。你忙你的吧。这事弄的……不再麻烦你了，我自己能解决的。你是个大好人。感谢你一路上的帮助。对了，我准备去一趟德令哈。"

"去德令哈干吗？太远了。"

"不远，好像就在身边。袁老师，我总感觉这事儿不对，我总感觉彼得是在考验我，他就在某一个地方等我……对，他就在德令哈，在德令哈的别墅里，在烤羊排……肥羊，我喜欢吃肥羊排，流着油的那种……彼得知道的，他跟我形容过。隔着屏幕，他都看到我在流口水了，他还笑话我口水都流到青海湖了。"

"别做梦了。"我觉得这是一个危险的信号，要阻止她，"警察都记下这些线索了，如果这个线索重要，警察会有安排的。再说了，你也可以提醒警察，让他们先查一下彼得在不在德令哈的别墅里。你要相信警察。"

"那……好吧。"杨洋仿佛是在安抚我似的说,"袁老师,你是好人……我会处理好这件事的。祝你约会成功!"

5

六点不到,不,才五点半,古影子的微信就到了:"下来吧,我们在大厅了。"

我立即下楼。

在电梯里我还想,古影子说的"我们"还有谁?是她男朋友?她没说有男朋友啊!如果是男朋友怎么办?难道就是她说的给我的"惊喜"?我有些忐忑了。随着电梯的下行,我的心也降到了脚底下。好在本来就是暗恋,本来就是心存希望,本来我也是做了两种准备的。就算是她有男朋友,我也觉得正常,也要坦然面对。能来看看她的工作室,看看美丽的青海湖和星月下青海湖边的吉他声、歌声,同样是这次旅行的收获。倒是杨洋不断地多嘴,弄得这次西宁之行,好像我是和女友约会似的。

大厅里站着两个女孩。我一眼就认出了古影子。我也被古影子稍稍吓了一下,感觉她就是杨洋新换了一套装束。当然,她不是杨洋,她就是古影子。古影子的穿衣打扮既朴素,又有个性,一身的休闲款,白衬衫的半边衣襟塞在牛仔短裤里,飘逸、清新而活泼。在她身边的女孩,比她略微丰满些,穿好看的浅栗色大长裙子,抹茶绿T恤,扎着马尾巴,大脸,肉肩,属于端庄范儿。如果说古影子是美丽的,那身边的女孩只能说气质不错。她们正在小声地说话。先看到我的是丰满女孩,她侧望向电梯间——感觉比古影子更关心我——她小声说一句什么,古影子也望过来了，古影子微笑着说："路上还顺利吧？"

不等我回答——在她看来，肯定是顺利的，在列车上能有什么波折呢——她对快速走近的我说："这是我同学兼闺密汪红红。不是网红的'网'啊，是汪，三点水的'汪'，汪红红，大美女一枚。这位就是袁彬，流行音乐人，诗人，歌手，作曲，听说还画油画对吧？油画发烧友至少是。总之，是个大才子。不知道才子前边要不要加'多情'二字，不过才子都是多情的——开个玩笑啊——走，上车，小恩等急了都。"

除了这个汪红红，还有小恩。小恩又是谁？简单寒暄过后，我们上车。开车的是汪红红。一听这名字，真的就会想起网红。不过她不是网红的气质，她看起来属于内敛型的。

汪红红开车很老到，很专注。我和古影子坐在后排闲聊。古影子特意介绍了汪红红，说她爱唱歌，嗓子很甜的那种，唱民谣也有一嗓子，是她音乐工作室的编外成员。还介绍了她的身份，原来是警察。警察就够特殊的，女警察就更加特殊了。这还没完，古影子进一步完善了汪红红的履历，她是部队某机关的文艺兵，转业到公安系统的，还是西宁公安文联的委员呢。古影子在介绍时，口气是自豪的，带有明显的渲染。而那个还未谋面的"小恩"，也在介绍汪红红时顺理成章、自然而然地被附带了出来，居然真的是古影子的男友。

在听到这个消息时，我脑子里还是打了个绊儿，停顿了片刻，同时有一种失望和悲凉混合的、说不清楚的滋味涌上心间，甚至一度有流泪的冲动。如前所述，在和古影子短暂共事的时间里，我就隐约感觉到，我的暗恋是没有结果的。我知道，在这个世界上，有多少人心里都藏着那个爱而不得的人，尽管能有一个合适的身份去见她，终究还是不得不离别，但又非常的想见,也许就是我现在的状态。好吧,不是说好要坦然面对的吗?为什么又不能释怀呢——这也没有什么可奇怪的,想想古影子在北京那一个月不到的时间里,除了每天晚上唱几首歌,其他时间并不和乐队的人混,烧烤、啤酒、咖啡什么的也从来不沾,平时都待在她租住的宾馆里——没错,她不像其他人那样住出租屋,而是住在条件还算不错的世佳精品酒店里。现在看来,她这样做,除了真的是在试试自己的歌在酒吧的反应外,实际上也有他男朋友对她的牵连和吸引——她不会因为唱歌而离开西宁、离开男友的。如此说来,古影子的理性体现在各个方面。

我们所去的饭店叫"三道茶",是一家网红餐厅,许多时尚的年轻人在这儿欢聚、吃饭。我和小恩很快就熟了,可以说是自来熟,这应该缘于他是古影子的男朋友吧,我们不熟就都不自然了。他姓许,一举手一投足,都透出他的精明和干练。我没有叫他小恩,而是叫他小许。我觉得"小恩"这个称呼是古影子的专利。而汪红红叫他许队——到了这时候,我才知道,小许和汪红红是西宁市某区公安分局的同事(或许小许和古影子也是汪红红牵线的呢)。桌子上的菜不是豪放派的西北风格,而是小炒小炖的那种,不仅味道佳,色泽和盘盏都有看相。这么雅的一次聚餐,我突然想到了杨洋。杨洋现在怎么样了呢?情绪应该稳定多了吧?不知道她晚饭吃了什么。早知道是这样的聚会,无论如何要叫她一起来的,顺便还能认识一下公安的朋友,对她的案子说不定会有帮助——算了算了,感觉她像是一个事多的人,别再到这儿来个节外生枝了。

席间出了一点小意外——开吃不久,小许突然接到一个电话,走了。临走时只跟我挥挥手,连个对不起都没说,更没说离开的原因。古影子显然有点不悦（或故意做给我看的），对汪红红抱怨道："你们公安一直是这样吗？随便一个电话，就把人给叫走啦，这可是下班时间！我还指望他陪好客人呢。"

"肯定有急事——咱们工作性质你又不是不知道！"汪红红说，"刑侦那边又离不开许队的，只能怪许队没有口福了。"

古影子说："也好，没有他咱们更自由，来，咱们吃，正好讨论一下明天的计划。"

古影子问我准备待多长时间。听我说了"随便"之后，她便把下一步的安排和行程告诉了我，从西宁出发，沿G109高速一路向西，全是青海湖的景点。来西宁不能不看青海湖。看青海湖不能不吃青海湖的鱼。看风景、尝美食是主要活动，所以不急着赶路，在黑马河镇住一晚，主要是吃鱼。晚上有个月光聚会，品小吃，还有弹吉他、唱歌、献哈达等活动和仪式。在黑马河镇的活动用的是红红的人脉。古影子在说到这里的时候，汪红红谦虚地笑笑。之后，就是第二天，到达西海首府德令哈，中途可以看看日月山。在德令哈的主要活动是参加古影子另一个闺密的唱诗会，地点就在海子诗歌陈列馆门前花园里，馆长也是古影子的朋友。全程都由汪红红开车。古影子还特地强调汪红红是利用了公休假来陪我的。我隐约地觉得，她这话有所特指，为了陪我，专门休了假，意思是特别重视呗。也许呢，并没有其他意思——显而易见的，如果古影子的男朋友许队不能和我们同行，她必须带一个女伴，而有着警察身份的闺密汪红红是最合适的人选。席间，自然说到了古影子的音乐工作室，说到了西宁的音乐人和他们的一些趣事，更是说了她自己的远大理想。在这些话语中，自然会涉及小许，涉及他忙碌而辛苦的工作。汪红红会适时地插播古影子和小许恋爱中的许多糗事。

我有时候能感受到她们所讲的趣事的笑点在哪里，有时候感受不到。但我喜欢跟着她们一起傻笑，分享她们的快乐。

"怎么样？还是小地方好玩吧？"古影子这才要跟我说正题了。

"挺好。"我主要是对她的音乐工作室感兴趣，她有这个才华，加上小许有一定的经济实力，我便带点恭维的口气说，"你不需要挣钱养自己，可以好好做音乐的。"

"今天来不及了，明天一早就要出发。"古影子说，"等回来，从德令哈回来，我请你到我工作室感受感受。西宁的音乐工作室不多，有意思的更是少之又少，而做民谣的只有我一人，我单枪匹马也没劲——红红工作又忙，只能偶尔来玩玩。你要能在西宁发展就好啦。在西宁做个音乐工作室，不会有什么成本的，带好你的才华就可以驻下来了，就可以是西部的一颗明珠，将来要是有人写中国民谣史，一定会有你一笔。要不要考虑考虑？"

我感觉古影子是在试探我。而且她在说这些话的时候，汪红红有些过分地端庄了，甚至有点紧张。我明白了，古影子所说的惊喜，很可能就是汪红红，不，肯定就是汪红红，她要在我和汪红红之间牵线搭桥做红娘。汪红红早就知道古影子这个意思了，而我，不仅被蒙在鼓里，还对古影子抱有幻想，真是傻透了。不过我不能因此而责怪古影子，她是好意嘛。至于汪红红，说真话，我对她没有感觉，不来电。她算不上难看，但也不是出类拔萃的那种，至少不是我喜欢的类型。古影子也是煞费苦心，她不直接说要帮我介绍女朋友，而是拿音乐来诱惑我。古影子知道我的软肋是什么，就是音乐，我的挑剔、我的苦恼、我的欢喜、我的陶醉，音乐就是风向标。当然，在酒吧里做驻吧歌手不算,那是为了生存。我想着如何把话说得既体面,又不失古影子的面子。其实,就在我犹豫的时候,聪明的古影子就知道我的想法了,她又开口道:"北京当然更好啦。要说做音乐,北京、上海和广州,是中国流行音乐的重镇,西宁和它们没法比的。先不说这个啦,来,我们干一杯!"

我举起高脚红酒杯(杯子里是西瓜汁),和对面的古影子、汪红红碰了一下。

这顿饭不知不觉就吃到八点多了,话题只有音乐和青海湖的美丽风光。古影子看出了我的倦意,正要做总结发言,正巧小许打来电话,说他忙完了,已经出发来接古影子了。于是我们约了明天会合的时间,再碰一杯,晚宴就结束了。

古影子再次给了我一次机会——她要和小许一个车走,便安排汪红红开车送我回宾馆。还提醒我和汪红红,让我们加个微信,留个交流方式,以后多聊聊。路上我不敢主动要求加汪红红的微信,怕引起她的误会,只说了感谢的话,便一路无语了。

和汪红红道了再见后,我心里五味杂陈,古影子知道我喜欢她,但因为已经有了许队这个贴心的男友,便好意地要把闺密介绍给我,而我对汪红红又不来电。我有失落、失意和心酸、心痛、妒忌,还有爱,相互混淆、啮噬,同时觉得辜负了古影子的好意,对不起汪红红。带着这样的心情,我回到云台宾馆的房间。

我躺在床上,不想洗漱,也懒得玩手机,两眼呆呆地望着天花板,觉得接下来所有的行程、所有的活动都了无趣味了。

在我模模糊糊要睡着的时候,听到手机在响。

我摸过手机,看看号码,非常陌生。但铃声很急促(铃声其实和往日一样,之所以感到急促,还是心情所致)。谁打来的?我谨慎地接通了:"喂——"

"袁彬吗袁彬……"杨洋的声音比手机铃声更为急促,"出事了……我的包丢了!"

"包怎么丢啦?别急,慢慢说。"

"就是丢了啊……"

"你不在宾馆?"

"不在……我退房了。"可能是因为接通了电话吧,杨洋的声音缓和了点,"我出来了。"

"怎么退房啦?你在哪?"

"在……这地方叫刘家湾……我在刘家湾,我是借别人的手机。袁彬,你要来接我,我在刘家湾的加油站,就是315国道边……他们说,这加油站离三角城不远。"

"你自己不能打车回来吗?"我立即想到她的包丢了,又借用别人手机,"我给你叫个网约车吧,你发个定位来……刘家湾,加油站,知道了。你在加油站等着啊。"

"别别别……不是你想的那么简单……你不要叫车,袁老师……你要过来,求你了。"

"怎么啦?要报警吗?"我立即想到她这次特殊的出行,甚至想到她是不是遭到了男友的胁迫。

"别别别,千万别报警……不需要报警,我很自由,就是丢了包,手机丢了……这是我借的手机……你过来就什么都好了。"

"真的没事?"

"没事。快点啊!"

"好,你在加油站等我,叫什么刘家湾加油站?好的好的,别再乱跑啦。"

6

挂断电话,我在手机上查了地图。吓了我一跳,杨洋说的刘家湾不在西宁市区,而是在西宁至海晏县的途中。她怎么跑到那儿啦?发生了什么?如果乘网约车,大约一小时四十分钟就能赶到了,不算太远,但也不算短。现在是十点半。这个点还能打到车。打到车就能见到她,再把她接回来。再晚就不好说了。我没有犹豫,立即叫了一辆网约车,直奔刘家湾。

一上车,我就想,相比杨洋遇到的麻烦,我情感上经历的不愉快,就不算什么了。

我给刚才的手机回拨了过去。接电话的是一个女人,她问我:"找谁?"

"我是刚才借你手机的那个女人的朋友,她人呢?"

对方说:"我哪知道啊?她是个疯子,先逼我借手机给她……谁认识她啊!我当然不想啦。又央求我,鼻涕眼泪一大堆。我心软,就借给她了。"

"请你再叫她接个电话。"

"你也疯了吧!她早没影子了,我也快到家了。"对方口气极不耐烦。不过她在挂断电话前又对我说:"她应该还在加油站那儿。"

我一时也判断不出——也许不会出什么大意外吧?但她跑到郊区干什么呢?和她那个叫彼得的男朋友联系上啦?但愿一个小时后,能在加油站那儿找到她。我问司机:"刘家湾有加油站吗?"

"有。"

我心里这才踏实点。但是，一路上，我都想不明白，她好好地待在宾馆等破案不就得了嘛。她那点事说起来挺简单的，就是被骗了，骗子利用了她的情感，骗了她四十万块钱。线索都齐备，案情也清晰，难不住警察的。

司机仿佛也知道我遇到了什么事，安抚我道："很快的，刘家湾我常跑，去三角城的必经之路。"

路况非常好，宽敞、平坦。夜空很干净，夜色中的青藏高原也很神秘。而我无心欣赏车窗外的夜色，那黑漆漆的一望无际的黑，那些格外亮眼的星星，都勾不起我的联想，更不要说诗情画意了。我的心还是急。路上，会追上一些车辆，都是运货的货车。在每超一辆货车的时候，我都嫌我们的车还是太慢了。

刘家湾终于到了。加油站也看到了。加油站的灯光冷冷清清的，灯光下没有车辆，一个人也没有。当我们的车进入灯光照耀的区域时，加油站里的超市门开了，跑出来一个睁大眼睛的女人，我一看就是杨洋。她只把黑T恤换成了白T恤，其他装束没变。司机的判断也很准确，直接把车开到她跟前了。

"怎么回事？"我一下车就问她，看到她安然无恙的样子，松了一口气。

"没有怎么回事。"她轻描淡写地说，"包丢了，手机丢了，就没招了。"

"好吧，上车。"

"干吗？回西宁啊，得了吧，我好不容易到了这儿……"她眼睛眨巴着，既固执又调皮地说，"你有约会，你当然要回的。你借我两千块钱吧，带我去前边的三角城，我要买个手机，然后你就回西宁，你忙你的事好了，我会还你钱的。"

原来只是跟我借钱。真是冤家,让我遇上了这么一个女人。她知道我有现金。还是在火车上时,我买水果,从钱包里拿钱,让她瞥到了。她还挖苦我几句,大意是,智能手机这么发达了,谁还用现金?你不会是退休老干部化装的吧,太老土了。当时我还反驳说,出门在外,现金还是要备的,以防不测。没想到我没有防到不测,倒是方便了她。我掏出钱包,数了两千块钱给她,想了想,又把余下的一千也给她了。她拿着钱,上了车。我也上了车。但是我猛然意识到了什么,她是不是骗子?这一通操作,完全是骗子的套路啊。我心里怦怦怦地狂跳几下,侧身看了看她。她一副坦然、平静的样子,实在看不出来是不是骗子。她也看我,一笑道:"谢谢啊,有了钱,我明天在三角城买个手机,就什么都有了,我用微信把钱转给你——嗨,看你眼神,不会以为我是个大骗子吧,包真的丢了——等会儿再讲给你听。实话告诉你呀,我要去德令哈,我有直觉,我觉得彼得就在德令哈。"

"去德令哈怎么会在这里?"司机说出了我的疑问。

"唉,一言难尽。"她叹息着说,主要是说给我听,"我要了个网约车,然后在路边等车,突然就来了一辆车,问我要去哪里。我说德令哈,他就让我上车了——我心急嘛,没有注意看车牌号。车子开了好久,我手机响了,是我要的网约车打来的。这才知道上错了车。本来我要下车的。可司机说,你不就是去德令哈吗?我就去德令哈,便宜,二百块钱可以吧?我是顺路,挣点小钱,你也能少花点,两全其美,不是很好吗?你把网约车退了就行了。我觉得他说得也在理,就跟他走了。可他到了刘家湾,就叫我下车了,让我在路边再等一辆去德令哈的车,还让我付他两百块钱。我当然不干了,三言两语就吵了起来。

谁知这家伙是个流氓，见我死活不付钱，开车就跑了，把我扔在这路边。我的包和手机，都落在他车上了。"

"箱子呢？"我问。

"存在宾馆了。"杨洋说，"看这家伙是老手，专吃这行饭的——我在加油站借手机打我自己的手机，已经关机了。"

"报警啊。"我说。

"你就知道报警报警报警，报个警耽误我多少事！算了，包里没什么值钱的东西，手机也用两三年了，不可惜，旧的不去新的不来，明天随便先买个手机再说。"

我觉得事情不是她说的那么简单。当车子到达三角城、在一家宾馆门前停下后，我没有跟随司机回西宁，而是留了下来。我要和她一起处理这件事，说服她不要去德令哈，明天一早好好跟我回西宁，好好在云台宾馆里待着，配合警察破案才是大事。实在不行，我就不和古影子、汪红红旅行了，陪她处理好这件事。

到宾馆又遇到麻烦了——宾馆要求登记住客的身份证。杨洋的身份证在包里，当然也被偷了——宾馆不让住，报出身份证号也不行。

杨洋说："你住吧。"

我当然可以登记入住了，她怎么办？"你怎么办？"此时已是午夜了，夜深人静的时候，她肯定是无处可去的，"你要流落街头吗？等明早商店开门，还有八九个小时呢，我们还是叫个车，回西宁吧。"

"要么你就在这儿住一夜，西宁我是坚决不回的。"杨洋说着，"噌噌噌"地朝外走。

我跑几步把她拉住了，小声说："我们登记一个房间好了。"

我问问看行不行。都这个时候了,你拦不到车的。到房间休息一下,明天早上再去德令哈。"

我们又共同回到吧台,我和服务员商量着,拿出我的身份证,登记一间房。服务员看看我们,说:"没有标间了,只有大床房,二百八十元。"

办好手续,我和杨洋一起来到房间。房间还不错,只是很闷,很热,还有一股扑鼻的烟臭味。我立即把空调打开,把温度调到十六度。杨洋一脸不悦,她看看床上洁白的被子,又朝卫生间望望,最后望向我,说:"怎么睡?"

"你睡大床,我在卫生间待着,反正也快下半夜了。"

杨洋脸上突然露出诡异的笑:"真有意思,在火车上,我们俩的卧铺挨着,没想到在这个鬼地方又同居一室了。那只能委屈你了。你洗个澡吧,我下午洗过了。"

我的确想洗个热水澡了,跟着她跑来跑去,冲一下肯定舒服的。

但是,我看她说完后,到窗户边站住了。窗户外是一条街道,她在看什么呢?可不要再改主意啊。真是想什么来什么——她转过身,拿了一瓶水抱在胸前,口气坚定地说:"大床让给你了,我还要走。真是傻透了——不是说你呀,我是说我,说我自己——为什么要在三角城买手机?我拦个车,连夜赶到德令哈,明天一早在德令哈买一部手机不就成啦?说不定能和彼得一起吃个早餐,一起挑手机呢。再次谢谢你呀。再见!"

我一听,毛就乍了。这什么人啊,变化也太快了,我好心好意地帮她,她却在不停地捉弄我。我非常恼怒地说:"你给别人点尊重好不好?"

她站住了,眼睛眨巴眨巴,带着哭腔说:"真对不起,我我我……我心急啊。"

我最见不得别人的眼泪了，一想，站在她角度，也许是对的——这么一个对爱情执着的人，谁碰上都会感动的。

"……我想尽快知道真相。"她说，声音像气流一样，明显是强忍着心里的悲伤——她实际上还是心存幻想。

"好吧，要走就走吧。我反正要回西宁了。"我只能成全她了。万一她是对的呢？退房又遇到点小麻烦，本来我以为人还没住下，又没使用任何东西（杨洋拿着的那瓶水又放下了），不会收钱的。但服务员说不行，至少要收个钟点房钱。为了赶时间，我也没有和服务员再争，就按她说的，交了六十块钱。

走出宾馆，杨洋脚下很有劲地往公路边走，我要快步走才能赶上她。

7

315国道上的货车很多。

我们站在路的右侧。杨洋和我保持着两步远的距离。两步远的距离不算远，换算成米可能也就一米不到。可我却感觉非常遥远。

远处有车辆驶来了，隆隆声持续不断，车灯像两只锐利的眼睛，把黑暗刺穿两个洞，在越来越近、越来越亮的灯光中，杨洋向天空伸直了两条手臂。灯光划过她两条细长的胳膊，从我们身边驶过，向远方驶去，留下"嗡嗡"的回声和浓烈的柴油味。杨洋恶狠狠地"啐"它一口，还恶俗地骂了一句。黑暗中她垂下了胳膊，眼睛却向更远处眺望。她脑子里究竟是怎么想的呢？在从宾馆到国道边上的十五六分钟的行程中，我还是没忍住，再三劝她，劝她别冒失地去德令哈，劝她还是先回西宁。甚至我都说了，我朋友也要带我去德令哈旅行，你可以和我们同行。但她都不为所动。她可能是属于那种固执己见的人吧，也可能是属于一根筋，主要还是因为爱情麻醉了她，或是她被爱情之箭射伤了，她的心思只在那个她从未见过的叫彼得的男人身上了。国道边的暗夜里，在城市照过来的微弱的灯影中，我从侧面审视着她，她一点也没有古影子的气质了，如果她扛着镰刀，简直是一尊死神。她把披散的黑发捆了起来，搭在肩膀上，和夜一样的模糊，而她心里的那个男人有可能在她的心里越发的清晰了——她是下决心一定要追个水落石出了。现在我不再劝她了。我已经在心里悄悄地做了决定，如果她拦到了车，我陪她一起走。和古影子只能说声对不起了。我可以把我遇到的情况如实地告诉古影子，我想古影子会理解的——大不了我们在德令哈会合。如果刨去心情和感受，和杨洋奇异的深夜之旅，也算是一场旅行，不同的是，同行者不是古影子和汪红红，也不是沿着海西线去德令哈，而是沿着海北线，和一个受了爱情重创的孤独而痛苦同时又被希望拍晕了的女人同行。且慢，我为什么要这样受苦受累地陪她、迁就她？不陪她会怎么样？明显，她有可能二次受骗，有可能被抛弃在深夜的戈壁滩中，有可能发生更为不幸的事，就是葬身青海湖也是有可能的。但同时，我也不得不承认，她太像我喜欢的古影子了。我的内心不能撒谎，如果把她换成另一个人，我很可能不会做出这么疯狂的决定。

一辆大货车在我们身边停下了。

杨洋兴奋地跑向车头，大声地喊："去德令哈。"

"上吧。"在轰轰的发动机声中，司机瓮声瓮气地说。

我跟随着杨洋爬进了高高的驾驶室。杨洋在攀爬时，有点费力，我还托了她一下。

大货车重新行驶后，杨洋侧身看向我，眼睛里既有疑惑，又有感谢。最终，她还是跟我微笑了一下，嘴唇动了动，像是在说谢谢。这是一辆破旧的大货车，驾驶室里很脏，有一股怪味，酸、臭、腥、咸混淆着。经过一番折腾的杨洋还是那样干净和利索，考究而华丽的T恤和牛仔裤在这样的驾驶室里更显出她不凡的品质——她又回来了。

"这时候去德令哈？"大货车司机也在打量着杨洋。

"有急事。"杨洋说，口气是淡漠的。说完觉得不对，转头跟司机附加一个笑，特别生硬，特别勉强。

"男朋友？"

"是……嗯……"杨洋的回答含混不清，先说的"是"里有许多疑点，软绵绵的，唇齿不清，仿佛就是"不是"，后又肯定地"嗯"一声，那就不是了。"嗯"一声又是那般的清晰和明朗。

司机疑惑地看了我一眼，可能也不知道是还不是吧。

杨洋也察觉到她的回答有问题了，又朝我一笑道："钟点房才六十块钱。"

我不知道杨洋是什么意思，是故意要引起驾驶员的误解吗？我也只好配合一下道："是啊，六十很贵了。"

驾驶员一听，来劲了："啥？有多高档的钟点房要六十块？三十我都不给，马路边这么宽敞呢。"

这个玩笑对我和杨洋来说是肯定开不起来的。杨洋拿胳膊抵我一下，我们俩都不搭他了。

大家都不再说话了。我是头一次坐在这么高的货车驾驶室里，视线非常的好，耀眼的车灯照耀下的路面看起来很平，车身却有些抖，听发动机的声音也不正常，像在不断地喘息。我担心这破车能不能把我们拉到德令哈。不断的担心让我有些疲倦。我看一眼杨洋。她两眼还是亮晶晶地盯着前方的路，丝毫没有困意。她看对面的来车，看路边的指示牌，也像是对司机不放心。我们从指示牌上看到"海北镇"的路牌了，看到"塔温贡玛"，看到"尼玛哈主"，看到"哈尔盖"，看到了"沙柳河"。这应该都是地名了。车子行驶进一座城市的时候，驾驶员说："这是刚察县了。你们要不要下车方便？"

我们都说不用。

我看了眼时间，已经是凌晨两点了。

过了刚察县，行驶不久，也就十来分钟吧，车子突然脱离了主干道，从右侧插上了一条小路。我还没来得及说话，杨洋就大叫一声："这是哪？"

我也接着杨洋的话说："怎么下道啦？"

"不绕路的，我熟，这条线我闭着眼都能跑——前边那个村叫达日贡玛，带包货去，反正明天早上到达德令哈。"司机说完，听我和杨洋都不说话，又给自己圆场道，"能挣就多挣点，养家糊口呢。"

乡间小道的路况和国道是不能比的，所谓的路，并没有人工建筑的痕迹，就是车轮在荒漠上走出的印痕。高低不平的路影上，分布着许多碎石。卡车发出时大时小的颠簸。我们的身体也随着车身而大幅晃动。杨洋为了避免撞到司机身上，把身体尽量往我这边靠，我们也就时不时会发生碰撞。有几次大的晃动，她直接就抓住了我的胳膊。在经过相对平坦的路段时，杨洋也不放手，还说："你是自找的。"我在心里说，没错。她仿佛听到我心里的声音了，终于有了点歉意，叹息一声。鬼知道她叹息里还隐藏着多少别的意思，也许并非是我认为的歉意，而我是真对她的任性产生了抱怨。对了，我还没有和古影子说明情况呢。明天汪红红到云台宾馆肯定接不到我了。我得提前告诉古影子，不用接我了，我们在德令哈会合。但这似乎不太礼貌。实话实说吗？只能这样了。我拿出手机，准备用微信语音告诉古影子。因为打电话显然不合适，时间不对，谁会在凌晨两点多打别人的手机呢？谁在凌晨两点多还不睡觉呢？我正酝酿着如何表述的时候，大货车突然熄火了。毫无预兆的，既没遇到强烈的颠簸，也没有紧急制动，突然就熄火了。司机一拍方向盘，骂了几句什么。他重新发动时，怎么也发动不起来了，发动机像故意和他较劲，只是"呜呜"地呜咽着，一直鸣叫着，就是点不了火。

"能修好吗？"杨洋虽然语气平静，我能听出来那装出来的、克制的平静后面，是多大的焦虑啊。

"哪那么容易？"司机迅速过了焦虑期，一副认命的口气，"天亮再说吧。我打个电话。你们自己想办法去。"

杨洋刚要发怒。

我迅速碰了她一下，握了握她的手。

她抖开我的手，用嘴唇咬住了愤怒，睁圆了眼睛看我，意思是说，怎么办？"我们离315国道不远吧？"我问司机。

"不远。对，你们往回走吧，到国道上就行了，就拦到车了。我是没办法了。"司机说着，已经拨通了手机。

在司机和一个女人通话的时候，我和杨洋下了车。

我和杨洋都听到了，司机并不是去达日贡玛带什么货——他在和对方调情——前边就是一个村庄。他在往村子里走。

8

月亮就要下山了,它的余光洒落在无垠的旷野上,四下里一片迷茫。我和杨洋并排着疾行,脚下响起了"嚓啦嚓啦"的声响,虽然只有两个人的声音,虽然很单调,听起来也是此起彼伏层次分明的,仿佛我们每个人的身后还有声音,那是影子的声音吗?应该是吧,如果有人在凌晨两时许的戈壁滩上行走,肯定会有这样的体验。她的脚步声,我的脚步声,她的喘息声,我的喘息声,以及我们影子发出的声音,互相交错着,像是两个人的争吵。我们都不说话。我不想说话。我能说什么呢?我完全是被动的、自找的。她也不说话。她也没有什么可说的。这一切都是她造成的。能有我和她同行,事实上她也不需要感谢。在她看来,她并没有邀请或胁迫我同行,因此她不会因为我也遇到了麻烦而自责。我也不能责怪她,说到底是我主动要跟着她的。我这样乱七八糟地想着,为她想想,为我想想,为我们想想。我们累得不行,身体已经僵化,脚下也很机械,任由我们脚下的回声任性地跟着我们了。

杨洋突然放慢了脚步。

我也停了下来——眼前出现了一条岔路。月光下的岔路分不清主次,一样的宽度,一样的向夜色里延伸,一样的消失在夜色的深处。夜的深处,也一样的静谧、安宁。我们犹豫着,不知哪一条路通往315国道,或哪一条路离315国道更近。因为这个路口呈"Y"形,从形状上无法分辨,从车辆轧痕的深浅上也无法分辨,无论选择哪一条路,都是赌博。我看着手机上的导航,奇怪的是,导航在这里并没有岔路,那就是说,怎么走都是正确的了。我本能地向右边的道走去。因为德令哈在我们的右边,越往右走,当然离德令哈越近了。杨洋做出了和我相反的决定,她在我身后走向了左侧道。

"嗨,我们就不能商量一下吗?"我停下来说。

"你和我商量了吗?"她却没有停步。

看来我们两人都有怨气。

"好吧,"我的语调缓和了下来,我知道现在不是要争个高下的时候,而是要把道理讲明白,"你看啊,我有导航,我知道德令哈在右边,走右道肯定没错。"

"走右道肯定不是原路,我们是顺着原路返回国道的,大货车不可能从右道下来,虽然它也有可能通到国道,但肯定不是原路。"

她分析得很有道理。我怀疑我的手机导航了。我继续看着导航,发现我们距离315国道不远了。我跟着她走。她重新焕发了活力,脚下发出有力的"噌噌"声。她身体里究竟有多大的能量啊。她小小的身躯里所储藏的能量难道一直就没有衰竭的时候?走着走着,她脚步放慢了。我也早就犯困了。人不是铁打的。我猜想她也坚持不住了。不知道为什么,我们在大货车上都没有困意,都没有借机睡一会儿,却在急需赶路的时候难以坚持了。然而,更糟糕的事情接踵而来,在互相鼓励甚至互相依偎下没走多久,月亮落山处,出现了一处村庄的模糊影像。

杨洋愣住了。

我也愣住了。

发现了村庄,才确定我们走错了路。

杨洋呆呆地望着模糊的村庄,望着月夜下红眼睛一样的几盏残灯，松开我的胳膊，腿一软，瘫坐到地上了。

"要是走右道，早就走到国道了。"我说。

"怪我喽？你不是有手机导航吗？你自己都没主意，手机导航都错了，却来怪我。在三角城，我可没邀请你。谁让你跟着我的？像个尾巴一样。要不是你跟着我，我就有可能上另一辆车了，就不会赶上这辆破车了。"她鼓足最后一点力气把怒火发到我的头上，对于我的尾随产生了极大的不满。也是，她在三角城拦车的时候，有一辆车停在我们身边，司机伸出半颗脑袋，有了载她的意思。但那个年轻的司机恶狠狠地看我一眼，又开车走了。在那一刻我感觉那家伙就是嫌我碍事。现在，她要表达的就是这个意思。

"要不是你任性乱跑，我现在还在西宁呢，我还睡在西宁舒服的四星级宾馆里呢。"我也上火了。

"什么叫乱跑，那是我的自由，你管得着吗！"

"是谁打电话让我去刘家湾的？是谁跟我借钱的？"我一句也不让她。

她不说话了。她不说话就躺下了。她终于耗尽了最后一丝体力。她躺着的地方仿佛不是荒漠里的一条土路，仿佛是宾馆里舒适的大床，夜色也瞬间成了遮风挡露的床单和铺盖。

她一躺下就睡着了，发出了轻微的鼾声。

我心里的那点积怨和火气也消失殆尽了。看着她蜷曲而卧的样子，不知哪来的同情，也不知哪来的怜悯，我有点看重她和敬佩她了。难道不是吗？为了一个认定的爱人，为了一个目标，为了一桩事的水落石出，能有这样的决心和毅力，也真是难为她了。

瞌睡和疲劳是有传染性的。我在离她一步远的地方也躺下来了。我想把发生的事情从头再捋一捋,可我只想了个开头,就睡着了。

是一阵"突突"的拖拉机声把我吵醒的。没错,是拖拉机,"突突突"地轰叫着开远了。我眨动眨动眼睛,看到新鲜的阳光洒落在我的四周。我睡在阳光里了。天亮了。真正的清晨了。我一眼没有看到杨洋。我一个挺身跳起来。杨洋确实不在了。她去了哪里?不会化成阳光,也不会化成泥土,她一定离我而去了。我下意识地望着太阳升起的地方,我看到了向阳光里开去的拖拉机,看到了拖拉机的车斗里,扶栏而立的,正是杨洋,虽然只是背影,虽然已经开去了二三百米远,我还是一眼就认出了她,白T恤,牛仔裤,长头发,匀称而修长的身形。我冲着她发出了歇斯底里的大喊:"嗨——"

我向拖拉机狂奔而去。

拖拉机被我追停了。正好停在一条公路的边上。

原来这就是315国道。

杨洋坐在一块废弃的界碑上。我坐在地上,背靠着界碑。这段国道风光最美,右边是起伏的荒漠,左边是碧草如茵的绿地,隔着绿地仅百米左右是一条铁路线。这是著名的青藏铁路吗?越过铁路,就是蔚蓝的一望无际的青海湖了,那干净的神一样的水面,那晨光照耀的闪着粼光的蔚蓝,美丽得让人无法言述。我已经用微信语音告诉古影子了,我和杨洋昨天夜里搭乘顺风车去德令哈了,由于走错了道,此时还在路上。我又进一步说,杨洋是我在火车上认识的女孩,她出了点事情,必须陪她一起去。最后我跟古影子强调,你们可以去德令哈,也可以不去,我一个人在德令哈玩玩。如果去了,我们就在德令哈会合。过了一会儿,在手机还剩最后5%的电的时候,我告诉古影子，手机马上没电了，到了德令哈我会立即充电，到时联系就恢复了。

我吃了一根黄瓜。杨洋吃了一个西红柿。是拖拉机手送我们的。送蔬菜的是个藏族小伙子。他不仅送我们到315国道，还送给我们好吃的——牦牛肉干和水。对付了早餐之后，我们还储备了一根黄瓜和一个西红柿。看着这两个再平常不过的蔬菜，感觉从未有过的幸福。

我离开界碑，站起来，往草地里走了两步。

经过一夜的折腾，杨洋的疲态还没有消除（我的状态也不好），头发凌乱着，衣服上也有了脏迹。此时，她像鸟儿爱惜自己的羽毛一样掸了掸白色的名牌网红旅游鞋，理了理同样牌子的袜子，甚至还有闲情用手指当梳，梳理了飘逸的长发。她如此的悠闲让我深感吃惊。她不再像昨天那样火急火燎了，也不急于拦车赶路了。路上不时飞驰而过的各种车辆，她不再像昨天夜里那样两眼放光了。同时，她也不理我了。除了递给我黄瓜时朝我"嗯"了一声，其他时间甚至都没有看过我。但是她面部表情是平和的，眼神是温润的，不经意间还会露出一丝笑意。我也不想主动和她说什么。她一个人拦车走了，没有叫我，让我很感失落，虽然她解释说是让我多睡一会儿，但我还是不能释怀——这似乎也不是多大的仇恨，还是能原谅她的。既然我已经给古影子留了言，既然古影子已经知道我手机没电了，既然古影子知道我明天会在德令哈，如果她也到德令哈，肯定会告诉我的，我们会如约相见的。我也难得轻松下来。手机没电并不是天塌下来的事——杨洋手机被偷，身上除了衣服甚至什么都没有了，她不是照样活着吗？当然，她口袋里还有三千块钱，那也是我的底气。

"一点都不想带你。"杨洋也站到草地上了。她也在眺望着碧波万顷的青海湖,像是在自言自语。

她是在跟我说话。她眼睛里也碧波荡漾,完全恢复了灵动和活力。从我狂追拖拉机到现在,我们一直在心里较着劲。现在她终于绷不住了。她说不想带我,自然还是在提夜里的事。夜里她把我扔在了那段乡间土路上,自己拦一辆拖拉机走了。如果我不是及时醒来,如果不是我狂追拖拉机,如果不是开拖拉机送菜的藏族小伙子停下来等我,我有可能还在那一带打转,还没有来到315国道边。我希望这不是梦。我想掐掐自己,可我感觉脸上热乎乎的,非常的异样,同时也感到身上硬硬的冷。脸上的热,身上的冷,一热一冷,激灵一下,醒了。

一条又瘦又小的流浪狗怪叫一声,跑了。它跑到不远的地方停下来,转头看我,"汪汪汪"地叫几声,受了委屈一样地夹着尾巴跑走了。

我身边没有杨洋,没有"突突"而响的拖拉机,没有黄瓜和西红柿,更不是在315国道边。我还是躺在夜里躺下的地方——刚才真的是一个梦。

"杨洋——"我大叫一声。

刚刚放亮的清晨一片寂静。我的叫声也显得空洞无力。我努力回忆着,是不是真的有拖拉机从我身边驶过?杨洋是不是真的跟着拖拉机走了?她能去哪里?她还能去哪里呢?德令哈?别墅?我定了定神,拿出手机,看到手机确实要没电了。我按照梦里的话,赶快跟古影子说明了情况,心里这才稍稍安定,才向四下里打量。哈,我看到不远处有一条公路,公路上,一辆一辆汽车正在疾速地驶过……

9

近午时分，我来到了德令哈。

午后一点，我站在青年北路56号的门口，心里既安定又悬空，同时还深感悲哀。这里并不是彼得向杨洋炫耀的别墅区，也不在乡下，倒是一片新城，是坐落在新城的一家全国著名的品牌连锁酒店。

骗子并不高明。而受骗者最傻的地方就是不愿意承认上当受骗，因此也就懒得上网查一查地址的真实性。我心里的安定正是基于这一点，没有虚跑这一趟，虽然历经了各种波折和辛苦，最终还是向杨洋证实了我对于骗子的精准判断。可心里的悬空也是基于这一点，折腾了整整一夜加半天，就是为了证实这个？悲哀吗？还真是，替杨洋，也替自己。

古影子已经和我联系上了。我是在太阳普照大地的时候跑到315国道上的，而且很幸运地拦了一辆奥迪Q6。车上是一家三口，是去德令哈探亲的。他们不但让我搭车，借给我手机充电宝，还让我吃了他们美味的食品充当了早餐。直到这时候，我还想着是不是还在梦境里，毕竟，凌晨的那场梦太真实了，有场景有对话，和现实生活一模一样，让我不得不多个心眼。当确定我确实回到现实生活中时，我觉得和杨洋分手后好运气就来了（也可能杨洋有着和我相同的感受）。古影子适时地来电话也是好运气之一。她开口就问我在哪，我说我现在在通往德令哈的315国道上。她说和那个杨洋在一起吗？我说不，杨洋坐另一辆车先走了。古影子犹豫了一下告诉我，她刚刚在听我的语音留言时，小恩也在身边，小恩一听到杨洋这个名字，特别特别的敏感，再三地询问我是怎么认识你的，询问你和杨洋是什么关系，小恩真是搞笑，感觉你就像一个大骗子。我还没想好如何解释，古影子又急促地说："你和杨洋的事我哪里知道啊，唉，这个杨洋到底是什么来头小恩像是知道了什么，那么感兴趣……你们真的是在火车上认识的？"在听了我肯定的答复后，古影子又说，"好吧，小恩所做的工作我也不便打听，他的事既复杂又啰唆，我懒得管他了。但是，不管怎么样，我和红红都要去德令哈和你会合的。我们计划不变，只是游览青海湖要等到回程时了。对了，昨天晚饭时，红红对你的印象不错哦。"我觉得她最后这一句才是关键，同时古影子也在进一步考察我。我不想再接这个话茬了。显然古影子也没指望我接话，我相信她也敏感地懂得我的沉默也是一种态度了。古影子停顿了一口气，又说："等会儿把我们要在德令哈住的宾馆发你，你们先去休息会儿。"古影子所说的"你们"，其中就包括杨洋。她是不是误解了我和杨洋的关系？此时，杨洋就在我前边几步远的地方，她可能也就比我早到几分钟的时间吧。她白T恤的后背上脏了一块，肩膀部分也有一抹擦痕，还破了两三个小小的洞，可能是睡在路上时叫沙子硌的。大约伤到了皮肉吧，和T恤上的小洞洞并列的一两点斑痕很可能就是血迹。这倒是和梦里的场景稍有相似。但此时最让她受伤的，可能还不是皮肉，是她的心灵。她一动不动，像雕像一样伫立着；她一动不动，内心一定在翻江倒海。我不想责怪她，也丝毫没有责怪她的意思。到了这时候，她一定什么都知道了。如果我要再说什么，她怎么能受得了？她把我丢在深夜的乡间土路上，独自一人离开，应该有她的打算——她可能预感到有这样的场景，她怕这样的场景会让我奚落她。或者，她设想的场景完全相反，她心爱的白马王子正在别墅里等她吃烧烤呢,我跟在她身后算什么?解释起来多麻烦啊。但无论如何,我还是来了。她还不知道我就在她的身后。她还不知道我正在打量她的细腰丰臀,她还不知道她的背影像极了古影子。而我,正在揣摩她现在的心情。她转过身来了。她是猛地转过身来的。她转身的动作有些决绝,有些抛弃一切的果断。她看到我了。她满脸泪痕。她惊诧地对我睁大了眼睛。我们的目光在半空相撞了一下。她在定定地看了我片刻后,突然扑上来,紧紧抱住了我。然后,她就哭成了泪人。

一辆警车缓缓停在了宾馆门口。我看到这辆警车的车牌号是西宁的。一辆来自西宁的警车会不会和杨洋的受骗案有关呢?我没有记恨她中途扔下我,也没有责问她为什么要扔下我,我也不想了解她怎么把我扔下,她又怎么来到德令哈的。我知道,说这些、了解这些已经没有意义了,她的眼泪和拥抱说明了一切。重要的是,她知道事情的真相了。我拍拍她的肩膀,小声安慰道:"走吧,买手机去。"

10

在海子诗歌陈列馆外,我一边调试着吉他,一边看杨洋安静地坐在离我们十多米远的地方发呆。她的确是在发呆,或一直处于倾听或发呆的状态。她的倾听或发呆的状态,是她现在最佳的状态。因为她的案子毕竟还没有结。不过她的情绪已经稳定多了,手机买了,衣服也买了——我陪她买衣服的时候,特意建议她买一条长裙,一条抹茶绿的连衣裙,我觉得她穿上这条裙子,气质会更靠近古影子。她有点不愿意,但还是买了,当然，她又买了几件她自己喜欢的衣服，还买了一个行李箱。她跟我说了，可以和我们一起活动，也可以单独一个人打车回西宁——这要看案子的进展情况。

从西宁带吉他来，是古影子事先就有的计划，或者说是早在古影子的计划之内了。

吉他挺好的，音质上乘，手感也佳。但我还是分心了。杨洋的发呆，她的沉默，还有她寂寥的背影，让我不得不平添些许的牵挂。在她身旁是花丛和石头，石头上，刻着海子的一首诗，正巧是那首著名的日记："草原尽头我两手空空，悲痛时握不住一颗泪滴。"在这片临河的街心花园里，每块石头上都刻着海子的诗。海子诗歌陈列馆不过是普通的三间平房（也卖咖啡和简餐），平房外观简朴而大气，室内的影像设备上反复播放着海子的介绍。墙上也是海子的诗。我和杨洋已经参观过了。很显然，她知道海子，但对海子算不上热衷和迷恋。或者，她还没有完全从失恋加被骗的感情中回过神来。花园边上就是穿城而过的巴音河。在面对明镜一样湛蓝的巴音河时，杨洋曾自言自语地说："多么干净的河水啊。能死在这里也不错的。"她的话自然吓了我一跳。我正观察她的表情时，她又说："我才不会像海子那样卧轨呢。"这句话更是吓我一跳，不卧轨，那就是跳河喽。我说："瞎想什么呢？"她不搭理我了。过了一会儿，还是一副自言自语的口气："自杀的人最没劲的。要是连死都不怕，还怕活着？"她这句话像是说给她自己听的，也是说给我听的，仿佛表明了她的态度。但总之，她的状态让人多疑。直到古影子和汪红红来了，她才表现出正常人的状态来，寒暄、微笑、互相介绍，还有女孩们之间肉麻的互夸，都让生活有了人间烟火的味道。古影子和杨洋还开起了玩笑，古影子夸杨洋精致，是标准的大美人儿,白白嫩嫩、明明白白的漂亮。杨洋对古影子的胡夸海赞显然还不太习惯,但她的回话也颇具威力:"火车上,袁彬老师一直在夸你有才又好看呢。百闻不如一见,果然美丽得让人嫉妒,难怪袁彬老师要不远万里跑来看你呢,我要是男的,也不会放过你。"她们两人的对话惹得汪红红想笑又不敢笑。但杨洋话里有话,显然也不是善碴,古影子和汪红红应该都听出来了。我却有点尴尬了,只能傻笑着。汪红红像个助理员一样地拿过吉他,说:"古老师,你和袁彬老师谁唱?"古影子心里开心,好像又落了下风一样,对杨洋说:"杨洋老师唱一曲吧?"杨洋说:"唱歌呀,我还是算了吧,你们才是一伙的。"于是,又笑。古影子就接过吉他,调试了。于是杨洋便假装赏花,假装看巨石上的诗,退到一边,与我们若即若离地待着了。

　　陆续有人来了——古影子还邀请了德令哈的三四个诗人,其中就有她的闺密。他们都是当年筹建海子诗歌陈列馆的创始人,并对陈列馆的建设做出了大贡献。我们要在海子诗歌陈列馆的门口唱海子的诗。我虽然久经各种场合,甚至在露天酒吧都唱过歌,但在这种有着特殊纪念意义的地方唱海子的诗还是有点紧张。我准备练习的这首歌就是海子那首著名的《日记》,曲子是古影子配的。当然,我知道,《日记》有很多人配过曲,较有名的是蒋山的那一首《德令哈》,我也唱过。但古影子的配曲,和蒋山的完全不一样,更为柔情,更为悲伤,更深入人心,更让人想起遥远的往事,想起生命中某些无常的时候。我从前唱过,来时又练习了两三次了,心里有了底。我还练习了古影子的另一首歌曲。这首歌曲的特殊之处是,不仅词曲出自古影子之手,而且是致敬海子的日记,歌名就叫《致敬德令哈》。但是，古影子悄悄告诉我："这首《致敬德令哈》，让汪红红来唱，你来弹吉他，我打鼓。红红，可以吧？"汪红红说："可以。"古影子又说："红红是一心要唱好这首歌的，已经练了好久了，你们只需在正式演唱前合一次就行了。"我说："哪有时间合啊！要合吗？"古影子说："不合也行，你们肯定心有灵犀的。"古影子怕她的话有些露骨，或者她是故意这样露骨，又解释道，"我们都是心有灵犀的。"我看到，汪红红在听了古影子的话后，脸色发生了微妙的变化——她并不高兴再这样暗示了。

活动进行中，德令哈的夜幕降临了。

空气异常地洁净，能明显感觉到奔腾不息的巴音河带来的雪山之水浸润着每一寸夜色和灯色。河畔花园里，夜静风纯，花香四溢，每一块海子的诗石都闪耀着抒情的光，宛如夜色中的一颗颗泪滴。我已经唱过古影子配曲的海子的《日记》了，空气仿佛被委婉的悲伤凝固。接下来，我和汪红红要合作古影子的《致敬德令哈》了，不多的听众更为安静了，他们的目光中除了期待，还有好奇。看起来，汪红红的情绪已经酝酿好了，她手持话筒，面色沉静，眼睛和嘴角牵出的神韵既神圣又庄严。我跟她示意一下，弹出了第一个音符，在一串悲咽、凄哀的前奏之后，汪红红有特质的嗓音在夜色中响起："今夜，我在德令哈，想起我的姐姐，她还在傻傻等待，突然闯入的火车吗……"

所有人都安静了，都沉浸在音乐和歌声所营造的氛围里。我看到稍稍远离中心的杨洋在歌声响起的一刻，也转过了身，显然她也被音乐和歌声所打动。但是，在歌声接近结束的时候，她被另一件事情打扰了——我看到她一边接听着手机一边向河边走去。

歌声结束一会儿了，杨洋才从河边走来。由于灯光朦胧，看不清她的面部表情，从她走路的姿态上能看出她步履的轻快，由此可以判断她心情不错。她的心情的改变，从买手机时我就发现了。按照她原来的意思，她准备先买一个便宜点的，配置低一点的，能用就行。是我的一句话改变了她的初衷。我说："没事，你可以一步到位。我有钱。"我跟她举了一下手机，挺牛气的样子。但我举过手机就后悔了，因为我的支付宝上只有几千块钱，现金又全给了她，万一她要买一部上万块钱的手机怎么办？好在她很低调，买了一部五千多块钱的。有了手机后，她的支付宝和微信等功能就恢复了，迅速就把钱还我了。从那时候开始，她就是一个正常人了，就有了拘谨、害羞、馋嘴、爱美、怕晒和好奇等女孩子的特性了，不再提彼得了，也不提被骗的事了，仿佛彼得根本就没有存在过。那么这个电话，是谁打来的呢？警察打来的？但无论如何，肯定是一个好消息。

我一边弹吉他，一边对杨洋过分关注，这引起了古影子的不快。古影子的不快也不是表面上的流露，或者说很隐蔽，只有我能觉察出来。而汪红红沉静的表情和收敛的微笑中，也暗藏着别样的情绪。这都是可以理解的。我是投奔古影子来的，凭空冒出一个杨洋来，扰乱古影子的计划和秩序，而汪红红至少会想到，她还没有一个从天而降的杨洋受到我的关注，情绪没有变化也是不可能的。

我看到接（打）电话回来的杨洋，在离我们更近一点的石凳上坐下了。

古影子朝她招手，喊道："杨洋老师，来唱一首吧，唱什么都行。"

可能是接听的电话给她带来某个重要消息的缘故吧，杨洋似乎把什么都放下了。我看到杨洋抿嘴一笑，站起来，向我们这个临时的舞台走来了。

汪红红高兴地把话筒递给她。

"杨洋老师唱什么歌？看我和袁彬能不能配上。"古影子看着我，意思是，反正你懂的歌比我多，以你为主啊。

"《乡村路带我回家》。"杨洋说，还把头发甩一下。

天哪，我暗暗吃惊了，这首歌她也敢唱？这是美国人约翰·丹佛唱红世界的一首歌。杨洋说话的声音有点轻，有点飘，缺乏特色，不像古影子那么浑圆、磁性，她敢唱这首名曲那是真要有勇气的。本来我就觉得，古影子邀请心情极其不佳的杨洋唱歌，就带有点调侃、嘲弄和出她洋相的意思，她还真的上当了。但是，既然她敢唱，配器我还是不成问题的，因为每一个喜欢乡村音乐和西部音乐的人，丹佛的这首歌都不知弹唱了多少遍了。我便酝酿一下情绪，开始弹奏。在简短的前奏之后，响起的是杨洋特质非凡的歌喉。她一开口，就让我惊艳了。她的英语发音是那么的好，节律、气息和情绪的把控更是恰到好处，都是约翰·丹佛的调调，我仿佛看到大片的田野、阳光，风光绮丽的山谷、乡村，仿佛感受到通向故乡的小路和掠过的轻风，感受到那份自由和无忧无虑，感受到那发自内心的怀念、向往和抒情。本来听众只是海子诗歌陈列馆的工作人员和古影子闺密带来的几个好友以及少数几个游园的游客，在杨洋的歌声中，又有几个路人加入了。

一曲终了，正当我们还沉浸在美国西部美丽的乡村风光，正当我们还在消化杨洋的歌声时，我看到远处的小许了。在小许的身边，是一个身穿警服的年轻人，这个年轻人我见过，就是那天接待我和杨洋报案的民警。

小许的突然到来，让我们都感到惊奇。我看到汪红红赶快走过去了。

一定是关于案子的。

果然,汪红红过来把杨洋叫过去了。

我看到他们在交谈。先是小许和杨洋在说话,然后那个身穿制服的民警也说了几句。后来是一脸微笑的杨洋夸张地握了握小许的手,又和另一个民警握手。笑靥如花的杨洋不停地说着什么,看样子,案子破了,应该是关于感谢一类的话。

杨洋向我这边跑来了。

此时她身穿一件孔雀蓝色的连衣裙,裙摆欢快地打在腿弯上,和她的心情非常地契合。

她是来跟我打招呼的。

"袁老师,不好意思,不能和你们一起玩了——我要跟他们一起回去。"杨洋说罢,目光还在我脸上停留片刻,像是感激,又像是嘱咐什么,最后又说了句"谢谢啊",就算是告别的赠言了。

11

我们在德令哈住了一夜。住下之前,古影子的闺密又请我和汪红红吃了夜宵,第二天我们玩了离德令哈不远的托索湖。在托索湖欣赏美丽的湖景时,我还想着,杨洋的案子也应该结了吧,四十万的损失能追回多少呢?我没有接到杨洋的任何消息,也就无从知晓了。午饭后,正当我们准备赶往另一个景点时,汪红红突然接到单位的紧急任务,要她提前结束公休假,我们的德令哈之行便也提前结束了。

我们当即就驱车赶往西宁了。

我们没有按照原定的计划在回程途中游玩美丽的青海湖。我们只能沿着高速公路望一望沿湖的景色,那些湖边碧绿的草地,草地上灿烂的野花,那一望无际的浩渺的碧波,都让人惊叹并心生向往。当然,古影子在路过许多景点时,还不忘给我做简单而生动的介绍,黑马河、江西沟、天鹅湖、倒淌河、日月山,这些景区在古影子的精彩描述下,一个比一个美丽,一个比一个魅力无穷。

原本,回到西宁后,我可以在西宁多待几天的。西宁的美食还没有好好尝尝,景点也没有好好看看。反正回北京也没有什么事儿,酒吧还不知道何时才能恢复往日的喧嚣,小拙灰暗的、潮霉味呛鼻的半地下室我也不想再住了。但我却提不起兴致,甚至有点索然无味。古影子倒是还有计划。可古影子已经和我原来记忆里的古影子不一样了,我此时的心情也远离了我来时的初衷,还有意义吗?就在这时候,我突然接到了小拙的电话。小拙欣喜地告诉我,北京的酒吧已经允许乐队和歌手进驻了。这无疑是一个让人振奋的消息。我立即蠢蠢欲动起来,巴不得立即回到北京,仿佛我回晚了一步,好的酒吧就被别人占领了一样。同时,这也是我离开的绝好的借口。

但是,在我从德令哈回来的第二天就告诉古影子我准备离开时,古影子还是惊讶了,古影子说:"怎么也要多留两天啊,我好不容易说服汪红红,再抽个时间一起吃吃饭的,怎么说走就走啦?"

我把小拙和我讲的好消息跟古影子复述了一遍,同时也说明北京的工作岗位竞争非常激烈,怕晚一天就会多生变数。

古影子说:"北京的机会虽然多,但压力也大,房租啊,交通啊,吃饭啊等等费用都奇高,远没有西宁这地方安逸、自在。

我觉得，你要是在西宁搞个音乐工作室，绝对有发展前途，或者在西宁找个工作，也是不错的选择。当然，西宁是不能跟北京比的，时尚元素差多了，可是……可是……你还没去我的工作室看看呢。我的音乐工作室还需要你的指点呢。还有啊——我也就直说了，你觉得汪红红这个人怎么样啊？她觉得你心事很重呢。我说要多接触，多了解……你笑什么？瞧你这表情，嗨，看来我是多此一举了。其实不要紧的，交个朋友嘛。"

我说："谢谢你的好意，我真的要走了。"

古影子观察我的情绪，说："你执意要走，我也不留你，以后，我们在北京还会见面的。"

这后一句是客套话了。

"这几天……辛苦你啦！"我还难掩悲伤。

古影子也感觉到了，她轻声道："对不起……"

她的"对不起"含有太多的内涵。但，这就是人生，这就是人世，这就是生活。

我订了一张中午12点35分西宁至北京西的卧铺车票。

分手在即了。古影子知道我的行程后，一定要请我吃一顿饭，送行的饭。她的理由也很充分，说她当时从北京回西宁时，我也请她吃了一顿，处朋友要讲究对等。但是，吃饭耽误事啊，时间更显紧张了。当吃完饭，她开车把我送到西宁站时，离发车时间只有十五分钟了。我拿着身份证慌忙地通过各种闸口，气喘吁吁地登上列车，还没有找到自己的铺位，就广播停止检票了。真是太险了。我拉着行李箱，往车厢里寻找。列车上的旅客不多，我很顺利就找到我的铺位了。

让我不敢相信的是，古影子居然坐在我对面的铺位上，正仰着脸朝我笑。我脑子瞬间眩晕了，穿越了，随即又清醒了，这哪是古影子，这是杨洋啊，她穿了我建议她买的那件抹茶绿的连衣裙，显得清新脱俗。

"啊，怎么可能，是你！"我说。

"怎么不可能是我，"她也乐了，"你以为是谁，古影子？"

"不不不，我以为……"

她歪一下脑袋："谁？你敢说你不喜欢古影子？"

我不说话了。

她思忖了片刻，说："不过古影子的男朋友太优秀了，简直就是神探，就是……就是当代狄仁杰，就是中国的福尔摩斯——他抓住那个大骗子了。真是太让人没面子了，那个大骗子，居然是个女人，而且是个胖女人，我怎么就那么幼稚呢哈哈哈……你也没聪明多少……不是打击你啊，你还真的不如许警官，人家那个帅，那个智商，那个优秀，不佩服都不行啊。"

"你也是骗子。"我说。杨洋太得意了，太打击我了，太不把我当回事了，我不能让她如此肆无忌惮。

"骗子？你这么高看我哈哈哈……"她笑得更欢了。她笑着笑着，眼泪就噙在眼里了。她目光定定地看着我，声音突然变了："我一直在看你的微信，看你朋友圈上传的那些歌，看古影子的影像，也有你的影像。也一直想跟你说声谢谢……我要向你道歉……其实，其实你也是优秀的。可我不想在微信上说，我想当面说。没想到……没想到真的又见着你了……真是太巧了。没错，我想做个骗子，我希望我是……对，我不是骗子，我希望我就是古影子。"

"你唱歌……不差输给她的。"

"仅仅是唱歌吗？你真是太健忘了，你不知道我是干什么的？我是搞艺术培训的，音乐这块正是我们培训机构的主打项目,而我,专业就是声乐……怎么样,愿意到我们艺术机构上班吗?昨天我接到教育主管部门的通知了,各种艺术培训班可以开学了。你要能来,我给你开顶薪。"

这又是一大惊喜了。我简直没加考虑就说:"真的呀,太好啦!"

她仰脸看着我,眼睛再次湿润了,哽咽着说:"……你教会了我很多。"

她站起来,向我身边靠了靠。

这时,火车启动了。火车司机可能是个新手,启动时发出剧烈的抖动,在突如其来的惯性作用下,我们互相没有站稳,拥到一起了。

灯 色

1

非中心夜晚的灯色，总有些特别。

花有花的馨香，树有树的姿势，灯影有灯影的语言。我站在非中心5号楼12层，站在我潜居多年的居室的窗口，俯视着楼下。楼下是宽阔的步行街。步行街上有两排北京槐，大约和社区的年纪相仿，经过十多年的风雨磨砺，已经树影婆娑了。10月长假后的非中心，秋意渐浓，北京槐的叶子依然青青绿绿，生意盎然。

步行街上的灯影并不明亮，却异常鬼祟。两排稀疏的路灯坏了装，装了坏，坏了再装，再装再坏，色调就参差不齐了，有白有黄，还有葱绿和鸭蛋青。不多的几盏橘红色地灯和路灯的灯色互相交错着，形成多色的光影，斑斓、鬼祟，又平添几分神秘。那一簇簇分布在树下不同灯影中的跳舞的人们，在各种爆炸般的音响中，影影绰绰地舞动着身姿。

我不是看灯色的，也不是看跳舞的。

我心情不好。岂止是不好啊，简直坏透了！我真心受不了步行街上闹心的音响，它实在让人安静不下来，无法专注地干一件事情，比如读书，比如写作，比如默想和构思。没错，我是写东西的人，写东西的人，需要的是安静和专心。

本来，为了躲避这样的噪声，我已经做了很大的让步，把每天晚上六点半至十点半的写作习惯，改成清晨五点至九点了。可最近又发生了可怕的事情，五点也无法安静了，同样是在步行街上，每天清晨五点开始，就有一队"健步走"，和我同步开始一天的工作。我的工作是码字，他们的"工作"是健步走。

像晚上跳舞的大妈们一样,他们的健步走也有音乐伴奏。和大妈们的音乐不一样的是,健步走的音乐是节奏铿锵的进行曲。我从楼上看见过他们。他们举着旗帜,勒着皮带,穿统一的制服,排成两列纵队,踩着进行曲雄壮、威武的节奏,步伐整齐地从步行街上穿行而过,然后拐进非中心。非中心里,有更方便他们行走的平坦的便道。

我最佳的写作时间,就这样和大妈、大叔们跳舞、健步走的时间重叠了。我的心情也就在这样的重叠中,坠入了深渊。

有一单活儿,就是我手里的这个诗剧,关于"五四"前后新文学运动的诗剧,演出方要求一定在今天交稿。今天的现在,就是晚上,离明天只有几个小时了,最关键的一段唱诗需要重写,这也是总监制兼出品人特别交代的。可是,正当我绞尽脑汁、挖空心思、殚精竭虑准备开工的时候,我耳朵里突然被各种剧烈的噪声塞满了。刚萌发的那一点点灵感,被此起彼伏的超级音乐炸得烟消云散,无影无踪。

2

美丽的胖警察站在花花绿绿的宣传板前。宣传板一共七块。她站在"前言"的边上。她就是"前言"的前言了。她系着白色的皮带,挺胸收腹,更加威武,也突显了她的丰满和圆润。

我早就注意那七块宣传板了。它在步行街的入口处,已经待了几天了。开始的时候,宣传板的边上有一只搁在音箱上反复播放的喇叭,内容是动员市民下载《全民反诈》APP[①],只需

---

① APP:指手机软件。

要一分钟就可安全下载。喇叭里，一个男人用稳重而标准的普通话告诫市民："网上兼职、购物充值返利等活动都是诈骗；网上购物，客服打电话说退款的都是诈骗；冒充公检法要求汇款，或者让你转入安全账户的都是诈骗；老师在家长群里发交资料费、二维码，或者向你借钱的都是诈骗；通过社交平台添加微信、QQ，拉你入群，让你下载或者点击链接进行投资、博彩、赌博的都是诈骗；网上贷款前收取包装费、流水费、手续费等任何费用的，都是诈骗；非官方网站买卖游戏装备或者游戏币的都是诈骗……"为了详细解释诈骗的伎俩，宣传板上还画了一幅幅形象生动的彩色漫画，配合漫画的，是一条条生动的触目惊心的案例。

反复播放的喇叭撤下了，换了女警察。这个举措好，我要毫无保留地点赞。事实也正是这样，路过的行人下载《全民反诈》APP 的明显多了起来。

我没有下载这个 APP，我有另外的事情要咨询女警察。

"您好，警官同志。"我礼貌地走上前去。

"您好，有什么问题吗？"她的声音不像她的腰肢那么粗，细雨轻风中，带有温馨的关怀和客气。

"咨询一件事，"我也尽量把声音控制在严肃和温馨之间，"咱们步行街上每天晚上广场舞声音太吵了，早上健步走的喇叭声也太响了，影响很多人的休息和工作，希望警察同志能介入协调一下。"

"这是个问题，"她微微露出一点笑意，"不止你一个人反映了。但是，全民健身是国家提倡的，许多部门和单位还搞广场舞比赛，这个……你想怎么协调？"

"能不能换个时间段呢？比如不要在早上和晚上。"我也不知道我的话有没有道理。

"你是说上班时间锻炼吗？可他们跳舞、健步走的人也要上班啊，我们没权力阻碍别人业余时间锻炼身体。"

"他们扰民。"

"扰民这个事……你是在早上工作还是在晚上工作？可以在别人正常工作的时候工作嘛，业余时间和他们一起健健身，更有利于工作，是不是？"女警察依旧面露笑容。

但是她的话已经让我烦了，我觉得她在敷衍我。当然，我反映这个问题，本身也是有问题的，我承认。我的意图不是要阻止跳舞和健步走者，我是让他们想办法别再扰民，她却在教导我，让我和他们协同一致。我忍着噌噌上来的火气说："我是在别人正常工作的时候也正常工作的。可我也有个人爱好啊，我的爱好需要安静，夜晚的安静，凌晨的安静。再说了，学生晚上要写作业，婴幼儿也要多睡觉，多睡才能长身体，长身体才能当好祖国的未来。早晚的音响那么大，那么吵，那是害人！"

她听出我的话里开始带情绪了，笑容更真实了些，还露出了三分之一的白牙齿："学生抗干扰能力很强的，你想想啊，一个班几十个孩子一起背书，不是人人都会背吗？我女儿读三年级了，她从来不怕嘈杂声。我家楼下有个公交车站，好几辆公交车每天都要报站名，声音也很吵的，可我家孩子学习一直名列前茅。嘻嘻，讲个段子，我女儿写好作业后，也会做做手工，比如她会玩折纸游戏，叠一个一个白天鹅、小兔子……她会突然说，妈，我要睡觉了，到点了，公交车都不报站名了。瞧瞧，她都学会利用公交车的噪声了……"

我没等她说完就想走，再听下去就没有意义了。其实我也知道是这个结果。我找警察反映情况,不过是想发泄一下心里的不快,也没指望她能解决问题。可她也别试图说服我从众啊,还拿她女儿举例来教育我,真是的。我看一眼她的警号。她的警号牌正好处在她胸脯的陡坡上,有点歪斜。她一定是看到我的目光了,抬手把警号牌正了正,说:"警号牌上没有姓名的。我姓汪,汪曾祺的'汪'。我叫汪琪,不是汪曾祺的'祺',是王字旁放个其他的'其'那个'琪',懂啦?我是这儿的片警。有事找我好了。"

她还知道汪曾祺,我心里的不快顿时消散了一半。

3

黄昏来临的时候,我在步行街上散步。

有人陆续从外面进入小区,汇入步行街上了。

我不喜欢人多。人多的地方我都躲着走。但我知道,现在还不是人流高峰。人流高峰在六点半以后如期到来,地铁里会拥出第一拨儿匆匆下班的青年人,男男女女,高高矮矮,胖胖瘦瘦,他们都有着一张张青春的面孔,同样有着一副副疲惫的神情。因为还处在疫情防控阶段,进入小区的门只开这一个。出口倒是有好几个。有一次我在南便门,听到保安和一个试图从南便门进入的拾荒者争执,保安坚决不让他进来,要进来,一定要经过步行街的入口。我从保安的口中听出了门道,原来,只从步行街的入口进入,也是疫情防控的需要,万一有接触感染者,便于统一调看录像。这真是个好办法,要为小区管理部门的这个举措点赞。

时间已经过了六点,我也要适时地离开步行街了。

关于步行街，可以简略介绍一下。它实际上是北京像素小区和非中心园区中间的一条约五百米长的便道，东西走向。步行街的北侧是非中心，南侧是像素小区。像素小区全部是公寓楼，住着约六万名北漂者。非中心是商务区，有数百家大小公司在各色写字楼里办公，也有像5号楼这样商住两用的区域。由于是同一个开发商开发的楼盘，像素和非中心便纳入了统一的管理，事实上也是一个整体。步行街在疫情暴发之前就是一个半封闭的街区，平时在街上活动的，大多是像素小区和非中心的人。疫情后期，这儿就更成为一个相对独立和安全的区域了。

离开步行街，我找了一个相对安静的地方坐下来。如前所述，我的那部诗剧交稿了。我要构思新的作品了。我就像一只下蛋的母鸡，在下蛋之前会到处寻找一个下蛋的窝。我和下蛋母鸡不同的是，母鸡的肚子里已经有了蛋了，可我现在还没有"蛋"，我在酝酿"蛋"。

在17号楼前边的花园小广场里（像素小区的楼和楼中间，都会有不同主题的小广场），我坐到了一张条椅上。借着远处灯光的映照，我看到条椅上有一个东西，凑近了细看，看不清，却有一股异香。我捡起来，打开手机里的手电筒，原来是一个粉盒，两排共十二个颜色的小方块粉嵌在盒子里，很规整。盒子的边上还有刷子、眉毛夹等几个小工具。一看就是某个时尚女孩丢失的。我四下打量几眼，小区的便道上有人行走，也只是行走而已，不像是寻东西的人。我把粉盒放回了原处。

在我的前方，是一个电吉他造型的雕塑，边上还有一个雕塑，造型抽象，像一条海鳗。我不知道这两个雕塑有什么联系，一个写实，一个抽象，一个静物，一个动物，设计者是出于什么考虑，把这两种不相干的物体凑到一起的呢？我不得而知。抑或是安装时，工人们安装错了？紧挨着这组雕塑的，是一个方桌，围绕着方桌还有四把固定的椅子，倒是挺实用的装置，可以供居民休闲时小聚。

谁会来这里小聚呢？正巧有人过来了，是一个戴着口罩和墨镜的女孩。她不是来找粉盒的吧？她的穿戴太夸张了，除了口罩和墨镜，还穿了一件恐龙服。当然，她没有把作为帽子的恐龙头戴在头上，而是挂在脑后，那条又肥又笨的恐龙尾巴拖在她的屁股上，倒是十分可爱。和她一起的还有一个女的，落在她后边有四五步远的地方，在她坐下时（那条胖尾巴歪在一边），同伴也坐下了。但是她的同伴一开口就吓了我一跳，一个纯正、浑厚的男中音，还带着胸腔共鸣。这是个女的吗？分明是男声啊，可留着长发、穿花格子的连帽衫又是什么鬼？他们发现边上还有我这个不速之客时，声音压低了很多，还窃窃偷笑了几声。

我觉得妨碍了他们，起身离开了。

我知道非中心有不少家影视公司，像素小区也住了不少导演、编剧和演员。他们有可能是演艺人士，有可能从某个片场刚下班。同样的，我在条椅上看到的粉盒，也有可能是某个临时化装的演员不小心丢失的。我就曾经看到过在7号楼和9号楼之间的花园小广场上，一个剧组在拍葫芦娃，一个镜头反复拍了十几次。葫芦娃们都由青年人扮演，有男有女，他们化身一个个鲜艳的葫芦，尽情地表演，场面挺欢乐的。

我得去喝一杯，我的"蛋"迟迟没有酝酿成形，很快就会让我焦虑的。我一焦虑，就会失眠，一失眠，就会更加焦虑。喝一杯啤酒或威士忌，都能让我缓解焦虑，都能加快"蛋"的形成。

穿插在被各种花圃、草坪、绿化带和楼房隔开的便道上，迎面会遇到许多行色匆匆的行走者。和他们擦肩而过时，会感受到他们的急急慌慌，也会闻到他们身上的气味，有好闻的香水味、洗发香波味、麻辣炖鱼头味，还有红烧肉味。香水味和洗发香波味是女孩们身上散发出来的，麻辣炖鱼头味和红烧肉味是男孩们手里提着的晚餐盒里散发出来的。但是，让我惊异的是，他们中的一些人，除了戴着各种颜色的口罩，还有用连帽衫的帽子紧紧包住脑袋的，有用花丝巾包住头的，有身穿宽大的汉服的，更有直接戴着面具的。我甚至还看到一个戴着假胡须的高挑的女孩，那丰胸、细腰和肥臀，根本无法掩饰她作为一个女孩的特征，她却旁若无人地疾步而行，样子特别滑稽。

5号楼紧邻着步行街，在楼底长长的通道两侧，分布着一家家店铺。除了饭店（禁止油烟污染环境），卖什么的都有。在几十家店铺中，有一家酒吧，以啤酒为主；还有一家酒吧，以烈性酒为主。前者叫山丘酒铺，我去喝过，啤酒有二十块钱一瓶的，有三十块钱一瓶的，也有五十块钱一瓶的，最贵的是五百块钱一瓶的，牌子叫YELLOW BELLY（胆小鬼啤酒）。我还真的是胆小鬼，舍不得喝这么贵的啤酒。我最多喝二十块钱一瓶的。服务员兼收银员（抑或是店主）就一个人，干巴瘦小的精干样子，不漂亮，但很热情。虽然只是卖啤酒，却把酒铺收拾得雅致而温馨，墙上有几幅以啤酒为主题的招贴画，还有一书架关于啤酒的书，不大的店堂里有几张小方桌。闲时进来坐坐，喝一瓶啤酒，拿一本书，了解啤酒的前世今生，放松放松精神，心情会大好。但是，比起另一家叫星辰的酒吧，山丘酒铺还是逊色了点。星辰酒吧里的装修是复古派的，灯光更是一大特色，昏暗中透着温情的色调。人坐在吧台前，看酒柜里琳琅满目的半瓶或满瓶的彩酒，看着灯色折射在酒色上，迷离中有点奇幻，特别舒服。

我从山丘酒铺门前经过，径直来到了星辰酒吧。

我想起那个微胖的女警察无意中说过汪曾祺，连带着想起了汪曾祺年轻时想编一本小说集，书名叫《风色》。风色是什么色我没有体验过。汪曾祺要是来过星辰酒吧，看到这里的灯色，一定会改变主意，把小说集改名为《灯色》的。

可能是时候还没到吧，我进来时，星辰酒吧里只有我一个人。

吧台的灯影里坐着一个圆脸的姑娘，她正在化妆。她把眉毛往额角里延伸，其实已经够细长了，还不满足，试图一直延伸到头发里。她没有看我，就对着镜子大声喊道："朱大菜帮子，下来，有人。"

楼梯上随即响起杂沓声，那个经常卖酒的青年调酒师从楼上下来了。

他叫朱大菜帮子，我差一点笑出声来。这是一个标致的大帅哥，身高足有一米八五，穿一件深色的休闲风衣，围一条浅灰色小围巾，不像是一个酒吧的调酒师，倒像是一个有范儿的文艺青年，怎么看也和大菜帮子联系不起来。

"要什么酒？威士忌？"他认出了我，一笑，改口道，"黑牌苏格兰尊尼获加？"

"好。"我在他家只喝这一种酒。白兰地、伏特加、XO、鸡尾酒，我都不喝。

在他给我倒酒的时候，正在化妆的女孩从他身边挤过去，上楼了。她穿黑色小皮裙，超短，像小羚羊一样，走在楼梯上一点声音都没有。

我看着酒杯里三分之一的金黄色液体，端起来看了看，闻了闻。一股强劲有力的异香直入鼻孔，旋即，味蕾大放，嘴里生津。但我依然停顿了片刻才小抿一口。随着液体从唇齿、口腔和喉咙滋润地滑过，一种充满活力的烟熏味再转泥煤味，像天空的礼花一样绽放于口舌间，余味袅袅。再品，还有辛香味和胡椒味在不断地萦绕。嚯，纯正的苏格兰威士忌真是不得了，抿一口，能品出不同的味来。我知道，稍后再喝，还会有新的不同感受。一杯威士忌，让人有几种期待，也只有尊尼获加这一款了。

我把酒杯在柜台上轻轻旋转着，欣赏着酒杯里的液体在灯色中的变幻。我知道，喝威士忌不能性急，得沉下心来，用心去体会。何况，喝酒只是表象，我得想办法让我的思维开放，寻找某一个触点，寻找我下一步要写的东西。

窗户外面就是步行街了。

我向外看去。下班高峰正好来临，步行街上打拼回来的人流，像有人追赶一样地络绎不绝，匆匆忙忙。他们会迅速从步行街上消散，分散在像素小区的各条便道上，然后进入一个个门洞。也会有人再出来，像我一样来喝一杯。

我再喝一口酒，嘴里又有了香草的温婉和苹果、梨子的香甜，回味越来越悠长了。

这时候，不同跳舞队的大妈们，也从各个门洞陆续往步行街上会集了。我知道她们分为几拨儿，有跳大秧歌的，有跳民族舞的，有跳交谊舞的，有跳鬼步舞的，短短的步行街上有六七支队伍。因为怕音响互相干扰，每一支队伍都会把音响调至最高，都想让己方的音响压过对方。这样一来，整个步行街就成了噪声的海洋了。就算是关紧门窗，声音也像灰尘一样钻

灯色

189

进每一户人家。

正对着星辰窗户的,是那支跳鬼步舞的队伍。

我看到调酒师戴上了耳机,嘀咕了一句什么。如果我没有猜错的话,他说的应该是外语。看他的表情,应该是一句骂人的话。也难怪,如此嘈杂的声响,会影响酒吧生意的。

4

凌晨时分,我感觉有人敲门。不对,不是感觉,是的确有敲门声。

我刚一开门,心就提到了嗓子眼儿。

门口站着胖警察汪琪。在她身边,是一个高个子的男警察,男警察的身边,还有一个矮壮的辅警,辅警脸上的青春痘闪闪发光。三个警察身穿整齐的制服威严地堵在了门口,像一道难以逾越的屏障。

我的心还在震颤。和我的极度紧张感同时而来的,是胸闷般的窒息。要抓我?我脑海中迅速搜寻着往事,确认没做过明显违法乱纪的事之后才问:"汪警官……有事?"

汪琪目光如炬,盯了我足足有五秒钟,才说:"你最近做了什么不该做的事?"

昨天一天没出小区,晚上只去星辰酒吧喝了杯威士忌,酒后嫌步行街太闹,去非中心的荷塘边坐了会儿,听了听秋虫的鸣叫。前天,前天干了什么?大前天是把诗剧交上去了,和总监制兼出品人谈了会儿,我以为总监制会请我喝个酒的,但是他们没请我,说等专家把稿子通过以后再聊一次。再往前,我脑子有点乱了,主要是被眼前的阵势给吓的。

"没做什么。"我说。

"好好想想。"汪琪说。

"没做什么,写写东西看看书。"我肯定地说。

"没做什么我们能找你?"汪琪的话似乎已经抓住了我的把柄。

问题复杂了,有可能我被冤枉了。

"真没做什么,就是写写东西看看书。"我迅速想到那些被冤枉的典型案例,更加紧张了。我要是说不清楚,就有可能坐牢,甚至被枪毙。我死了也就罢了,中国诗剧这一新兴领域的损失可就大了。我突然有了尿急的感觉。

"写写东西看看书?"汪琪的眼睛还是眨了下。

"是……"

"看什么书?"

"《人间滋味》,汪曾祺写的。"昨天晚上喝完酒,我去非中心的荷塘边坐了坐,看朦胧月光下的残荷,想起四季的轮换,想起爱画荷花的汪曾祺,想起他不仅爱写,还善画,还是美食家,想起他文章里提到的荷叶烤鱼、莲子烧肉。这么漫想着,回来已经是十点多了,步行街上已经安静了,睡前便找出《人间滋味》读了几页。女警察问是什么书,我不仅要实话实说,还强调是汪曾祺写的,也算是对她的一种迎合吧。

果然,我提到汪曾祺,汪琪的口气就有了变化,她说:"看书之前呢,去了哪里?"

她知道我去了哪里。我明白了她为什么能轻易地找到我家来,为什么问我昨晚去了哪里,他们肯定调看小区的监控了。这就好了,说昨晚的事,那就容易了。我松了口气,把昨天晚上的行程说了一遍。

"在荷塘边坐了会儿，仅仅是坐了会儿？"汪琪的声音里有一点蔑视。

"不信你们可以调看监控。"我理直气壮地说。因为我只坐了会儿，大约一个半小时。

汪琪冷笑一声，说："你很聪明。告诉你吧，那儿的监控一周前坏了，我们什么都看不到。我们需要到你家去看看。"

"请进。"

他们到我的屋里看了看。我的屋子不大，开间，他们很快就看完了，主要是查看了我的鞋子，还拍了照片。我的鞋子不多，三双旅游鞋，一双皮鞋。汪琪还对我那一架书产生了好奇，多看了一眼。我讨好地说："我有汪曾祺的书，好几本。"

"看到了。"她公事公办地说，"最近不要离开北京，我们可能还会找你。"

"出什么事啦？"

"对你说吧，非中心荷塘里的淤泥被人挖出来了，铺在旁边的步行道上。今天清晨，健步走的队伍有多人踏进了淤泥里，领头举旗者还摔了一跤，骨折了。那是健步走的必经之地，是有人踩好点，毁坏了路灯，故意捣乱。"汪琪在说话时眼睛一直盯着我，似乎要从我的表情变化中发现一些端倪，"我们会查清楚的。"

原来这样。不知为什么，我心里暗自乐了一下。我知道这是不对的。我得有同情心，毕竟举旗者我见过，是个年近七十岁的老者。但表情已经收不回了，我担心被汪琪看出来。

警察们走后，虚惊一场的我赶快跑到了非中心。

非中心几十幢写字楼都是钢架结构，每一幢都有不同的造型。我穿过几个区域，来到荷塘边。

荷塘我不是第一次来了，远的不说，就是昨天晚上，我还在这里踟蹰了一两个小时。但没有哪一次来像现在这样，带有明显的目的。我是来看看地形的，看看谁有如此大的胆量，胆敢毁坏路灯、设置路障来祸害健步走者。荷塘是一个不规则的人工水池，不大，哑铃状，深度约三十厘米，半池的淤泥也是后拉来的。每年春天，物管们在荷塘里放上水。很快就荷叶满池了，荷花开放了，蜻蜓和蝴蝶也飞来了，像素小区的家长和孩子们会来这里看荷，在小广场上游戏。到了深秋，也就是11月的某个时候，在冬天来临之前，物管们会把荷塘里的水放干，用塑料薄膜把整个荷塘蒙起来，保暖。到了来年春天，揭开塑料薄膜，再放上水。年年如此，循环往复。应该说，作案者是了解荷塘结构，也了解健步走们的行走路线的。健步走们从荷塘穿过，并不是要欣赏清晨的荷塘。清晨五点多天还没亮，加上路灯坏了，什么风景也看不到的。荷塘的"哑铃"柄上有一座桥，和路面一样平整的木板桥，足有四米长。作案者就是从荷塘里捞出黑而滑腻的新鲜淤泥，铺在了健步走们必经的小桥上，他们自然就中了埋伏了。

现在，虽然淤泥又返回荷塘了，但痕迹还在。

我在小桥上走了走，木板发出咚咚的回声。健步走们走在木板上，木板发出的回声会更加响亮。我看了看桥两侧的残荷，看了看荷塘边上那丛两三米高的水蓼。我再转过目光，看了看侧面的小广场、小广场上的垂柳、垂柳下的条椅。其中有一张条椅，我昨天晚上还在那儿坐过。我知道汪琪为什么怀疑我了，因为我找她反映过关于广场舞和健步走的问题。我的反映没有得到解决，我只能自己解决了——汪琪就是这么想的。但由于没有证据，她也就拿我没有办法了。

5

  我那部诗剧的总监制兼出品人请我喝酒了。这是个好消息，说明专家们通过稿子了，定稿了。接下来就是排戏了。

  10月中下旬是北京最好的季节。我喜欢在这个季节找朋友玩，爬爬西山，看看红叶，喝喝酒。也喜欢别人找我喝酒。今天晚上的这场酒，真是值得期待，不仅定稿了，还可以拿到数额可观的余款，更让我惊喜的是，诗剧的主创人员也要参加。

  午睡以后，还不到三点，我已经迫不及待要去赶酒局了。看来我好像很馋酒似的，好像多久没喝酒似的。其实不是，其实我不想在家里待着。本来，因为读《人间滋味》，因为夜晚看荷，我准备向汪曾祺学习，写些吃吃喝喝的小品文，可因为被办案的女警察打扰而中断了思路，也就没心情再写下去了。现在心情大好了，何不重新找找感觉呢？汪曾祺的书就是一个富矿，常读常新，随时都会受到新的启发。

  我便带着《人间滋味》出了门。

  这个时间点，地铁上的人不多。我从草房站，一路读到五路居。一个多小时的车程我都在读书。在阅读中，我的思绪被完全激发了，构思了两篇文章，一篇是秋水虾，一篇是吃白鱼。我要仿汪曾祺的笔调，写一本关于吃吃喝喝的小品文集子。

  心情一好，酒量就大增。在晚宴上，我来者不拒，白酒喝了至少有半斤。觉得差不多的时候，那个漂亮的女演员，受总监制兼出品人的鼓动，站起来敬我一杯。一个女孩子，据说在我的诗剧里担任的角色是刘和珍，让我如何拒绝呢？我就干了一杯。这一杯惹事了，李大钊的扮演者也敬了我一杯。接下来鲁迅的扮演者、许广平的扮演者、丁玲的扮演者都敬了我一杯。这还不算，他们为了向我展示才艺，还把他们上一次表演的诗剧《鲁迅先生》中的一个片段，鲁迅的诗合唱给我表演了：

> 大江日夜向东流，
> 聚义群雄又远游。
> 六代绮罗成旧梦，
> 石头城上月如钩。
> ……

这是一首男女合唱，浑厚的男中音和高亢的女高音交错着，诉说了一个时代的错觉和对未来深情的呼号。我仿佛被带入"五四"之前的那个环境中了，心情沉重，泪眼迷离，付出的代价，就是一连干了两杯。

再好的酒席也有散的时候。大家各奔东西后，我一个人来到了地铁口。我只觉得头重脚轻，看到下行的电梯在向上飘。我怕了，不敢走了，退回到路边，打了一辆出租车。不出所料，我在出租车上睡着了。当司机把我叫醒的时候，我的头还昏着。

"到了，北京像素。"

"这是哪里？"我从车窗望出去，哪是像素啊，完全是一个陌生的地方，小区入口的大门、灯光，都是我从未见过的。

"像素。导航导到这里，还有错？一百九十块钱，微信还是支付宝？"

"不对……这不是像素。你把我送到像素。"

"喝醉了吧大哥？好好看看，不是像素是哪里？"

"像素我还能不知道？我闭着眼睛都能摸回来……你你

你……"我头很沉，还想睡。

"大哥，你要这样子我就开到派出所啦！"

"随你开哪里……我就……就到像素。"

我又睡着了。

当我再次被叫醒的时候，同样是一个陌生的地方。院子里的灯光亮如白昼。一个警察已经拉开了车门，大声地问我："这是哪里？"

"啊？"

"还能下车吧？"警察的声音很和蔼。

"能。"我下车了。

"睡了多久？"

"不知道。"

"你要去哪里？"

"……像素。"

"刚才送你到像素了，你不下车，记得吧？"

"不记得。"

"现在记得吧？"

"记得了。"

"来，在记录上签个字，没问题吧？"

"没问题。"

我跟着警察来到了一个厅里。那位司机坐在一边。另一个更年轻的警察从柜台里递出一个本子，对我说："读一遍，确认有没有错。"

我看了看，大意是，车号是某某某的出租车，送我到北京像素。我喝多了，到了小区门口都不认识家了。司机送我到某某派出所，经查验，司机反映情况属实。我签了字，按了手印。

警察让我交车费。我看一下墙上的电子钟，都快凌晨一点了，我怎么回家？我提出还让那个师傅送我回家。警察看了看我，说："你行吗？"我说没问题。警察同意了。

这是个好司机，他没有计较我的无理取闹，也没多收我往返派出所的费用，只收应收的一百九十块钱。

6

我被汪琪一个擒拿，跪到了地上。另一个警察的铐子就锁到我的手腕上了。我还以为在梦中。整个过程都像梦。先是急促的敲门声……然后，然后我就成这样子了。

完全蒙了的我努力让自己回到现实里。

现实就是，前几天来过的警察再次来到我家了。汪琪的态度也不像上次那么平和了，而是甫一照面就把我撂倒了。他们还搜查了我的家。我当然喊冤叫屈了。我话里甚至都带了脏字："你们已经搞错一次了。×××还继续搞错。你们真是吃干饭的！"

像素还有一个治安办公室，这也是我头一次知道的。

我被带到了治安办公室。在这里我生气愤怒的小火苗已经渐渐消退了。我认识到我的愤怒毫无用处，不但无助于解决问题，还有可能造成更大的误会。但是，以汪琪为首的几个警察和辅警都不在，他们这是要故意晾晾我，息息我的愤怒。从监控里，他们应该看出我的情绪已经稳定了。果然，汪琪来了，另两个熟面孔也来了。

"这回我们没有冤枉你。说吧，在荷塘边的小桥上铺淤泥的，是不是你？"面部线条温和的汪琪，眼神竟那么犀利。

"不是我。"原来还是这个事,我又急了,"不是都说清楚啦?"

"这回就是要听你说清楚。我们的政策是,坦白从宽,明白吗?"

"不是我就不是我……"我突然想起来他们说监控坏了,"你们拿什么证明是我?"

"就知道你会这么说,"汪琪的嘴角牵起一丝冷笑,"我们就不能再装监控?"

"再先进的监控,也不能录下几天前的事……"我突然意识到什么,愣住了。他们重装了监控,而且证明是我,莫非又有人在搞破坏?而且监控里搞破坏的人就是我?这下是跳到黄河也洗不清了。

"说啊,继续说。"汪琪敏感地抓住了我神情的变化,胸有成竹地说,"我再问你,那本书呢?"

"什么书?"

"这本。"汪琪向我展示了《人间滋味》。

"你们从我家里拿来的?"

"我们是从荷塘边的小广场上发现的,它静静地躺在条椅上睡着了。而我们从你家没有搜查出这本书来。"

"这又能说明什么?"我努力回忆着,昨天下午,我带着这本书去赶总监制兼出品人的饭局,在地铁上读了好几篇文章,后来,后来就酒大了,断片了。这本书怎么会到了汪琪的手上?"你说能说明什么,我来帮你说吧。"汪琪把书放下来,"昨天晚上,你带着这本书,来到荷塘边的小广场,坐在路灯下看书,其实是在等待。一直等到凌晨,就是从零点到一点之间,你来到小桥上,用随身携带的工具,开始破坏,把木桥上的木板拆掉了十二块,留下了两米多宽的豁口。你的作案动机,就是要阻止健步走们的行走。"

"不可能!"我大声叫道,"我会这么笨?我拆了这里,他们不会走那里?"

汪琪跟做记录的高个子警察使了个眼神。

高个子警察把手机拿到我面前,放了一段视频。视频里,一个身影模糊的人,正在荷塘的小桥上拆桥板。那个人就是我。有几个动作,正巧面对着监控镜头,一看也是我的样子。虽然从小广场上照过来的灯光晦暗,又有树影的过滤,还是能看出是我的影像。我完全惊呆了。有《人间滋味》的物证,还有监控视频,我怎么能说得清楚?这就是板上钉钉了。且慢,零点至一点我在派出所啊,有派出所的警察给我证明啊,还有出租车司机也可以证明。我断片后的记忆,就是从派出所开始恢复的。

"这是哪来的?"我声音平静多了。

"从监控上截取的。你还有什么话说?"

"有。"我肯定地说。

高个子警察又回到桌前,准备记录了。

我把昨天晚上如何喝酒,如何被司机送到派出所,又如何回来的事实陈述了一遍。

7

演出非常成功。

我的诗剧,于2021年元旦这天隆重上演了。我作为嘉宾应邀前去观看了演出,回来已经是下午五点钟了。

北京冬天的下午五点，路灯已经亮了。步行街的路灯下，我看到汪琪和高个子警察、矮壮的辅警，正在发传单。我已经两个月没见到汪警官了，她似乎比以前更胖了（也可能和身穿大衣有关），脸色是白里透红的。白，是她皮肤天然地好；红，可能与在步行街上被寒风吹久了有关。我主动迎上去，接过她发的一张传单。上次是全民防诈骗的宣传，这次还是防诈骗，外加了防火防盗。她看到是我，脸更红了，仿佛是在跟我道歉。我不需要她的道歉。相反，我应该感谢她，因为发生了两起案子之后，我发现，步行街上的广场舞发生了细微的变化，主要体现在，音乐的声音小了。还有，原来的六支队伍，合并成四支了。而早上那支健步走的队伍，时间改了，不是在早上，而是在晚上了，和广场舞几乎同步，路线也做了调整。我知道，这一定和汪警官有关，说明我反映的情况，她努力去解决了。难道不应该感谢她吗？除了感谢之外，我还关心那两起案子，破了吗？"真不好意思，忘了对你说了，那个案子破了，早就破了，本来要跟你……解释或道歉什么的，可一忙，忘了。"她主动说了。

我刚要问问是谁作的案，作案动机是什么，她手机响了，她走到一边接电话了。

她接完电话，急匆匆走到路灯下，拉过一个正在写作业的小女生，把小女生的书包拎在手里，来到我跟前，说："大哥辛苦你一下，帮我看着孩子，我执行个紧急任务去。"

还没等我说话，她就招呼高个子警察和矮壮辅警，跑向一边的警车了。

我和小女生站在步行街上，看着警车开上了草房西路。

"叔叔，你认识我妈？"小女生昂着头问我。

"认识，我和你妈妈是朋友。"为了取得小女生的信任，我故意夸大了我们的关系。小女生和她妈很像，皮肤好，眼睛大，脖子上围一条带卡通图案的围巾，戴一顶绒球帽，穿一件长款的红色羽绒服，可能受她妈的影响吧，腰上也系一根白皮带，很可爱。我摸摸她的帽子，说："我还知道你念三年级。我送你回家吧。"

"我不回家。回家就我一个人，不好玩。"

哦，爸爸不在吗？我没有问，这有可能涉及家庭隐私，我便岔开话题说："不冷吧？"

"不冷。还有呢？"

"什么还有？"

"你知道我念三年级，还知道什么？"小女生不愧是公安的后代。

我被问住了。我只知道这些。当然，我也不是好对付的，我至少接受过她妈妈的两次审讯，多少有点经验。我说："还有很多，不告诉你，保密，这是我和你妈妈的秘密。"

小女生笑了，她把书包背到身上。

我牵住她的手，说："跟我回家吧。"

她蹦蹦跳跳地跟着我，来到5号楼12层我的房间。路上，我已经知道她叫汪菁菁了。

菁菁简直是个小人精，她一进房间，脱掉大衣，对我的书橱大感兴趣，一边看着一排排书，一边问："我妈来过吗？"

"你妈妈呀，来过两次。"

"我猜就是。妈妈肯定喜欢你的书。"菁菁抽出一本汪曾祺的《塔上随笔》，翻了翻，又抽出一本《独坐小品》，举着书，显摆道，"我家也有这两本书。我家有好多书。我家的书比你家多很多。叔叔,我也喜欢你。你什么时候到我家玩玩啊?"

"这个嘛……"我不知道说什么好了。

"那我也不催你。我可以画画吗?"菁菁看到我桌子上的几张 A4 纸和一盒彩笔了。

"可以啊。你会画什么呢?"

"我画我和叔叔吧。"菁菁开始趴在桌子上画画,不一会儿就画好了。她画了一个小女孩,穿红色羽绒服,扎着小辫子。又画了一个叔叔,可能就是我了。可是,她给这个叔叔穿了一件警服,还戴了大盖帽,正挽着小女孩的手在逛街。旁边写上:叔叔和我。

"叔叔怎么是警察?"我问。

"嘻嘻……"菁菁笑了,有点不好意思地跑到窗户前,朝楼下张望,惊讶地叫道,"呀,真漂亮!"

我也走到窗前,看楼下的步行街。步行街上,大树的叶子已经落光了,路灯制造出各色迷幻的灯影,映照着渐渐稠密的行人。他们融在灯海中,每个人都有清晰的面孔,也有清晰的轨迹。让我感到惊喜的是,在那些人流中,有一个健美的身影特别显眼,她就是汪琪,身穿警服的汪琪,有一种别样的风姿,似乎所有美丽的灯影都汇聚到她身上了。我脑海中突然有个意象,冒出了下一篇文章的内容,题目就叫"灯色"。

"看,妈妈!"菁菁也看到她妈妈了,"叔叔你看,那是我妈妈。"

"看到了。"

"妈妈会来接我吗?"

"她就是来接你的。"

"叔叔,我饿了,妈妈肯定会带我去吃饭的,我让妈妈请你一起吃饭可以吗?"

"可以啊,要不我请你和你妈妈吧。"

说话间,门被敲响了。菁菁像欢喜的小兔子,跑去开门了。

栅栏小院

1

  林中的这个小院，是我无意中发现的。院子四周，是黑色的铁艺栅栏，栅栏上爬着几缕金银花和牵牛花的藤蔓。有四间坐北朝南的灰砖平房——不太严格地说，也可称楼房，因为平房的东侧有一间实际上是两层，另外的三间才是平顶。我猜，在东侧那间里，应该有一个楼梯可以通到二楼。二楼面向平台的方向，是一扇绿色的小门。

  其实我是先发现平台上的女孩，才关注这个小院的。

  女孩正在晾衣服。平台上扯起的绳索上，已经晾晒了被罩、床单、台布、沙发套等大件了。她又在衣架上挂上了三件风衣，一件米汤色的，一件紫红色的，一件抹茶绿的，还有几件牛仔裤、花色多样的毛衫、睡衣等。她的动作很麻利，弯腰，行走，理衣服，都别有风姿。她从那扇小门里出出进进了好几趟。她穿一件黑色的裙子、紫罗兰色的薄毛衣、白色的旅游鞋。这是五一小长假的第二天，林子里的气温还不是很高，甚至我刚进林子时还有点凉意，而她已经穿上裙子了，可见她是一个追赶季节的女孩。同时她又和北京女孩有着同样的不太爱打扮自己的习惯吧，大摆裙子是黑色的，朴素到可以搭配所有衣服，但似乎只有这件最老套的紫罗兰对襟、收身的小毛衣适合她。她把长头发扎在脑后，随意地编成五六节大麻花，因为三股头发粗细不一，大麻花也显得歪歪扭扭、比较随意，不过她用一根绿皮筋把发梢扎紧了，随意中又显得干练。由于她一直背向我，又不断地处在运动中，加上距离稍远了些，我看不清她的五官，只觉得她身材很好，皮肤很好，撸起的袖子里露出一截白藕一样的胳膊。

这片林子具体有多大我不知道。我是从像素小区出南门，越过朝阳北路拐进来的。这条路可以通到通（州）燕（郊）高速路附近，穿过高速路下的涵洞直达通州。新冠疫情暴发之前，这条林边小路是有机动车行驶的，后来出于疫情防控需要，涵洞被封死了，于是这条路成了跑步、暴走者的最佳路线。我在这条路上已经慢跑了一个多月，沿林子跑一圈需要一小时十五分钟左右，时间和距离都比较适合我。这天天气很好，天很蓝，一早就阳光透亮，空气温润。没跑多久，我被林子里氤氲着的清新甜爽的气息所吸引，顺着一条不像路的路跑进了林子里。然后由慢跑变成了行走，再变成了四处打量。林子或稀或疏，大多数是北方的杨树，树干光滑、笔挺，略略泛着青色。林下有不少植物，虽不太茂盛，倒也有模有样的。还有一些杂草，我能认出来的有益母草、苍耳草、车前子、菇娘果，以及一种我们老家叫老婆针线包的藤蔓植物。总之，我就这么走走看看，被林中的植物所吸引，还想起了很多我和小伙伴们采菇娘果吃，采益母草和车前子卖给药材公司的往事。走着走着，太阳攀升到了林子上方，蓦然间，有鸟鸣在我头上响起。这是一只好看的鸟，头上的羽毛是白的，身上的羽毛是花的，翅膀是墨绿的，尾巴是翠绿的，脖子上有一圈朱红，叫声很悦耳。它在林子里飞飞停停，不断地跟我说着什么。我感到奇怪，跟着它走了走，然后它就不见了。

就在这时，我发现了那幢房子。

林子里有人家，这让我有点意外乃至惊喜，便谨慎地走过去，就看到在房顶上晾衣服的女孩了，就看到她忙碌的身姿了。

不知出于什么心理,我怕被她发现我在窥探她,一直躲在一棵大树的后边,既诚惶诚恐又不肯离去。直到她从房顶上下来,我才谨慎地靠近黑色的栅栏。

院子里空空荡荡的,只在偏左的栅栏边,有一棵粗壮的大槐树,树上吊着一个木制的秋千椅,椅上搭着一件粉色的女式外套,还有一本厚厚的书。如果坐在秋千椅上荡个秋千,一定很惬意。在大槐树对面一侧的栅栏边,是一块巨型条石,足有四五米长,上面摆着数十盆用树桩做成的盆景。除此而外,还有一张石桌,方的,一米见方。石桌上的一个罐头瓶里,插着一把花和草。我认不出是什么花什么草,似乎并不讲究。石桌边上是三把铁艺的椅子,有一把断了一条腿。阳光晒在石桌上,一只懒散的大白猫在花瓶边埋头睡觉。房前的走廊上,除了通往二楼的东门敞开着,正门和窗户都紧紧关闭,能看到窗户里的果绿色窗帘,窗帘动了几下,屋里似乎有人。又有一只黑色的猫,从走廊那儿慢慢腾腾地走到院子里。即便有秋千,秋千上有衣服和书,还有猫,有盆景,有阳光,我还是感到院子里略显荒凉。我的目光又落到栅栏的门上,铁艺的门只有一扇半开着,门前铺着几块石板,而整个院子里铺着青砖。临着门外的是一条林下土路,也就是我站立的地方,路边有一辆红色的宝马——应该是这女孩的车子吧,我想。

突然响起了歌声。

女孩从敞开着的门里一边接听手机,一边走出来。她的声音脆脆的,脸上带着笑。

我立即以跑步的姿势从栅栏外跑过,沿着林下的路,向林外跑去。

我一边往林外跑,一边朝身后张望。那辆宝马没有开过来。

我倒是希望那辆车开过来，让年轻的女主人发现我，这样，她就会习惯这林中有人跑步了，以后我再跑到她家房子边，就不会显得突兀了。大约跑了一千步时，红色宝马并没有出现。我想是我判断错了，她接手机，并非要赶着出门。我暗笑自己神经过敏了，不由得掉回头，又向树林深处跑去。

严格地说，这通往林中小院的路，实际上就是两排树中间的自然通道。也许，连"路"都没以为自己会作为路而存在。从路的荒凉程度看，少有车辆和行人来往。是年轻的女主人不常出门吗？应该是吧，路上的辙痕虽然有，不是那么清晰。我怀着巨大的好奇，很想知道这林中为什么会有一个独门独院的院子。当我跑过一段弧形的路，就看到那辆宝马车了。我保持着习惯的速度，心里既急切、紧张，又装作若无其事的样子，把腿提得很轻，落脚时不发出一点儿声音，偶尔有草叶绊在脚下，也是无声无息。

我看到院子里的女孩了，她就坐在石桌边的椅子上，两条腿搭在石桌上，整个人呈放松状态。她看到我了吗？应该没有。她半躺在椅子里，睡着了。她一定是睡着了，那么安静。我由慢跑变成了慢走，在侧门前悄悄地停下来。我看到她的脸半侧着，正好是侧向我这边的。她有着圆润俊俏的下巴，清晰优雅的嘴唇，长而弯弯的细眉。她眼睛微闭着，有一缕头发半遮在额上。她在睡着前，解开了辫子也未可知。辫子松散了，垂着。那只刚才还睡在石桌上的大白猫，躺在她辫子下边。她面部的轮廓十分端庄、柔和，像是一幅油画。她所在的位置正好介于阳光和树荫的交界处，从树梢漏下来的阳光在她身上闪烁。一件粉色的风衣搭在她胸腹部，看来，她是做好准备要小睡一会儿的。刚才还放在秋千椅上的厚书，此时移到了花瓶边上。书是精装书，小开本，很厚，封面上是外国文字，我不认识。封面上搭着一枝黄色的长柄蒲公英——我猜想，她可能在睡前翻了阵书，还拿着一朵小花。我的目光在外文书上多停留了一会儿，心想她能读懂外文书，不简单。我虽然有叫醒她的冲动，但不敢贸然叫她——我没有叫醒她的理由，甚至我担心她会突然醒来。

我瞄一眼手表，十一点多了。我不敢多作停留——我这算是偷窥了，怕被她或她的家人发现而引起误会。所以，我得趁栅栏小院里这个正在小寐的女孩没有醒来时，赶紧离开。离开时，不知为什么，我的心里萌生了小小的遗憾。

2

第二天清晨，我没有按照原来的路线跑。我已经知道从林中小院延伸出来的土路出口在哪里了，正好在通燕高速的边上，离那个涵洞有一百米的距离。我沿着林子跑过三分之一路程时，就拐进了这条不易察觉的土路。我知道，向北跑，跑进林子深处，就是那幢围着栅栏的小院了。今天的天气和昨天一样好，女孩还会在家吗？还会洗衣服吗？还会在院里的铁艺椅子上看书或小寐吗？这一次希望她能发现我。

没想到的是，小院的院门上上了一把锁。

一把U形大铁锁，冷冷地横在铁艺门上，而且是锁在了里面。既然上了锁，说明家里没有人，我可以放心地在栅栏外观察观察了。其实，也没有什么可观察的，我只是在细节上多留心了一下，比如在石桌前我看到了喂猫的碗盏，不是一只，不是两只，而是四只；比如在另一面的栅栏上看到了金银花的藤蔓。最吸引我的，是石桌上那根扎头发的绿色皮筋，和她昨天扎头发的一样。有可能她临走时，遗忘在了石桌上。另外花瓶里的野花大多萎了，草（像是水蓼）也枯了，看样子是从林中采来的；槐树下的秋千上空空荡荡，那一白一黑的猫也不知躲到了哪里。

我在离开时，有了一点怅然，没有再跑着回去，而是慢慢在林中行走。路上看到几株蒲公英，有的开花，有的花已经败了，还看到了水蓼和蓝花菜。蓝花菜是可以移栽到盆里养着玩的。她家花台上有几只空了的花盆，如果利用起来就好了。甚至蓝花菜也可以水培，剪几枝插在石桌上的那只罐头瓶里，比插花、插草好看。而且水培的蓝花菜不会枯萎，不需要费心供养就会越长越盛，给小院增加一些绿意、朝气和活力。

让我深感失落的是，一连三天，她家的小院都上了门锁。

怎么会一直没有人在？难道她住在林外的某个社区里，不过是利用五一小长假才回来透透气，洗洗涮涮？在城市的包围中，在这么一大片林子里，让一个小院子空置着令我觉得很可惜。

我站在铁艺门前发了阵呆。正欲离开时，心头蓦然一惊，石桌上的绿色皮筋不见了，它一直在那只罐头瓶的边上的啊。且慢，昨天没有注意，至少前天它还在的。这说明什么？肯定有人来过了。不过，会不会被猫拿去当玩具了呢？会不会被小鸟叼走了呢？我马上否定了这种不切实际的假设。谁来过？是她的家人还是她自己？我当然希望是她自己。

不瞒你说，我对这个长发女孩，特别是能读懂外国原版书的长发女孩印象极深。我猜想她一定是个知性、朴素而简单的女孩。至于皮筋，我清楚记得她曾扎在头上，后来又出现在石桌上，如今却突然不见了。这种事情要是在平时，发生在城市的高楼大厦里，我连想都不会去想，尤其是工作繁忙、处于焦虑中时，就算整个世界上的皮筋都消失了，我也不会去关心。然而在这片"世外桃源"般的树林里，人的心思发生了极其细微的变化，皮筋不见了，我当时的感觉是这个世界上有一股神奇的力量，把皮筋一根一根地吸走了。难道不是吗？我的眼睛在石桌附近的地上搜寻，想象着找到皮筋时的欣喜，想象着她又可以用皮筋把美丽的秀发随意地一绾，或编几个大麻花……

这一次，我没有像前几次那样见大门紧锁就直接离开，而是抱着屋里有人的想法推了推、晃了晃铁艺门。铁艺门发出一些带着沙哑的响声。那把大型的U形锁也跟着晃动着。在晃动中，我发现了大秘密——锁头滑动了一下。哈，锁并没有锁上！或者说只是做了个锁上的样子，把锁头往下一抹，居然分离了。我立即像做贼一样地四下张望，最后很警惕地注意着房屋的门窗，仿佛门窗纱帘后边有一双眼睛在看着我。我赶紧把锁头又套上去了。

其实，并没有人，别说屋里，到处都没有人。现在是早晨七点，是上班的高峰期，如果她家有人，也该起来准备去上班了。当然，也有可能她不是上班族。那么，她会不会生病了？我想象她在几天前的晚上，从里面锁上（或者说假锁上）院门后就睡觉了，然而她在回到小院后假之前就已经感染了病毒，从而在那晚上发作了。据我这些天的观察，来这片林子的晨练者几乎没有，更别说有人会往林子深处跑了，所以她要是真病了的话，是很可能几天都出不了门的。

在最初的慌张和惊恐之后，我再次抹开锁头，推门而入了。

院子里的景象，和我在外边看到的一样，只不过更贴近了一些。我没有心思再寻找皮筋，相比一个女孩的生死问题，我必须拍响她家的房门，听一听她是否还活着，要不要我帮她叫来救护车或者报警。虽然现在通信发达，她如果真生病了，可以打电话向医护人员求救，但是我担心她一病倒，可能连打电话的力气都没有了。如果是那样，我即便敲门她也不一定有力气回应我。这时，我看到花台边上的三个猫碗里还有零星的一点余粮，另一个大点的猫碗里有半碗水。那只出现过的大白猫不知从哪里出来了，对我这个陌生人很有礼貌，温顺地叫一声。我只能小声说："对不起，没带好吃的。下次给你带小鱼干。"大白猫像是听懂了我的话，细声细气地又"喵"了一声。

"有人吗？"我大声地叫一声。

没有任何回应。

"谁在家？"

还是没有回应。

我走到房檐下面停住了。我发现所有的门窗都是紧闭的，但是那扇能通往阁楼的门居然是半开着的。我冲着门大声地叫几声，没人回应。我担心女孩病得不轻，正准备走楼梯上去看看，没想到楼梯上突然传来一声响动。我紧张得心都抽搐起来了，瞬间觉得楼上有人。我该怎么自圆其说？是为了救人？一只黑猫蹿下来了。它没有像大白猫那样对我友好，警觉地从我身边蹿了出去。

我没有上楼。

我已经私闯民宅了。尽管我不偷不抢，并且有堂而皇之的救人的理由，但是我告诫自己赶紧离开，将那扇门关上。因此，我又走到院子里。这一回，我看到石桌子下有一根皮筋，不是遗落在石桌上的绿皮筋，它是黑色的。我拿起皮筋，扯了下，看了看，放下了。

我学着那个女孩的样子，坐在铁艺的椅子里。疫情期间，什么事都有可能发生，我一边听着屋里是否有人救助的动静，一边想对女孩是否在屋中或者生病探个究竟，一边两只脚跷在石桌上，半躺半卧着晒太阳。5月上旬的太阳，可能是北京一年中最好的太阳了，干净利落，不猛不烈，有太阳该有的温度，像极了那只大白猫，温顺、柔软，毛茸茸的——它还跳到我的肚子上，踩踩我，闻闻我，鼻子差点碰到我的鼻子了，然后，它就跑到石桌上，卧着了。没有风，碧绿的树梢纹丝不动。我慢慢地品着，不仅能感受到太阳的温度和味道，还能感受到树叶的清香和泥土的陈腐气息，很好闻的陈腐气息。这种气息，只有静下心来才能体会到，那种悄悄升腾的氤氲，那种如丝如缕、似有若无、抓不住逮不着的飘忽，那种和周遭的环境融为一体的和谐。

这个被城市包围的栅栏小院真好啊，可以享受，可以静化身体和心灵，也可以触及灵魂。

我休息了一会儿，起来向罐头瓶里注入了大半杯清水，从栅栏外边的树丛里揪来几十枝蓝花菜，插在瓶子里。它现在就在石桌上，就在我眼前，是一团清雅的绿。如果女主人起来了或者从外面回来了，看到花瓶里的变化，会不会吓一跳？我有一搭无一搭地做着一些关于女孩和这个院子的猜想，有一种说不出的亲切和莫名的怅惘。太阳和林中的气息固然很好，但似乎不是我特别想要的。正准备离开，突然听到一点动静，再一听，是"沙沙沙"的汽车开近的声音。有车子来了！我心里一惊,从铁艺椅子里站起来。因为动作过猛,我没有站稳,惊动了熟睡的大白猫。

栅栏外边的路上,果然出现了一辆小轿车。不是红色的宝马,是一辆白色的奥迪 Q5。

女主人换车啦?还是她家另外的成员回来啦?奥迪 Q5 在离铁艺门还有三四十米远的地方缓缓停下来。我站到门边,一手扶着门,一边想着如何向他们解释。但是奇怪的是,车门没有打开。我能看到车子驾驶和副驾驶的位置上,坐着两个年轻女人,虽然看不见全身,也能大体感觉她们的精致。坐在驾驶位置的红衫女孩正和副驾驶位置的白衣女孩交头接耳,很快又从后排伸过来一颗脑袋,也是长头发,加入她们的谈话中。她们仿佛在商量什么。她们怎么不下车?车里为什么没有小院的女主人?那么她们是谁,是女主人的家人、同学、同事还是朋友?她们担心女主人几天没有出门?如果是那样,她们应该进来询问或者直接去敲门呀!还没等我想明白,奥迪 Q5 就向后倒车了,倒进了树林的间隙,掉过头,开走了,有点落荒而逃的意思。

她们是看到我才"逃"走的吗?我是起到了一个守门人的作用,她们才是闯入者?如果这样,那我是帮了她家的大忙了。但是无论如何,我还是早些离开的好。此后,我就没有再进入栅栏小院了,每次跑步跑到这儿,只在门外边悄悄地看看它。

3

毫无预兆的,夜里下了一场小雨。昨天太阳还那么好,夜里就下起小雨了,夏天真的要到啦。天亮后,小雨还没有要停的样子,淅淅沥沥,意犹未尽。我的跑步就暂停了。但是我心里却停不下来，一直惦念着林中的小院。直到午后，小雨才停下，云也被阳光推开，舒徐的小风刮了起来。

我不是要补上清晨的跑步。我是要看看林中的小院，看看一夜过去，小院里有没有什么变化。我最初的判断，女孩每天要来喂猫的。同时，我又想，既然搬到附近的社区去了，为什么不把猫也带走？是新家不适合养猫吗？也可能是把猫留在这里，多了份念想，就会多来几次？我以前都是清晨跑步时顺道到小院看看的，没有过多注意细节。当昨天我看到花台下的猫碗里有投放的猫粮时，我就知道了，女孩都是在下午回去的。现在就是下午。我换上跑步的装束，跑出了像素小区，穿过朝阳北路，拐进一条僻静的、车辆无法穿行的小路，跑上了林边的小道。

北京的城郊接合部，像这样的林子有不少，原来也可能都是农田，因为城市规划，它们自然就构成了城市绿地的一部分。而原有的村庄不是搬迁，就是合并了。就在朝阳北路上，我们还能看到这样的村庄，比如黄渠村，还是一片低矮的村舍。那么这片林子或林子的一部分，原来也有可能是一座村庄。而那座小院，那户人家，有可能也是村子的一个局部，因为我无法知道的原因而被保留了下来。

前边就是那个路口了。

在这条平时安静的路上，倒是有了三三两两的人在走路或骑车。有一对情侣，一边走一边笑闹——男孩一直要给女孩戴上一朵他采的野花，女孩跑跳着，不让他戴。还有一个年轻的母亲在和一个五六岁的小男孩练跑步，他们穿着亲子装，特别可爱。我这才想起来，今天是周六。在年轻人和孩子的映衬下，刚下过雨的林子，越发显得青春勃发了，嫩绿的叶子上泛着水色，雨后的阳光也显得光滑、明净。

到了路口时，我才看到那辆红色的宝马，它就停在路边相对干燥的地方。我心里怦然一跳，小院女主人的车！她没有把车开进去哦，刚下过雨的路上，泥泞得很，车轮会陷进去的。就算陷不进去，也会把车子跑脏了。那么，她是走着进去了。我望着湿漉漉的路面，望着草叶上还有水珠在闪动，觉得她的选择是对的。我也毫不犹豫就走进去了。我选择有草的地方，或相对干燥的地方，大步或小步或交叉步不断变换着向前走。我心里有点急切，希望早点看到那个栅栏小院，看到她在院子里忙碌。我还在路上看到了她留下的脚印。她和我一样，也是大步小步交叉步不断变化着前行的节奏。

我看到她了。她果然在忙碌。她在擦拭着石桌和铁艺椅子上的雨水。大约她已经擦拭过不少地方了，已经把外套搭在老槐树下的秋千上了，还有一只黑色的拎包，包口露出半截的书和本子，也放在秋千上。我已经在她家铁艺门的门口站住了。她还没有看到我。她所在的角度是可以第一时间看到我的。可能是她擦拭桌子过于认真了，也可能是根本想不到会有人造访。我注意到她今天的装束和我第一次看到她时完全不一样，是一件白色的小T恤，石磨蓝紧身牛仔裤，黄红相间的旅游鞋，搭在秋千上的外套是黄色的，显得清爽而快活。她长发没有扎起来，而是柔顺地披散着，发质非常好，随着她劳动的幅度而在肩上滑动着。我想我不能这么看她，这也是一种偷窥。我得想办法让她先看到我。我假装咳嗽一声。她果然看到我了。她面露惊异之色。

"我是……"我已经想好了的那些词，比如我担心过她生病，那天竟然那么担心她的生命安危，以及对这片林子、这个小院还有对她莫名的好感，这时却怎么都说不出口。我结结巴巴地道："我……我、我前几天晨跑，路过这儿，看到你家大门没关，我就……"

她看我指了下石桌子上的罐头瓶，掠了下长发，笑了："我说嘛。"

她声音真好听。

我说："你家的门经常不锁吧？我怕你看见罐头瓶里插了蓝花菜，这样的变化会引起你的不安，今天过来解释一声。"我继续撒谎，也只能这么说了。

"啊，解释，害怕，"她说，"哈，没关系的……这野花野草不错呀，要谢谢你的。"她脸上露出了笑容，伸手抚了下那丛蓬蓬勃勃的蓝花菜，"这不是我家。这是我同学家。我同学在武汉大学读博，春节不回来了，还把她爸妈接去过节……结果，结果你知道的，就是遇上了这场疫情，回不来了。我同学托我来看看门、理理院子、喂喂猫。我这也是在为抗疫做贡献是吧。不过他们已经回北京了，在隔离，明天就隔离期满了。明天……我就不用来了。"

原来这样。她并不拘谨，且落落大方，也乐意和人交流，语感、语气和语速都把握得恰到好处。但我不知道要接她哪一句话了。而且，她最后一句话也像是某种暗示。我本来也没有什么事，误闯进林子里的一户人家，被一个美若天仙的女孩所吸引，被一种美好的情愫所感动，还为她插了一瓶蓝花菜，留下了来过的痕迹。事到这儿，也算是有一个交代和了结了。我跟女孩打声招呼，就告辞了。

我走在路上，心情特别爽，大家都平平安安的就好。雨后的林子里，有鸟儿在飞，在追逐，在戏闹，在枝头跳跃，它们叽叽喳喳发出很好听的叫声。路上花儿草儿都很好。土地是潮湿的，有淡淡的薄雾在缭绕。一棵棵树，正在吮吸新雨的泽养，我仿佛听到它们餐饱喝足的声音。

咳嗽

咳　嗽

　　我们民营文化公司的编辑部，工作性质和其他形形色色的编辑部差不多，人员结构也都是清一色的年轻人，既单纯又复杂（单纯是因为年轻，复杂也是因为年轻），不同的是，人员流动性大，几乎每个月都会发生人事变动。

　　这天一上班，我就看到正在电脑上工作的俞文雅神色不对——看似紧盯着电脑屏幕，一肚子的心事却显露无遗，完全失去了往日的庄重，失去了庄重中掩饰不住的美艳。不是我生性敏感，是俞文雅的表情过于特殊，介于严峻、生气和愁苦之间——眉宇紧锁、凝重，眼神呆滞、焦虑，甚至充满疲惫和惊惧，说是狰狞也不为过。这样的神情，怎么相信她是在工作呢？说是在接受折磨似乎更准确。但她确实是在工作——审稿，这一点，我深信不疑。

　　俞文雅平时不是这样的。俞文雅平时虽然喜欢长时间沉默不语，也无夸张的姿势，总体上，都是在认真工作。不多话，不乱走，安安静静，是俞文雅给我们的主体印象。对此，我还在私底里感慨过，一个漂亮女孩，能够成天安坐于办公桌前，非常投入地沉浸在一本本枯燥的书稿中，那要有多大的耐心和专注度啊。在我看来，漂亮女孩不应该死心塌地地待在办公室里做某一件具体的工作，应该出没于各种社交场合，应该靠颜值吃饭，和香粉、时装做伴（娱乐媒体上这样的报道不是屡见不鲜嘛）。我不过是这么想想而已，并不希望俞文雅离开编辑部，事实上，俞文雅也表示过，她喜欢书籍，喜欢阅读，喜欢别人的故事，当然也就喜欢和文字有关的图书出版工作了。

俞文雅今天新换了一件好看的毛衣。我在路上还想，她今天应该穿那件豇豆红色的毛衣了。整个秋天到入冬以来，俞文雅常换的毛衣有四件，一件豇豆红色的，一件鹅黄色的，一件砖灰色的，还有一件抹茶绿的（有一件月牙白的，似乎只穿了一次）。前三件毛衣是合体修身的款式，只有抹茶绿的毛衣，是休闲款，宽松的袖子，一字形的领子，领子里忽隐忽现着的锁骨，倒是有几分风情。今天是周一，在我的记忆里，每个周一，她都穿那件豇豆红色的毛衣，那件质地似乎也最好，和她白皙、细腻的肤色非常匹配。而且在整个一周里，只有这件毛衣穿两次（周一和周五），可见她对豇豆红色的喜爱程度。但是我猜错了，俞文雅今天穿一件新毛衣，烟栗色的细线毛衫，也是修身款，颜色和豇豆红差别不大，却更显精致和洋气。新毛衣都穿上了，为什么还愁眉不展、似在生气呢？我只是随意地看她一眼，便被她的情绪感染了，心里也便凝重起来，迅速检点自己上一周的言行，是不是我在哪方面没做好或某句不慎的话得罪了她？我对于上周的记忆比较模糊，粗略地回忆一下，上周都在赶写那部关于名人书房的长篇随笔，根本没有时间分散注意力，话很少，也没有做出什么出格的事，便确认了俞文雅的不愉快和我无关，这才放下心来，同时也好奇她为什么要生气。

就在我整理桌子、打开电脑的过程中，俞文雅咳嗽了一声。

我被俞文雅的咳嗽吓了一跳——她的咳嗽太不正常了，沙哑中带着锣声，仿佛什么东西被强制撕裂，有种钻心般的疼痛，一听就是重感冒引起的那种干咳。

接着，她又咳嗽一声。

她的干咳，就像河水决堤，第一声不过是开个头，瞬间便不可遏制，一连串的干咳随之而来，一迭连声，蜂拥而至，停不下来。我感觉到她干咳时的痛苦，喉咙似乎带着一道道新鲜的血口子。可能是为了缓解痛苦吧，她捂紧了嘴，让身体微倾，这样似乎会舒服些。我还感觉到，她的干咳是从肺部挤出来的，一声紧似一声地挤，缝隙很小，咳嗽很大，因而就很憋屈。她的咳嗽绵延很久才稍停下来。

像火山喷溅后的暂时停息，没过多久，新一轮的咳嗽又来了。

在咳嗽的间歇期，俞文雅也努力让自己保持正常的形态。但咳嗽真是由不得她啊，每一次咳嗽都像经历一次炼狱。当咳嗽停息，她靠到椅背上、让自己平静一会儿时，脸上的红晕才渐渐褪去，才端起杯子，抿一口水。可往往是，杯子还没有放下，那咳嗽声又更加剧烈地响起。

就在俞文雅和干咳搏斗的时候，我已经在电脑里随意翻看了。说是随意，其实也是有重点的——只看体育新闻。浏览体育新闻，大概需要二十分钟到半个小时，然后我便开始工作了。但是今天，我的注意力分散了，俞文雅的咳嗽声不时地响起，毫无规律可循，比如，突然咳嗽一声之后，我以为接着这一声会连续咳嗽时，那咳嗽又被她憋回去了。而感觉相对平和的一声咳嗽，却紧跟着来了一大串，一声比一声急，一声比一声撕心裂肺，最后逼得她伸长了脖颈，半伏在桌子上。那咳嗽仿佛发生在我的身上，每一声咳嗽都给我带来剧痛，感同身受地替她强忍着，心里会不由得跟着震颤起来，也不免地焦虑和心痛。焦虑是因为我一点帮不上她的忙，任她独自一人和咳嗽抗争，而我却束手无策；心痛她如此娇弱的一个女孩，身在病中，我却无法关心，或无从关心。另外的纠结，就是我不知道要怎样去关心她。事实上，根据她平时的做派，我就是想关心，想帮忙，比如问她看医生了没有，吃了什么药，帮她倒杯水什么的，她一定是拒绝的。就算是充满善意地问候，她也不一定搭理和领情——她就是这样，上班时只有工作才让她专心致志，工作就是她的整个世界，而下班时间一到，她也不再逗留，拎包走人。

我和俞文雅并列而坐，中间只隔一个挡板，相距不过尺许，她咳嗽的每一个细节，都在我目光范围内，我能感受到她咳嗽时，身体里发出的回声，就像荡漾的涟漪，把痛苦一圈一圈地扩张开来。我也被那涟漪淹没了。

"感冒啦？"我终于忍不住，在QQ上问了一句。我觉得，即便她和以往一样，冷漠地不回一个字，我也不能表现得事不关己，也得拿出我的诚意来。事实上，她的咳嗽已经深深地影响了我，不仅影响我的工作，也影响我的情绪。关心她一下，了解一下病症，也是尽了同事之谊，同时我心里也会好受一些。

"嗯。"她回了一个字，比往日反应快多了。

我们平时的工作QQ都挂着，而她的QQ一直处在隐身状态，如果不是工作上的事，她很少回复的。

"可以在家休息啊。"我的意思，养好身体才是重要的。

"怕把你传染了吧？"她的回复似乎误解了我，带有"怼"的成分，完全体现了她的风格和个性（讲话和行为）。

我一时不知如何作答，明明是对她的一种关心和问候，明明要表达的不是这个意思，却被她这一句反问，问蒙了，仿佛我真的在嫌弃她，怕她把我传染了。我不敢怠慢，立即回道："不是那个意思啊，身体不好，可以请假休息的。"

"工作这么多，哪敢请假啊？"她又呛一句。

"吃药啦？"我又问。

"感冒吃什么药？我感冒从不吃药——反正都要个把星期。"

"还是吃药好，能缓解症状，少受点折磨。"

她不回我了。

"多喝水。"

还是没回。

"多吃水果。"

依然没有反应。

我便没有话说了。我这才意识到，我的话，在她听来，都是废话了——如果这样，日常生活中，哪句话又不是废话呢？许多话都是可有可无的、可说可不说的，人们的交往，互相的了解，情感的增进，不都是在废话中建立的吗？有很多次了，我试图和俞文雅随便聊聊，都无法聊下去。她似乎在有意保护自己（拒绝我的关心），不愿透露关于自己的哪怕一点点信息，她的过去，她的家庭，她的婚姻，她的爱好，她的学历，毕业的学校，她生活的圈子等等，都包裹得严严实实。其实，有些信息，我想了解也容易，比如她曾做过哪些工作，毕业于哪所高校，包括年龄、婚姻等基本状况，她应聘的个人简历上应该有，只要问一问吴婧就知道了。吴婧是我们图书公司的编辑部主任，公司的编辑都是她招的，她是个精明而能干的大龄女青年，是公司的中层和骨干，当然也是老板倚仗的人了。但我不想从这个渠道了解，因为这样虽然能得到一些信息，但都是二手的，俞文雅亲口说出来，又是另外一回事了。况且，我这样去了解一个漂亮女员工的信息，会引起吴婧的不悦的。我并非八卦，并非喜欢探寻别人的隐私，只是俞文雅的言行和处世的态度（包括工作的过于认真），和大部分人完全不在一个节奏上，比如编辑部的其他员工，都会在平时的交往中——午间休息或下午下班后，凑在一起叽叽喳喳闲聊一会儿，无意间透露出个人的一些信息，关于爱人啊，孩子啊，房子啊，等等。而要想从俞文雅的口中了解这些，那就比登天还难了。

风　波

　　风波是李志刚引起的。李志刚做排版工作，是个快手。手一快，活就毛糙，手一快，就时常处于"吃不饱"的状态。吃不饱就休工，休工了就无聊。上午十点半时，他改完一部书稿，打印一份大样交给文字编辑核红时，又闲下来了，到处转。他个子矮（不到一米六），帅气，精干，两只小圆眼像鼠眼一样闪闪放光，走路也特点分明，一抖一抖的，像是面前铺着一道道密集的减速带。闲下来的他，果真像在减速带上行车似的，一抖一抖地在几组办公桌的缝隙间走几趟，也像深夜出动的老鼠，警惕中，带着鬼祟，然后站到西窗前，眺望长虹桥里侧的三里屯一带，又去看了看考勤器，再看看窗台上的几盆绿植，自言自语地跟绿植说会儿话，最后"抖"到一个闲置的办公桌前，看到了那张卫生值日表，嘴里念念有词地说了几个短句（念人名），突然大声说："啊，俞文雅，这周你值日哎！"

　　李志刚的话，在安静的编辑部里一点都不合时宜，或者，纯粹是多此一举。值日人员一般是在下班前一刻钟开始拖地，给盆花浇水，集中各人废纸筐里的垃圾送到楼梯口的垃圾桶里。现在才是上午，喊什么？而且，既然不是你值日，更没必要咋呼啊？你又不是主任，算老几？我听着不爽，看他一眼。我看他那一眼是有意味的。我虽然不是主任，身份却是"总策划"。这是个怪里怪调的头衔，因为我并没有策划过什么套系的书，

咳嗽

也不行使总编辑的权利，老板却很看重我，有关选题啊、封面啊、插图啊、开本啊、印数啊什么的，都会找我商量，而且，我还是小股东，平时虽然不管日常事务，却凌驾于主任之上，简单说，我从总部来到位于东三环的分部，就是老板派来监工的，所以我最有权利向老板提出建议，要是打个小报告，或平时给谁扔只小鞋，那对方就难受了，工作就不长久了。李志刚显然没有意识到这一点，他大声地说过之后，耍酷地抹一下发型，并没有在意我别有深意的目光，而是在没听到俞文雅的回应之后，又走到俞文雅身后，眨着亮闪闪的小眼睛，声音虽然比刚才放低了些，却有些调侃："俞，文，雅，哈哈，俞文雅，这个名字有意思，鱼，一条鱼，有什么好文雅的？鱼真的文雅吗？哈哈……"

"我正式警告你李志刚，这次我搭理你，是因为要警告你，从现在开始，别再跟我说话，否则，可别怪我不客气！"俞文雅坐直了身体，脸对着电脑说，"上次我在群里已经警告过一次了，这是第二次，事不过三！"

李志刚尴尬地笑着，欲言又止。

而俞文雅突然的咳嗽，倒是给李志刚的尴尬做了些掩饰。

我听了俞文雅的话，觉得畅快，正想帮一句，吴婧开腔了："老李你要是没有事，可以趴在桌子上休息，也可以出去转一圈，抽烟也行，别影响别人工作好不好？"

俞文雅一听"抽烟"二字，再次咳嗽起来——她对烟味也是敏感的，虽然她这次咳嗽不是因为屋里有烟味，但对于正在咳嗽的病人来说，烟味可能会诱发更频繁的咳嗽。这不，我也条件反射地感觉到屋里弥漫着一股浓烈的烟臭味了。

吴婧的话起了作用。李志刚也意识到俞文雅一直在咳嗽，尬笑也消失了，再次走回到西窗前，一边嘟囔着"我可没抽烟我可没抽烟"，一边朝窗外张望。

我对俞文雅和吴婧的话很满意，觉得李志刚已经是俞文雅讨厌的人了。吴婧的话也有分量，显示了一个主任的担当。

长虹桥分部的人不多，十一个文字编辑加一个实习生，还有李志刚这个排版编辑，为了方便交流，除了原有的QQ工作群，我又建立了一个微信群，有关编辑方面的事，他们都会在这两个群里交流，偶尔还会引发讨论。俞文雅所说的"我在群里已经警告过一次"，就是李志刚不分轻重接话的结果。那天，俞文雅在微信群里问一个版式上出现的反常现象，这个问题谁都可以回答，排版经验丰富的李志刚回答更合适，但俞文雅@吴婧，显然是不愿理睬李志刚的意思。李志刚却不识趣，根本没看出俞文雅的意图来，抢先发言了——发了个无趣而低级的卡通图，图上是一个怪里怪气的小丑指着一行"蒙了吧"的字。这简直是对俞文雅的污辱了。俞文雅就是大发雷霆，把他臭骂一顿，都是可以的。但俞文雅没有那样做，她忍住了，采取无视的态度。吴婧赶快@了俞文雅，就她提出的问题进行了通俗易懂的解释。这事本来到这里就结束了。可李志刚的讨厌就在这里，他看俞文雅无视他，也没有人对他的"幽默"表示欣赏，就把刚才的图又一连发了三次。俞文雅依然没有发怒，她只是在群里警告道："从现在开始，请你不要和我说话。"李志刚回了个笑脸，觉得不够，又回了句："不幽默。"

我看了不爽，觉得不是幽默不幽默的问题，是基本的礼貌和修养问题。我就干脆把李志刚踢出了微信群。俞文雅发现之后，在群里给我点了个赞。

李志刚确实有点拎不清，从工作角度来说，他排版、改版速度确实快，但因为差错率居高不下，编辑们都对他有意见。大家都不反对快，可别错得离谱啊。编辑们辛辛苦苦看了大样，到你手里改红，一本二三百页的书稿，漏改个两三处也是情有可原的，可他往往漏了十来处二十来处，有时一整页上只有一个问题，他也漏改了，为此，经常引起编辑们的不满。俞文雅反感他这一点，再加上他多次不靠谱的言行，就更让人讨厌了。有几次明明是他错了，还和编辑强调理由，我都看不过去了，想说他几句，都忍住不说了——因为我已经同意吴婧的决定，等过了春节，就辞退他。现在已经是十二月末了，马上就到元旦了，还有一个多月就是春节假期了，再忍忍吧。但你也不能变本加厉啊，莫名其妙地在上班时间大声地胡说八道，说些和工作无关的话，这不仅是拎不清了，而是十足的没脑子。更何况，俞文雅还警告过你，现在人家处在病中，心情肯定糟糕透了，哪有时间和心情跟你打牙撩嘴玩"幽默"啊。

然而，李志刚没脑子的事还没有完。

在临近中午时，俞文雅订的餐送来了，她把餐盒习惯性地放在自己身边的书柜上。谁都没有注意，就连一向关切整个部门的我都忽略了李志刚的一个行为——他在去饮水机接水的途中，顺手牵羊地把俞文雅的餐盒带到了饮水机边的窗台上，藏在了花盆的后边。十多分钟后，中午十二点了，在接下来的一个小时里，是用餐和休息时间，大家都珍惜这段短暂的午间，会很快把饭吃完，再趴在桌子上休息半个小时左右。可当俞文雅取餐时，发现餐盒不见了。不需要仔细地回忆，俞文雅马上就想到这是李志刚干的，只有他刚刚从她身边经过，也只有他，才能干出这种蠢事来。俞文雅没有说话，她简单环视一下，就看到窗台上花盆后的餐盒的一角了。俞文雅带着情绪把餐盒取回来后,本来准备一声不吭,用无视来教训他。没想到李志刚自己偷乐起来。这显然激怒了俞文雅,她在一连串的咳嗽声后,厉声说:"再警告你一遍,如果再惹我,我会报复的!"俞文雅话音一落,再次咳嗽起来。

"咳嗽成这样了,还这么凶!哈哈哈……是不是来报复啦?来呀,报复啊!我倒是要看看你怎样报复!"李志刚可能还沉浸在自己的"幽默"状态里。

"你说呢?你说我能怎样?"俞文雅拿着饭,朝李志刚走去。

吴婧显然更了解俞文雅。她知道俞文雅能把一盒饭泼到李志刚的头上,便立即起身,中途拦住了俞文雅,接过她手里的饭盒,帮她拿回到桌子上了。

"吃饭吃饭。"吴婧笑着哄她,又怒斥李志刚道,"闭嘴!"

我看到,俞文雅脸都青了。如果不是吴婧拦住了她,她真的什么事都能做出来的。俞文雅真要把盒饭浇过去,李志刚也是哑巴吃黄连,有苦说不出——谁让你藏了人家的饭?说好听点,是恶作剧,说过分点,就是偷了人家的东西,语言上还充满了挑衅。

我觉得也要表明个态度,便在QQ上跟俞文雅说:"这家伙疯掉了,别理他!"

俞文雅没看QQ,她对着饭盒在生气呢。

这时,李志刚被吴婧叫了出去——应该是谈话去了。

我便继续给她留言:"看到了吧?主任批评他了,别跟他计较,会拉低你的智商。好好吃饭吧,咳嗽那么厉害,要注意身体哦。"

俞文雅还是没有看QQ。她的QQ和我的一样,都是静音,但右下角的提示在不停地闪动，如果她稍一抬头，就会看到的。她果然还是看到了，点开了QQ，看了眼我的话，并没有回复我。

怎么不回一句呢？我想了想，便也理解了，一来，她正在气头上，没心情回我；二来她正准备吃饭，没有时间回；三来呢，可能没想好要怎么回。可不知为什么，无论哪一种可能，俞文雅不回我的话，都让我感觉被轻视了。因为这已经不是第一次了。有好多次（不仅是QQ，还有微信），我给俞文雅留言，比如节假日，我会给她留个"节日快乐"，比如每周五，我给她留个"周末愉快"，她几乎没有一次及时回复的。有时隔了一夜，回了个"嗯"或"谢谢"。"嗯"是什么鬼？"谢谢"又是什么鬼？不咸不淡的，和她平时的做派一样，一副对谁都爱理不理的样子。

一首诗

我莫名其妙地苦恼起来。我的苦恼和俞文雅有关。俞文雅的感冒咳嗽和不愉快，对我产生了影响。但是，俞文雅的生病与我有何关系呢？我努力想撇清自己的苦恼和俞文雅没有关系，心里却处处都是俞文雅的咳嗽，都是她的不愉快，都是她在不同情绪下的各种神态。这样一来，我想继续写那本未完成的书稿，想尽快进入工作的状态，也完全没有心思了。

无所事事的我，下意识地打开电脑上的一个文件夹。文件夹里有十来张照片，全是俞文雅的，是我从她的微信、QQ空间等不同的渠道搜集来的，当然还有几张是偷拍的。照片上的俞文雅，除了衣着不同，几乎是一个表情，沉着而安静，细看，还有点肃穆和威严。应该说，她的五官是精致的，美丽而不失妖艳，秀气而不失端庄。但她的表情并不像有的年轻女孩那样丰富。不是说，一个人的脸部轮廓和面部神情，能体现出这个人的内心世界和精神世界吗？能从其眼神和面部特征中，发现她处于什么样的心情中吗？此话用在俞文雅的身上，完全不起作用。从照片上，很难看出她有什么情绪波动，很难看出她是充满忧愁还是满心快乐。只有现在，只有在她咳嗽的时候，她的眼里才隐含泪水，才有点楚楚可怜并让人产生同情之心。我偷偷地、假装随意地看一眼近在咫尺的俞文雅。如前所述，除了一丝哀愁的神情，她始终是盯着电脑屏幕的。屏幕上，是满屏的文稿——身体都这样了，还在坚持工作，真是个工作狂。

我快速浏览一遍照片（不敢停留太长，怕被她发现），发现文件夹里还有一个文档，这个文档我记得，是我为俞文雅写的一首诗，我点开文档，重温一遍：

喜欢藏在你的气息里，
并不想让你知道；
喜欢埋在你的心田，
等待春天的到来。
黑夜比黑夜更加漫长，
我在等待天亮。

这首诗写于几周以前，说是为俞文雅写的，不如说是为我写的。当时，所有人都下班了，俞文雅也收拾好东西准备走了。她是除我之外最后一个下班的。她下班的时候，办公室里只有我和她两个人。我想跟她说说话。说什么呢？说什么都行。但事实上，说什么都不行。以前我尝试过，比如我说："下班啦？"她有时哼一声，有时一声不吭。比如我说"再见！"，她也是哼一声，或一声不吭，感觉多说一个字，就会被我赖上一样，感觉多说一个字，比金子还金贵一样。为此我也探究过，她究竟是怎样的一个人？为什么如此吝惜说话，为什么如此的傲娇，为什么如此的自以为是？而她有时候，和吴婧小声地嘀咕几句，脸上却呈现出丰富的表情。看来她的表情也是有针对的——我知道这样的探究毫无意义，也没有结果。我还觉得她身上有一种神秘的魔力，时时吸引着我的特异的魔力，让我深深地陷入一种单相思的状态中。我在一个人独处的时候，会回望、思量着俞文雅。如前所述，这时候我会觉得她什么都好，就连她的冷漠和自以为是，也是正确的，如果我觉得哪里不对了，那一定不是她的问题，而是另外的原因。这么说，你就知道了，我处在一种危险的境地中，按说三十八九岁的人了，不应该有这样的情绪。但这种情绪却困扰我一两个月了，也就是在我调过来不久后，就深陷其中而不能自拔了。这几行诗句，就是对她暗恋的结果，而且改了好几稿，才是现在的样子。当我重读这首叫《柏拉图》的诗时，心里再一次大面积被感染了一种爱意，觉得情形正是这样的，我一直在等待，这么多年了，都是在等待中。以前没发觉有"等待"的情绪，那是等待的目标还没有出现，单身这么多年了，刚过三十岁的时候，还很急，想尽快再婚，呈现的状态不是等待，而是寻找。如今快四十了，寻找的念头便渐渐淡漠了，心态是顺其自然的，不再去幻想什么艳遇啊、什么心动啊之类的。谁承想，在如此不经意中，俞文雅出现了，而且就在我身边，这才猛然发觉，俞文雅就是我的"等待"。等待就像潜藏很深的某粒种子，在她的气息和温度中，悄悄发芽了。我反复咀嚼着这首诗，想把这首诗发到群里。发到群里，不是要公开我的情感，是想展示一下我的才华。但，理性占据了上风，我还是收住了。大家都是聪明人，万一被看出破绽来，那丢人就丢大了。两个多月来，我强压着自己反常的内心，怕被俞文雅察觉到我对她的好，又想让她察觉到。如果发上这首诗，那不是等于承认自己的暗恋了吗？但，不让俞文雅知道也不行啊，难道一直暗恋下去？

因为俞文雅，我在行为举止方面，都极为小心，换句话说，我因此而改变了自己的一些行为习惯。这些习惯也不一定是不好的习惯，不过是和俞文雅略有差异罢了。比如喝水，俞文雅在喝水时，不会发出任何声音，而且她从不泡茶。为此，我也学着她，不再喝茶了。要知道，我可是有着十几年的茶龄啊，我还努力地在喝水时也不发出任何声音。还比如穿鞋子，俞文雅喜欢穿旅游鞋。我也脱了皮鞋，买了双旅游鞋，而且和俞文雅是同一个品牌。再比如俞文雅喜欢穿牛仔裤，我也改变了多年一身正装的打扮，穿起了牛仔裤和休闲上衣了。这些改变，我是希望俞文雅有所注意的。但最先注意并开口说出来的，居然是吴婧——就在我新穿牛仔裤和旅游鞋那天，吴婧看看我，笑了。吴婧天生一张笑盈盈的小胖脸，一笑起来，脸上出现好几个小肉坑，特别可爱。她盯着我，笑着说："葛老师改变不小啊，越来越年轻啦哈哈，环境好，心情就好了，心情好，什么都好了！"我听出来她话里话外的意思了，只能假装糊涂地说："啊？年轻了吗？哪有什么好心情啊。"吴婧还是笑，她冰雪聪明地看一眼俞文雅，颇有意味地说："还不好吗？"我便不敢看她了，也不敢接话了。而在我的眼角余光里，俞文雅依旧安之若素。

我想再写一首诗，为俞文雅。

我偷看一眼俞文雅，她还在工作，如果不是她不停地咳嗽，没有人会在意她的存在。

刚才，吴婧找李志刚出去具体谈了什么我并不知道。我知道的是，李志刚一脸严峻地回来时，没有吃午饭，而是直接趴到桌子上休息了。我估计吴婧对他没有好话，就是吓唬他要立即辞退他也有可能。

编辑部里还散发着中午的饭菜香，在怪异的香味里，大家都在各忙各的事。

我依旧定不下心来。我去接了杯开水。在往返时，可以两次自然地看看俞文雅，尽管是看她的后背和侧影，也是我满心乐意的。没错，我去打水，多少带有点故意的成分。去时，看到她正在咳嗽时那颤动的肩和颈。回来时，她靠在椅子上，在理自己的毛衣。新穿的毛衣上，可能落了根头发什么的，她正勾着脑袋，聚精会神地从胸前往下摘，毛衣里是她轮廓清晰的身体。她一双细小的手，正在胸部那儿不停地摘，可能没有摘下来吧，又换一种手法，一手拎着毛衣，一手往下弹。她的动作和神态很美，齐肩的半长不短的头发并没有拢起来，任其随心所欲地从额头披下来，头发多的那一边，遮住了半个脸。脸上的两道细眉稍稍地弯着，细眉下边藏着深潭般清澈的眼睛，精致而细小的鼻子微微翘起，红润而饱满的嘴唇略略地噘起来，是那样的生动而感人，还隐含着复杂而深情的自爱。我心里感动一下，混杂着哀伤，也存在着欲念，我的心情不自禁地麻了一下。我想这就是诗了。还要写什么诗呢，她就是一首诗啊。

姜　糖

　　下午两点半时，俞文雅悄悄地趴到桌子上——她可能是咳嗽累了，需要睡一会儿，休息休息。我便担心李志刚会跟谁说话，吵了她。但她在趴下的半个小时左右的时间里，还是咳嗽不停，无法入睡。我想，以后的几天里，咳嗽，就是她的常态了。任凭我在暗地里如何保护她，我也不能减轻咳嗽给她带来的痛苦啊。一种不明就里的歉疚感油然而生。

　　半小时之后，当新一轮的咳嗽让她不得不抬起头来时，俞文雅在电脑显示器旁边寻找着什么。她在找什么？我心里"咯噔"一声，立马想到她在找姜糖。她电脑显示器下边只放着几张纸、一个小笔桶和一个水果刀，那袋姜糖原就放在小笔桶边上的。这袋姜糖，是我上周出差时，从山东周村带回来的。我路过淄博，朋友邀请我去周村玩了半天，带回了两样周村的特产，一样是周村烧饼，一样是周村的姜糖。我把烧饼和姜糖各带一袋到了编辑部，分给大家品尝时，俞文雅说她不喜欢吃烧饼。我以为手工制作的姜糖味大，形状不好看，她更不喜欢，她却说："那是什么？姜糖吧？闻到味了。"我说："是的。"她说："这个我喜欢，清口，醒神。我喜欢吃姜。生姜切成丝，和精瘦肉爆炒，是我拿手的家常菜。"她一口气说这么多话，是此前没有过的（至今也没有第二次），看来，姜糖给她带来了好心情。我当然乐意她喜欢吃姜糖了，就把一袋都给了她。她也没客气，说了句"你要吃就来拿啊"之后，就吃了一块，把剩下的放在电脑显示器下方了。一小袋姜糖的分量不多，大概只有二三十块吧，在整个上周，她自己吃时，也会分给吴婧和其他编辑吃,当然,我也会分到。姜糖很快就所剩无几了。上周五晚上,我留下来加班,口涩无聊,便拿过姜糖袋子,看里面只有一块了,另有一点碎末子,便吃了。我原来不太爱吃姜糖,俞文雅说她爱吃之后,我觉得姜糖的口感也挺好了。我吃了她的姜糖后,就把空袋子随手扔到垃圾筐里了。谁能想到,她这时候在找姜糖呢。

"姜糖呢?"她说。

我抱歉地在QQ上说:"不好意思啊,那个……姜糖……上周五晚上加班,被我吃了,还有点碎末子,扔了。"

她迅速在电脑上打字了。接下来,是我们在QQ上的对话:

"好呀,本来就是你的。碎末其实也好吃的……"

"我再买……帮你再买些吧。"

"不用了,我上网自己买。"

"不一样的,周村的这个姜糖,是现场做的,一边做一边卖,一道道工序都在顾客的视线下,新鲜,地道,没有添加剂。我有朋友在周村,请他买了寄来,方便的。"

"那倒也是,现做的新鲜……要不你帮我买吧,我感冒了,嘴里发苦,正好想吃。我给你钱啊。"

"买来再说。"

我心里暗喜,通过姜糖,可以促进我们之间的交往了。于是,我通过微信,联系我刚认识不久的周村文联的朋友,请他到古城的大街(街名就叫大街)西头姜糖店里,买八袋新做的姜糖,并把款打给了对方。

然而,令人意想不到的是,从中午到现在没讲一句话的李志刚,突然不知从什么地方取出一袋姜糖,迅速打开来,送到了俞文雅的桌子上,说:"这儿有一袋,我从网上买的,和葛老师带来的不一样,你尝尝。"

俞文雅看都不看地说:"你拿走吧,我不爱吃这个口味的。"

她看都没看,也没有尝,怎么知道这是什么口味?显然是拒绝嘛。

姜糖搁在了俞文雅的桌子上,李志刚已经离开了。

这就尴尬了。

吴婧也看到李志刚的尴尬了,走过来,拿起姜糖,取出一块,送到嘴里,说:"和葛老师带来的还真不一个口味,这个带有薄荷味。"吴婧吃着姜糖,走到李志刚面前,替俞文雅把姜糖还给了他,说,"放这儿吧,谁吃就来拿。"

吴婧把什么都看在眼里。吴婧回到座位时,在QQ上给我发了个大笑脸,又发了个笑晕的卡通图。但我不想笑,虽然也回了个大笑脸,不过是敷衍而已。

"老李真有意思。"吴婧在QQ上继续说。

"你不是找他谈过话了吗?"我说。

"唉,我也不能直接说啊,就这种人,能有什么办法呢?谈个话还不如一阵风,风还有感觉,他连感觉也没有。"

姜糖到了

周五这天,姜糖到了。

吴婧微信问我:"不错呀葛老师,你给俞姑娘买姜糖啦?"

我此时正在常熟出差,抽空玩了尚湖,又去了虞山的兴福寺,还到曾园去喝了茶,自然也拍了不少照片,接到吴婧的微信后,我已经回到了宾馆,正准备去赴朋友的晚宴。我看着手机,琢磨手机上的这行字,觉得她的口气有妒忌,隔着千山万水都能感觉到她内心的小火苗。怎么回呢？俞文雅收到姜糖时，在编辑部说了什么？我决定先不理吴婧，从俞文雅那儿了解点情况再说，也正好借机和俞文雅说话。

"姜糖收到啦俞姑娘？"我也在微信上问，虽然是文字，却满心希望俞文雅能感觉到我那种细软而讨好的语感。

可能是帮了忙的缘故吧，她第一时间回复了："姜糖下午收到的，谢谢啊。多少钱告诉我，微信转你。"

"好吃吗？"我没有立即说钱的事。

"尝了下，好吃。不过和上次的那个口味不太一样，也好吃的。"

"那就好。"

"感冒，嘴巴里无味，吃吃姜糖正好。不过，姜糖我都拿走了，也没给你留点。"

"不用留给我，本来就是帮你代购的。"

"讨厌死了，我打开包裹之后，他们也没问清情况，就说，葛老师又给大家买糖了，就要吃。本来想给他们一袋的，看他们这样的态度，就算了。以前也有过，别人的东西放那儿，他们觉得理所当然地吃，这种态度真不能接受。"

"是啊，问一声，不就明白了吗？"

"就是烦他们这种问也不问就去拿的态度。"

我感觉俞文雅所说的"他们"，应该不是泛指，应该特指李志刚。也只有李志刚会拿别人存放在冰箱里的食品吃（苹果、橘子什么的）。我以前出差，在扬州买过两袋手工制作的花生牛轧糖，分给他们吃，别人都是拿一颗，李志刚抓了一大把。李志刚各种小毛病不少，似乎吴婧也说过存放在冰箱里的食品被他拿了就吃的事，大家都是同事，也不好较真。但总是让人不舒服的。如果俞文雅拆开姜糖的包装,李志刚过来围观,顺手拿起一袋要拆开,完全符合他的性格。但俞文雅也是有性格的,抢过来,弄他个难看,完全有可能的。

"就算是我买的姜糖,我不在,也不能随便拆开啊!"我顺着俞文雅的话说。

"就是,一般给大家带一次,表表心意就行了,还能再大老远地从异地麻烦朋友去买了再寄来?这些人就不会想想。对了,多少钱啊?加运费。"

她又提到钱了。多少钱并不重要啊。我停顿了一小会儿,八袋姜糖,八十块钱,加上运费,不过九十二块钱而已,真心不多,我不太好意思要她的钱。但说送她,没有适合的理由,她也不会接受。我突然想起两三个月前,她和同事聊天时,聊到黄桃罐头。她是平谷人,平谷盛产黄桃,她家(或是亲戚)也做了几十罐,留着慢慢吃。我便说:"俞姑娘,跟你商量个事,换两瓶黄桃罐头如何?"

俞文雅回了个捂嘴的笑脸,又说:"你怎么知道?……行,不过两瓶不够,四瓶吧。"

"那又多了。"

"不多。"

"你说姜糖和上次不一样,别不投胃口吧?"我把话题又拐回到姜糖上。

"挺好的。"

"那就四瓶。"

"好,下周先带两瓶。"

"谢谢啊,辛苦你了!"

"应该谢谢你啊。"

对话到此结束了。再说下去，就属于没话找话了——我虽然还想继续聊会儿，哪怕一直聊下去，我都愿意。可一时又找不出适当的话题，如果随便扯个话题，会被她看出我的小心思的。我只好先打住，再和吴婧聊。

"是的，是我帮俞姑娘买的姜糖。我也是受人之托啊。你想要吗？"

"哪敢麻烦你啊。"吴婧的话有点酸。

"你麻烦下试试，我就是一副热心肠啊，没办法，助人为乐，活雷锋，就是我呀。"

"我呸，哈哈哈……没看出来。"吴婧的聊天和俞文雅完全是两种风格，"讲个事啊，笑死我了，你肯定也感兴趣。俞姑娘桌子上有一瓶绿萝你看到过吧？她把蔫了的绿萝扔了几枝，李志刚看到了，跑到窗台那儿，剪了一大把绿油油的绿萝，屁颠颠地跑到俞姑娘那儿，把乱哄哄的绿萝插到了她的花瓶里，俞姑娘的脸全绿了——气得呗，她一声不吭地把那把绿萝扔到了垃圾筐里了，哈哈哈……见过厚脸皮的，没见过这么厚脸皮的。不过，你知道李志刚为什么敢这么厚脸皮？"

"我怎么知道？"

"你那么聪明，不会想想？"

还用想吗？肯定是说李志刚追求俞文雅呗。

吴婧跟我说这个什么意思呢？是要激发我的斗志呢，还是奚落我？暗示我的下场跟李志刚一样？抑或是提醒我什么？我觉得没必要。李志刚讨好俞文雅，我们都看在眼里，俞文雅最烦的就是他，不用我出手，他就会自取灭亡的。

吴婧见我没有回复她，又问："什么时候回来啊？你不在，还有点不习惯呢。"

"没定下来呢，这两天双休，玩玩江南再说，下周一肯定上班。"

"都跟谁玩啊？"

"一个人啊。"

"不信，一个人有什么好玩的？"

"还能有谁？"

"我怎么知道？"

"真的呢。不过常熟有朋友的，晚上要一起吃饭……好啦，不说啦，你要下班啦。"

"我无所谓的……好吧，晚上别喝多啦，"吴婧很温柔地提醒道，"喝多了伤身体。"

我晚上的饭局是六点。现在还不到五点，朋友五点半以后来接我过去，这段时间干点什么呢？对，把今天拍的照片发到微信群里，再选几幅蜡梅照，单独发给俞文雅看。既然吴婧都怀疑我不是一个人在玩，那俞文雅说不定也有相同的想法呢。

照　片

我先在微信群里发了一组照片，是上午在尚湖拍的。尚湖的湖光山色特别美，虽然是十二月末了，许多常青的植物还是把碧绿的湖水装点得十分清丽，逶迤的虞山也倒映在湖中，像一幅巨型的水墨画。我的照片有远景，有近景，也有花果树木的小品，很有点小情小调。很快得到群里人的点赞。吴婧还半是嫉妒半是羡慕地说："葛老师你又游山玩水啦，真是气死我们啦！"受到她们的鼓励，我又把中午在兴福寺拍的照片发了上去。兴福寺里有几棵蜡梅,江南的蜡梅开得早,我各个角度、远远近近拍了几十幅,连我自己都被冰清玉洁的蜡梅给镇住了。选了几张发到群里之后,果然引起了小小的轰动,许多人都夸"太美"。也有人怀疑不是我拍的,说:"葛老师这是你拍的吗?你随行是不是有个摄影大师啊?"她的话,既是对我的怀疑,又是对我的夸赞。我随即又发上两张我和蜡梅合影的照片,一张是我站在蜡梅树下,头顶和肩部都有开着透明般蜡梅花的枝条簇拥着,另一张是仰望枝条上的花朵,似乎在闻嗅蜡梅散发的芳香。这两张照片我都喜欢,不仅能体现出我的气质,蜡梅的枝条也疏朗有致。群里又是一片惊叹声,除了俞文雅,每个人都用不同的方式夸赞了我,有的甚至要下载下来,做手机的屏保。但俞文雅为什么一直没有出现呢?她是我最想看到回复的一个人啊,莫非她忙别的事?没有机会看手机?没错,她肯定全神贯注投入工作了,或者,看到别人都在夸我,她反而不说话了——这也是她的个性体现。好吧,反正她会看手机的(她没有把微信和电脑绑定),不管是此时,还是以后,那我就索性再选几张图发上去。于是,我选了一幅在曾园喝茶、读书的照片,甚至把中午吃饭的照片也发上来了。从兴福寺出来后,我沿着一条石板路漫步,看到路边有家快餐店,便进去用餐,要了一碗米饭,一碟水芹炒香干,一碟青菜炒香菇,一大段清蒸咸鱼,一瓶黄酒。包括黄酒在内,才三十六块钱,真心不贵。而且菜的品相和口味都好,便拍了照片,这会儿也发到群里去了。然后我告诉大家,马上出门了,有个朋友要送我一套书,顺便请客。但是,一直到临出门,还没有等来俞文雅的回复,我不甘心,又选了几张照片发给了俞文雅,照片和发在群里的都不重复。

没想到的是，晚上吃完饭，回到宾馆，打开手机时，群里有几十条未读消息了，其中就有俞文雅发的，而且一看内容，就知道她是用心回复的："作家葛老师的一天：游山玩水；享清淡营养美味；品茶小读；与友人把酒言欢；得赠书。"又说："我们的一天呢？"吴婧也跟道："嫉妒，吃喝玩乐，赏花赏景。"但是，俞文雅并没有单独回复我，我给她也发了类似的照片，她只字未回，却在群里发了一通感慨，说明她既矜持又心情不错啊。现在才是晚上八点，时间不算晚，我又选了几幅照片发给她了，还留言说，蜡梅已经要败了。这回她立即回了，只有两个字"蜡梅"。原来，是纠正我的错别字的。我一直把蜡梅写作"腊梅"，腊月里的梅花的意思嘛。没想到全错了，是"蜡"，不是"腊"，想想，也对，像蜡一样的透明。她的纠正，并没有让我感到难堪，相反的，还特别开心，毕竟，因为她的纠正，我以后不会再错了。便说："做编辑就是敏感，错别字一逮一个准，谢谢啊。"她回道："这有啥好谢的。你拍照的手艺不错。我也喜欢蜡梅的。"我说："北京的中山公园里有一株蜡梅，你空了可以去看看。清华大学也有，在自清亭那儿的假山上，我去年冬天去看过。"她说："是吗？等有空了去找找看。你在蜡梅树下的照片挺不错的，谁帮你拍的？"这个问题有意思，吴婧等人都变相问过了，只有俞文雅问得直接。难道不是吗，照片不重要，重要的是谁拍的。因为，多半会是我的同伴，而同伴者，有可能是个女性。如果是女性，当然会引起好奇了。我说："随便请个旅客拍的。"这是真话，但她没再回复。我转移话题道："到家啦？"她回："刚到。"我又说："晚饭吃啦？"我在等她回复时，就又没有回复了。

但是，我发现手机上的QQ有提醒，点开一看，是李志刚在QQ群里发了一张照片。如前所述,李志刚已经被我从微信群里踢出去了,但QQ群未踢,因为编辑们和他有工作要沟通。又因为是工作群,没有人会在QQ群里说些和工作无关的话题。

但是,仿佛李志刚知道我们在微信群聊得挺欢似的,他也在QQ群里发了一张和工作无关的照片。这幅照片是一段文字的截图,我放大了才看清:

投稿:我的前男友曾在某大型文化公司工作,我的血泪史。一个月4000块钱,996(早上9点上班,晚下9点下班,一周工作6天),没空陪我不说,还得刷微博帮他卖书,他上那种没人听的广播节目,还得装热心观众留言互动捧场,还要求我刷抖音!更可恶的是,同事都是女的,年轻的漂亮文艺女青年,天天下了班同事聚餐看电影看话剧啥的,对比一下,本姑娘太俗了。

我读下来,忍不住笑了好几次,觉得这个李志刚这幅图片倒是有点意思。他接连说了几句话:"我就是那个前男友。""今晚月色真美!""你们的前男友都说些啥?"我想接着他的话往下续一句,问问他的前女友现在是啥情况。但一想,不对呀,他发的图片内容看似调侃,实际上是对自己从事的职业的不尊重啊,也是对女编辑的不尊重。难怪没有人接她的话茬呢。

午　餐

　　周一上班，我是上午十一点左右到办公室的，坐下刚打开电脑，就看到QQ闪动了，是俞文雅跟我说话："葛老师，两瓶黄桃罐头，放在冰箱了，你下班时带回去。"

　　"谢谢啊，我带一瓶，另一瓶晚上加班时吃。"

　　"那你要注意，开了封吃不完，防止有人拿了吃。"

　　"不会吧，谁会这么不自觉？"其实我知道俞文雅的话所指是谁了。

　　"有人就是不自觉，从前发生过的。我只是提醒你一下，反正你晚上加班后，办公室也没有别人，带回去比较好。"

　　我明白了，她不仅是怕李志刚偷吃别人的东西，更是怕别人看到她送罐头给我，引起不必要的猜测。

　　"好的。"我回复道，"有这两瓶尝尝就行，另两瓶就别带了，挺沉的。"

　　我的客气并没有得到她的回应。她又一头扎进工作中了。我发现她不像前几天咳嗽得那么厉害了。当然，偶尔她还会咳嗽，轻度的，不过是没有好透罢了。

　　很快就到午饭时间了。我由于早饭都在六点多吃，十点多又吃了点东西才来上班，一般中午就不吃了。可奇怪的是，吴婧中午要请我吃饭了。看她微信留言的口气，就我们俩。我好奇地问她："怎么要请客啦？"

　　吴婧说："晚上不敢请啊，怕打扰你写作。"

　　我喜欢在办公室加班到九点或九点半，大家都是知道的。但是，吴婧请我吃饭，我拿不准她是什么意思，便说："我请你吧。吃水饺去。我发现一家好吃的水饺店。"

"吃水饺好啊——你只能下次请了，这次是我请你——主要是想跟你汇报个事。"

"现在说不行吗？"

"吃饭时说吧。"

"我好奇呢。"

"那现在就走吧，也差不多到饭点了……哈哈……没什么大事。"

没什么大事还这么神秘？工作上的事？不会跟我谈情感问题吧？像吴婧这样的大龄美女（包括俞文雅在内），是让人看不清真面目的，虽然她的身份信息，在QQ资料里一清二楚，出生于1986年，水瓶座，未婚。这就够了，她的相貌，严格地说，不算美人，不像俞文雅那样让人过目难忘，用现成的话说，回头率低。但也还是耐看的，鼻子是鼻子，眼睛是眼睛，身材也还好，要腰有腰，要胸有胸，两条腿也够长，有时也萌萌哒，小可爱，总之，不让人烦。可为什么就不把自己嫁了呢？

这家水饺店因不在闹市区，要靠品质取胜，所以味道特别好。我和吴婧点了一份三鲜馅儿的，又点了一份韭菜鸡蛋馅儿的，两人合着吃。她要给我拿酒，我没要。吃水饺的时候，她先评价了水饺不错，又说她最不喜欢吃猪肉大葱馅儿的饺子了，味太冲了，不知谁发明的，简直愚蠢到不可理喻的程度。我对她评价水饺没有兴趣，她请我吃饭，肯定不是要评价水饺的。她评价水饺，可能是重要谈话的前奏吧。再说，我对猪肉大葱馅水饺已经不反感了（本来我也不喜欢吃）。因为，有一次，听俞文雅说，她喜欢的饺子中，有一种就是猪肉大葱馅儿的，说那才够味。既然俞文雅都喜欢猪肉大葱馅儿，我又为啥不喜欢呢？说话我就吃了一盘子，居然真没觉得猪肉大葱馅儿的水饺有什么不好吃，甚至也吃出了俞文雅那样的感受，够味。很多人说话都会在前边找点小插曲，讨好主宾的小插曲，吴婧饭前聊水饺，也是一种小小的策略吧。果然，她顿了顿，一笑，说："葛老师，今天有好事吧？"

"能有什么好事？哈……有啊，你请我吃水饺！"

"吃水饺算什么呀，没有人送更好吃的美味？"

"有啊，俞姑娘带了两罐黄桃罐头，她家做的。"吴婧真是鬼精得很啊，什么都瞒不住她的——她一准是看到冰箱里的罐头了，既然这样，我还不如先发制人了。

"我就知道是带给你的，幸福吧？"

"没感觉，感觉你请吃水饺更幸福。"

"一听就是假话。"吴婧真是一针见血，她开朗地笑笑，说，"不开玩笑啦，跟你汇报个事，就是李志刚的事，本来想年后再辞退他的，现在情况有点变化，周末就通知他，下个月不用上班了。"

"这么快？下个月？不就是下周吗？"我虽然惊讶，也不感到奇怪。

"也是下一年哈……是的，老板对他印象不好……你不是也希望他早点走吗？"

"哦？也好，早走早好。"

"哈哈……随你心愿了吧？"

"什么意思？"其实我是明知故问。

"别装了……没什么意思，就是向你报告一声。准备这个周末找他谈话。"

就这事吗？倒是不需要吃饭啊。李志刚春节后铁定被辞退，

咳嗽

249

我们都知道的，现在辞，无非提前了一个多月而已。再说了，她通过QQ或微信，和我说一声就行了。肯定还有别的话要说吧？刚才谈猪肉大葱水饺是前奏之一，那关于辞退李志刚的事，可能就是前奏之二了。在饺子差不多吃完的时候，她放下筷子说："我饱了，剩下的你都包了。"

两个盘子里一共还有五六个水饺，我也吃撑了，便也放下筷子，说："吃不动了。"

"别浪费了，吃不了打包。"她望着我，似笑非笑地说，"以前俞姑娘也带过黄桃罐头来的，还挺好吃的……葛老师，你知道俞姑娘的……事吧？"

俞姑娘的事？或许，可能，差不多，这才是吴婧想要跟我说的话吧。

"不知道……她平时都不怎么说话的，挺封闭的样子。"

"确实，不过我还是略略知道一点的……她离婚后有三四年没上班……对那男的还挺有情感的。平谷是他们的小家。"

果然，我隐约也猜到她应该有过婚姻的，我假装平静地说："你的意思，她现在还和前夫住在一起？"

"好像是这样……那男的是外地人，内蒙古的吧，家境挺好的，但他有恋母情结，什么事都听他母亲的，他母亲又很强势，什么都爱管。是他母亲不看好这个儿媳妇，男的也十分为难，加上没有孩子拖累吧，就离了……这事就别再传播啊。她入职时我和她聊天，她透露过一点。"

我点点头，装作事不关己的样子说："真是有故事的人。"

我还等吴婧再说下去，她却若无其事地喊服务员买单了。

回到办公室，我开始有心思了，看着电脑屏幕，心思一直乱着，半响写不出一个字。不是因为吴婧透露的俞文雅的婚姻状况让我心乱——每个人都有故事，不一样的故事，不一样的情感遭际，俞文雅这么美丽的女人当然也不例外。但是，吴婧为什么要讲这些？为什么早不讲晚不讲，偏偏在俞文雅送两瓶黄桃罐头给我时讲出来呢？不用说，吴婧也是有故事的人，难道她对我有意？可我对她并没有感觉啊？既然她要把李志刚打发走，让我缺少这么一个竞争对手，那她应该支持我追求俞文雅才对啊。否则，她就不应该辞退李志刚。

想到这里，我瞥一眼身边的俞文雅。她正要看手机。她的手机就放在鼠标的边上，我看到她的手机屏保的图片是一幅蜡梅。正是我拍的数张蜡梅照片中的一张。有人说要把我的照片做屏保，可能只是说说而已，而俞文雅没有说，却这样做了。我心里有点小小的感动，有一种被认同的感动。

黄桃罐头

晚上加班时，我想到了黄桃罐头，决定打开来品尝品尝。

黄桃罐头的冰甜、嫩滑，加上桃子的鲜香，确实很爽口。我吃了五六块，看看瓶子，才不过吃了四分之一，量这么多，真是赚大了。几袋姜糖换四瓶大罐头，不错的交易。关键是，我和俞文雅从此有了以物易物的瓜葛了，以后还可以继续这么办理。

从罐头瓶子上看，没有任何商标，也没有生产日期和保质期一类的字样，由此推测，这确实是俞文雅自家做的。把桃子做成罐头，只是用于自家享用，也便于保管，要什么商标呢？我是想多了。我把打开的黄桃罐头拍了张照片，微信发给了俞文雅，附上一行字："真好吃！"俞文雅立即回复了："放一放更好吃。"我说:"不会坏吗?"她说:"不会。放一年都可以。不过打开的不能放;打开的,冰箱可以放两三天的。"我说:"谢谢提醒。"其实我知道,打开的食品,冰箱也不能存放太久。但我想到她说过,有人偷吃别人存放在冰箱里的食品,便想到了李志刚。要不了几天,李志刚就要被辞退了,他要吃就吃吧。我朝李志刚所坐的位置看看,只是下意识地一看,就惊讶地发现,他桌子上那瓶插满绿萝的瓶子,居然和我面前这只黄桃罐头瓶子非常相似。我立即起身去查证,把我吃了一半的罐头瓶子拿过去比较,果然是一样的瓶子。我立马就想到这样的画面:李志刚偷吃了俞文雅放在冰箱里的半瓶黄桃罐头,被发现后,惹怒了俞文雅,她把半瓶罐头往李志刚桌子上一扔,说:"送你了!"李志刚便喜滋滋地享用了。吃完以后,洗涮了瓶子,剪了一把绿萝,插到了瓶子里。

"吃黄桃罐头啦?"吴婧在微信里和我说话了。

"真神啊,你怎么知道?"我立即回道。

"猜呗,看你中午那开心劲儿,哪能等得及啊,怎么样?好吃吧?真投胃口是不是?"

这话说的,好像不是在说黄桃罐头,好像在说俞文雅。我的脑海中也立即浮现出俞文雅那美丽的形象来。老实说,她不太像黄桃罐头,黄桃罐头虽然清爽,但略有些甜和腻。如果一定要拿水果做比喻,她有点像南方的杨梅。但我马上就打消了这样的比喻,因为杨梅除了甜爽外,还有一点点酸。俞文雅不酸。

"怎么不说话?"吴婧还停留在她的思维中。

"挺好吃的。"我说,"冰箱里还有一瓶,留给你们吃。"

"得了吧,人家是专送给你的,我们哪有那口福啊,你自己享用吧。不和你说了,我练瑜伽去了。"

吴婧才酸呢,不过她没有杨梅那味。

辞　职

周四了。星期不过三,过三没时间,都周四了,大家心情有所松懈,下午刚到下班的点,平时几个说得来的,便扎在一起闲聊,聊即将到来的元旦小长假去哪里玩。俞文雅也难得地参与了我们的讨论。她还给出了建议,认为大冬天的,可以去南方的城市,杭州一带应该不错,嘉兴啊,湖州啊,都好,还说她还没去过杭州,没看过西湖。但有人否决了她的建议,说时间不够,才三天,根本不能尽兴。也有人建议周边游。但大部分人认为,周边没什么好玩的,山是光秃秃的山,水是冷冰冰的水。就在我们为去哪里玩而讨论时,李志刚把吴婧叫到了小会议室。我们聊天也就结束了,各自收拾东西准备下班了。

不消几分钟,吴婧和李志刚就回来了。

大家也陆续下班了。当办公室里只剩下吴婧、我也正清理思绪准备加班时,吴婧突然从座位上走过来,对我说:"葛老师,我犯了个大错。"

我看她似笑非笑的样子,并不像犯了大错的人,便说:"能犯什么错?你都是一贯正确的。"

"你知道李志刚找我干啥的?"

"干啥?"

"辞职。"

"那不是正好嘛。"

"什么正好啊?人家难受死了。"吴婧这才收敛脸上的似笑非笑,做出要哭的样子,"肯定有人透露给老李了……都怪我。"

原来她纠结这个事。

"这个重要吗?"我说,我的意思是,主动辞职和被辞退,结果都是一样的。

"当然,除了你,我只和俞文雅说过……她不会告诉李志刚吧?"

说到俞文雅,我就不想接茬了。言多必失,吴婧太聪明,我不想暴露我心里的秘密,就算吴婧多次暗示她已经知道我心底暗恋俞文雅的秘密了,我也不能再让她识破一次。

然而,让我万万没有想到的是,几天后,也就是新年的第一个周末,俞文雅也要辞职了。

吴婧告诉我这个消息时,我以为是开玩笑呢。她却千真万确地说没有。

我震惊了。俞文雅就在我身边。她现在一点异常也没有,还在有板有眼地核对文稿。但是,她明天就不来了。从明天开始,我们就不再是同事了,就不在同一间办公室了,有可能,我们也从此不再联系了。怎么会这样呢?我不能理解,也不能接受,我没有考虑就给她留言,我不能问她怎么辞职了,为什么辞职了一类的话,我只能向她祝福,祝福她未来一片光明。她没有回复我,快下班时,才说:"谢谢葛老师,换个环境也好——正好我也干腻了。"看来,她是下定决心了。我心里难受,真的很难受,还夹杂着失落、失望、遗憾、惋惜等复杂的情绪。两个多月来,我每天出门上班,很大程度上,就是因为要看到她,每天上班,我都心存希望,心怀美好。同样的,每天下班,看着她离开了,就有种淡淡的失落,就期盼着明天早早地到来。她怎么会突然辞职呢?干腻了?肯定不是她说的理由，肯定还有别的隐情。我又给吴婧留言，让她再劝劝俞文雅。吴婧回复说："劝了，没有用。我了解她，她很固执的，决定的事，从不悔改。唉，两年多了，还是有感情的。算了葛老师，天要下雨，下一句怎么说的？随她去吧。李志刚辞职了，她也不干了，正好，大家都清静。"

这是什么意思？吴婧的话让我纳闷了，李志刚的辞职和俞文雅的辞职怎么能相提并论呢？"大家都清静"是什么意思？莫非她在向我暗示什么？

讲座上

我不太关注我们的群了，无论是QQ群还是微信群，更不会在微信群里说话了。以前我会没话找话地说点什么（甚至上传许多照片），以引起俞文雅的注意——她当然不会接我的话茬了，但偶尔也会说句什么，比如我的话里错了个字，她会纠正，比如顺着别人的话，她也会发表个人的观点。现在想来，这个群存在不存在都无所谓了，因为俞文雅退群了，辞职第二天就退群了。退了微信群，也退了QQ群。我一直担心俞文雅会把我的微信拉黑，又不好意思核实。从前会有工作上的事作为借口，现在很少能找到合适的借口了。但我还是在她退群不久后，问了她："俞姑娘好。在哪里上班啦？"

我料想她不会回复的。她果然没有回复。让我稍稍欣慰的是，微信还畅通。微信能畅通，我们就有保持联系的希望。没想到的是，隔了一夜，第二天凌晨七时许，她回复了："谢谢关心。"

虽然没有回答我的问题，能回复，已经让我很开心了，我甚至有点感激她的意思。我又说："现在办公室里很冷清了。"

说过又后悔了，依她的敏感，肯定会以为她在时是很热闹的，"热闹"可不是她的个性。再说这句话也不像是夸赞她的话，我赶快撤回，换一个语气说："有空回来看看啊，大家都想念你呢。"

这回她真的没有回。隔了一天也没有回。

转眼就过春节了。新冠病毒席卷全国，各种真假消息满天飞，大家都自我隔离在家里。

我通过微信祝她春节快乐。她同样回复了一句春节快乐。我给她发了个红包。毕竟过年了嘛，发个红包也不算冒失。她回了个"谢谢"，没有收红包。二十四小时过后，红包退回了——这也符合她的个性。

又转眼，元宵节也过了。时间很快到了五月中旬，我看到朋友圈有人发了个阅读分享会的信息，有关汪曾祺及其作品的，五月十六日是汪曾祺逝世纪念日。我是资深的汪迷，决不能错过这个机会，何况这是自我隔离后看到的第一个公开活动呢，便在规定时间赶到了会场。

再次让我没想到的是，在这间不大的会场里，我遇见了俞文雅。简直太出人意料了，太让人惊喜了。我们几乎同时看到对方的。虽然我们都戴着口罩，但还是认出了彼此。分享会还没有开始，主讲嘉宾可能因为塞车，还没有到，会场里有点乱，因为座位已经坐满，我和俞文雅都站在后排。我是在想找一个合适而舒适的位置时，和俞文雅不期而遇的。俞文雅稍稍地抬着头，眼睛里掠过瞬间的惊喜，又恢复了理性地微微笑一下，表示问候。我听到我的心在"怦怦"乱跳，紧张而慌乱地说："来啦……"

"这么多人……"

"是啊……今天没上班?"我说过就后悔了,今天是周日,当然不上班啦。没等她回答,我又说:"这么巧,在这里遇到你。"

"是巧。"她依旧保持惯有的平静。

我发现她头发比她离职时长了些,人也略略有点消瘦,穿一件浅灰色的短风衣,里面是她以前穿过的烟栗色毛衣,人很清爽。或许是不断有人进来,也或许是我故意引导,我们被挤到一个角落里,这样,我们轻声交谈,就不会影响别人了。

"还不知道你在哪里上班呢。"我说。

"哪有班上啊……在家看看书。"

"也好……没上班也好。"我想,没上班,辞什么职呢?她的辞职,可以说亏大了,因为新冠疫情期间,不上班也能拿到工资。她这一辞职,就没有收入了。当初她辞职时,我以为她已经找好了退路了呢。

俞文雅突然地一笑,又诡秘而调皮地道:"怎么就你一个人?"

她语气转折太快,我有点没反应过来,结巴道:"……就,就我一个人啊?"

"吴婧呢?你们没一起来?"

这是从何说起?吴婧怎么会和我一起来?俞文雅怎么会有这样的想法?我从来没和吴婧单独参加过什么活动啊,仅吃过一次饭也是被动的。

俞文雅见我犹豫和木讷,掠一下头发,又追问道:"怎么没一起来?"

"她怎么会和我一起来?她还以为你的辞职和李志刚有关呢。"

"莫名其妙,是说她自己吧?"俞文雅脸上的笑意渐渐消失了,声音像叹息般地轻声问,"你说我……辞职?"

"是啊。"

"和李志刚有关?"

"是啊……"

"吴婧说的?"

"是……"

俞文雅的眼睛一直看着我,看得我心里发虚,几秒钟过去了,我看到她的眼睛里正在积聚着泪水。

我有点疑惑了,强调道:"当然……我不信。"

"我没有辞职。"俞文雅略略加重了语气,"吴婧通知我,是你把我辞退的,而且是大老板的安排,她就是想留也留不住。至于李志刚……真是笑话,谁知道她怎么编排出来的。"

"啊?"俞文雅的话惊到了我。我辞退了俞文雅?吴婧转达的是我的通知?这剧情反转太快了吧?怎么会是这样?我脑子有点乱了,想理一理思绪,可越理脑子越乱。分享会已经开始了,主讲嘉宾正在说着什么,可她说什么,我是一个字也听不进去了。

我看到俞文雅思想也开小差了。她肯定也被我的表情变化惊到了。她凑近我一点,小声道:"不是你辞退我的,是吗?"

"当然!"我使劲地点头,肯定地说,"怎么会呢?"

她看着我,等我说下去。可我真的不知如何表白。

"我还欠你两瓶黄桃罐头呢。"她立即转移了话题。

"……是啊。"我心里感动了。

她的胳膊就在我的身边,我碰了她一下,悄悄抓住了她的手。我感觉到她的手很冷,并且在微微地战栗。

咳　嗽

　　第二天是周一，我来到编辑部。编辑部和往日一样的安静，大家都在按部就班地工作。我坐下后，下意识地觉得身边的俞文雅还在专心致志地看稿子。每次都这样，都仿佛身边有个人，每次又都很快地知道，俞文雅已经辞职了。现在我知道了，她不是辞职，是被我"辞退"的，这一字之差，差别可就大多了，差一点毁了我们。

　　不知道谁在我的桌子上放了半盒草莓。我们编辑部的好传统，就是常有人带好吃的来，每人分享一点，不需要说感谢一类的话，吃就是了。我拿起一颗草莓，看一眼吴婧，她跟我妩媚地一笑，说："新上市的。"

　　我就知道了，草莓是她买的。

　　就在我吃草莓的时候，吴婧突然咳嗽起来。

　　吴婧的咳嗽划破了编辑部的安静，并且刚开了个头就不可遏制，就一声接着一声了。这让我想起了当初俞文雅的咳嗽。俞文雅的咳嗽，给我们编辑部带来了一连串的变化，意想不到的变化，先是李志刚不失时机地向俞文雅献殷勤，被吴婧辞退了，接着是吴婧又辞退了俞文雅，跟我说是俞文雅辞职的，并在俞文雅面前"栽赃"了我。这回吴婧又感冒咳嗽了，该会是什么预兆呢？我用微信告诉俞文雅："吴婧咳嗽了。"

　　俞文雅马上回了个会意的笑脸，说："你们编辑部是不是有人咳嗽就会出事？"

郑波遭遇了什么

1

郑波走在新东路上,路边的花儿草儿都向他笑。郑波笑不起来。郑波想哭。郑波也没有哭出来——想哭和哭,毕竟还隔着一段距离。

郑波还是哭了。郑波控制不住悲伤的情绪。或者说他压根儿就没想控制,心里一酸,眼泪便哗哗地流了下来——哭和想哭的距离其实很短。

如果不看郑波的相貌,只看他的背影,还以为他是一个干巴瘦小的老头儿,走路无精打采,歪歪跩跩。但是他的相貌却十分的白皙、秀气,眉宇间还透出几分英气和俊朗,看起来像个大一的新生。实际上,他也就二十刚刚出头。他平时不是这样的萎靡不振。平时的他,挺胸收腹,表情平静,不知道的人,还以为他是某大型机构的白领。一个如此年轻、帅气的小伙子,却有气无力地行走在北京主城区的一条重要干道上,一边走一边抹泪,一定是遇到伤心事了——是的,他因为半年没上班,半年没挣到钱,被女朋友赶出家门了。他女朋友叫吴会会,一个他非常喜爱的姑娘。她也爱他。爱到极致就是恨吧,恨铁不成钢的恨。没错,当生活遇到困难的时候,爱情会让两个人共患难,但也可能让爱情一文不值。他们的爱情属于后者,他只能被赶出家门了。他是从北五环一路走过来的。他要走到位于工人体育场北路上的一家小酒馆。这家小酒馆有一个好听的名字,叫蓝水晶餐厅,他的朋友小关,就在蓝水晶餐厅里做厨师。

郑波是来跟小关借钱的。

小关在他面前吹过牛,说这是一家很红很红的网红餐厅,生意好，他在这里上班，有吃有住，还拿高工资。郑波自然很羡慕了，也不止一次地在吴会会面前说过，说他能赚到钱的，大不了像小关那样，去一家网红饭馆当厨师。会会根本瞧不起他，鼻子一皱，不屑地奚落道："就你那几手，连盐都舍不得放，还做厨师？"郑波不是舍不得放盐，他追求的是清淡，淮扬菜的特点就是清淡，就是本味。但是，由于会会瞧不上他做厨师，其他挣大钱的机会又没碰着，终于是越来越穷困潦倒了，会会也爆发了，没再给他留一丝一毫的情面——还有不到一个月，就要交下一轮的房租了，两万多块钱的房租，可不是个小数目。会会没有钱交房租，或者说，她想让郑波承担一部分房租。既然拿不出钱来，他们就要被房东赶出家门了。会会也只能在被赶出家门前，先把他赶出家门了。

行走在大街上的郑波，一边流泪一边想，会会赶他是对的，叫谁都会赶的。一个挣不到钱的男人，还是人吗？会会能收留他半年，供他住，供他吃，已经是天高地厚、恩重如山了。当初，他们在北五环外的一家印刷厂上班时，他、小关、会会，是一台印刷机上的工友，他还是副机长。他当时一心想跟机长好好学，将来能当个独当一面的机长。可当机长被另一家印刷企业高薪聘走时，他却手忙脚乱，把一单活给干坏了，企业损失了十几万，他也被老板辞退了。哪里跌倒，哪里爬起来，他要另换一家印刷企业，好好表现，干出名堂来。可万万没想到，一夜之间，北京的印刷企业不知搬到哪里去了，找了好久，才听说，北京在清理低能效、重污染的企业，印刷企业属于清理范围。就这样，他和会会一起失业了。会会很快就找到了工作，在一家手机卖场卖手机，基本工资加上提成，月薪过万。只有他，像个没头苍蝇一样，东一头西一头，高不成低不就，越晃荡越懒惰了。

蓝水晶餐厅在工人体育场北路的一条巷子里，郑波到达时已经是下午两点多了。餐厅里空荡荡的，几个服务员正在打扫卫生。

一个拖地的服务员看他进来了，扶着拖把问："先生吃点什么？"

"找小关。"

"小关？哪个小关，男的女的？"服务员是个小鼻子凹眼眶的姑娘，脸上的小酒窝一闪一闪的，不笑也像笑的样子，又亲切又甜人。

"男的，你们大厨啊。你刚来的吧？"郑波以为对方不想告诉他，心里急，口气也冲。

酒窝女孩却不急，笑了，脸上的小酒坑更深了。她看到他穿一件时尚的黑色彪马T恤，一双白色阿迪休闲鞋，觉得帅气的有钱人就这样傲娇吗？便不理他，继续擦地去了。

"嗨，问你哪……"郑波觉得自己的口气不对，立即软和下来，"请问小姐姐……我找小关，小关的关……"

酒窝女孩摇摇头："没有。"

"你们家大厨啊，我同学。"

"没有这个人。"

"怎么会没有呢？我上个月还来吃过饭的……"

"真的没有。"

"骗人……怎么这样，"郑波真急了，"你们太……太那个了，打听个人都这样，太过分了吧，还想做好生意？"

"我们怎么样啦？谁过分啦？怎么就做不好生意啦？"一个粗壮的、满脸青春痘的男人不知从哪里横了出来，堵到郑波面前,怒斥道,"能不能好好说话啊,滚!"

郑波后退一步,看对方膀大腰圆、怒目圆睁,怨气瞬间泄了一半,结巴道:"我、我、我找小关……"

"老子听到了,也告诉你了,没这个鸟人!"

"怎么可能,别骂人好不好?"

"谁骂你啦,你这鸟人欠揍是不是?你硬要说我们撒谎是不是?老子成全你!"满脸青春痘的男人伸出两只熊掌一样的巨手,发力猛推在郑波的肩上。

郑波像遇到巨大的撞击一样,向后趔趄地退了四五步,撞到门框上,"砰"一声,把挂在门上的一块小黑板震落了下来。郑波还没有站稳,满脸青春痘的男人箭步跃到他面前,抓住他两条胳膊,像老鹰捉小鸡似的,把他扔出了门外。郑波重重地摔下台阶,倒在门前的小街上,一个手掌还擦破了一层皮,又疼又麻。他抬抬头,看到满脸青春痘的男人正朝他狰狞地笑。在他身后,那个脸上有小酒窝的姑娘也探出脑袋看他,一脸的惊恐。

2

郑波没敢到处乱跑,从他被扔出来,到华灯初上,一直在蓝水晶餐厅周围转悠。

这是一条不长的小马路,无论郑波转悠到这头还是那头,他都要确保蓝水晶餐厅在他的视线之内,都要确保看清楚进进出出的人员。他确信小关就在蓝水晶餐厅上班,就是蓝水晶餐厅的大厨。他知道小关迟早会从蓝水晶餐厅出来或进去,他就会冲上去,叫住他。他们怎么会说没有这个人呢?难道他们知道他是来找小关借钱的?不可能啊,他从没向小关透露过自己的财务状况啊,小关也不可能知道他来啊,也不可能躲着他啊。且慢,郑波心里突然抽搐一下,会不会是吴会会打电话给小关的?有这种可能。会会从前跟小关借过钱,也是通过手机先联系的。这回打电话,小关也许不想借了,便和餐厅其他人串通好不见他,还特意狠揍他一顿。

或者是这样的,他从早上十点多出门时,就目标明确,就是要到蓝水晶餐厅找小关。他一直到中午没有回家,会会急了。会会肯定是打他的手机了。可他没带手机啊。他是被会会突然赶出家门的。会会就像一个炸裂的母老虎,突然暴怒。他不但手机没来得及带,连钱包都没拿。会会就只能打电话给小关了。会会知道他没有别的朋友,只能去找小关。小关接了电话,肯定关心地询问了许多,也知道他们遇到的困难了。然后……然后,聪明的小关就躲起来了。

但郑波不相信自己的推理,他相信小关一定还在,一定还会见他的,是那个好看的酒窝姑娘和强壮的青春痘男人共同搞的鬼,共同把他当成了坏人。

让郑波失望的是,直到晚上九点多,蓝水晶餐厅的食客们一拨一拨地出来,他也没有看到小关的身影。郑波此时就躲在蓝水晶餐厅斜对面的一家便利店里。他在两排货架的中间,透过便利店的玻璃窗,看着蓝水晶餐厅的门。他看到那个揍他的青年在门口出现过几次,一次是从送货的三轮车上搬东西,一次是送几个客人,还有一次,是在门口等待什么,东张西望几次,被酒窝女孩叫回去了。

郑波在便利店怪异的行为引起了售货员的不满,这位中年大姐几次问他要买什么,他都含糊其词语焉不详。中年大姐大概也是打工的,是个老实人,便不再问他。

"帅哥,我们十点下班啊。"售货员在收银台那儿提醒他。

郑波应一声,走到收银处,对收银员说:"对面蓝水晶餐厅,有个姓关的厨师,你认识吗?"

"不认识。"

郑波了无趣味地准备走了,一转身,看到酒窝女孩站到他身后了。郑波心里惊一下,还没等开口,就见酒窝女孩伸出一只秀气的手,手心里是两把串在一起的钥匙。她羞涩地一笑道:"你的钥匙。"

郑波接过钥匙,感激地说:"谢谢……"

"不用谢。"

她走到门口,被郑波撵上了。郑波想再一次跟她打听小关的下落。

她也停下了,仿佛知道他的用意似的,主动说:"我叫左露,叫我小露也行……你要找的那个小关,真不是我们餐厅的。"

"他中等个子,是个左撇子。"

"他还有别的名字吗?"

"没有,他就叫关小关……我叫郑波,我和他是职大的同学,他就叫这个名字。"

郑波是职业技校毕业的,不是职大。技校是初中毕业读的,职大是高中毕业读的。前者是高中学历,后者是大专学历,差距大了。他喜欢说自己是职大的,反正职业技术学校和职业大学差不多,又不是找工作,没人查看结业证书的。

"哈,正好,我也是职大的。"左露欣喜地说,"我是学文秘的,你呢?"

"厨师,我学厨师,和小关一样——小关请我在你们家吃过饭啊。"

"那就怪了。"左露也好奇地说,"我在店里都干一年多了,没听说过有姓关的。你说他是厨师,我们店里有三个厨师,一个是我表叔,另两个是他的徒弟。他们都不姓关。"

郑波也愣住了。至少有两次,小关在店里请他吃饭喝酒,还和店里的服务员打过招呼,原来小关是在骗他。为什么呢?这时候再多说也没用了,只好说:"可能我记错了。"

左露委屈地说:"你记错了不打紧,弄得我一下午提心吊胆的。"

"与你有什么关系啊?"

"你一直在附近转悠啊。"

"你……你都看到啦?"

"还说呢,我表哥——对了,揍你的人是我表哥,他叫庞大海,大伙都叫他胖大海,他凶得很,练过武功。他一直问我认不认识你。我说不认识……他都不相信,好像我和你一起合谋好似的。"

"为什么呀?"

"怕我吃亏呗——这条街上,有不少人去店里吃饭,其实就是想……想跟我说话,也有不少帅哥呢——表哥是护着我的。他以为你是来闹事的小混混。"左露从台阶跳下一级,又跳下一级,轻灵而活泼,她站在路上,看一眼蓝水晶餐厅的门,说,"都怪我,没有好好回答你的话,叫你挨了揍……你怪我好了。"

"……没怪你呀,要怪就怪我没说清楚吧。"郑波觉得眼前的女孩挺善良的,和吴会会完全是不同的性格。这事要摊在会会身上,她会帮表哥一起揍他的,会会除了认钱,别的都不认。

"好啦,不说啦,咱们都不怪啦,去店里吃点东西吧,我会煮面哦。"

郑波没想到这个叫左露的女孩会邀请他吃饭，而且是到蓝水晶餐厅。他犹豫了，嗫嚅着没有立即答应。

"怕啥，我请——哈，你是怕我表哥吧，他下班了。明天要起早买菜，所以下班早。"

"没见他出门啊。"

"从后门走的，通往小区的后门。你别怕，我表哥其实挺好的。他就是见不得别人欺负我。"左露说，顿一下，轻侧一下脑袋，略显调皮地一笑道，"走呀。"

郑波就和左露并排着向蓝水晶走去。便利店离蓝水晶不到五十米，几步就能走到了，可郑波感觉距离很长。他很慢地走着，脑子里在激烈地搏斗着，找不到小关了，借不到钱了。还有那个胖大海，真的离开了？不会是圈套吧？如果再被一顿暴揍，会被会会笑死的。可他确实也饿了。吃饱了肚子再回家也不错。

快到蓝水晶门口了，左露后退小半步，扯一下郑波的衣服，说："不去店里吃了，咱们另找个地方，前边，三里屯那儿，有一家贵人馆，他家水饺好吃，咱们去吃水饺吧。"

在贵人馆里，左露点了两盘水饺，一盘白菜肉的，一盘素三鲜的。左露只吃了几个素三鲜的，就不吃了。她说："我在店里吃了点，不饿，你都吃了吧。你晚饭还没吃呢。"

郑波岂止是晚饭没吃啊，他中午饭也没吃。相当于饿了一天了，遇到好吃的水饺，又是左露请他吃的，自然是越吃越香了。

"我们要加个微信吗？"左露试探着说。

"手机……手机被人偷了，连包也一起偷了。"郑波灵机一动，没说忘了带手机，也没说忘了带钱。包都被人偷了，自然钱也被偷了。郑波也不知道为什么要撒这个谎。这个谎言一出，接下来的谎言就很顺畅了，他说："我来找小关，就是找他借钱的……我有个赚钱的好机会……钱是越来越难赚了，但我有门路，只要有投资，肯定有回报。"

"投资？"

"是啊，我在证券公司上班，我有内部消息，买股票可以百分百地赚。"真是谎言不能说，说了一个谎，就得有无数个谎言为前边的谎言做掩护。

"这个好，我也喜欢赚钱的。"左露说，"可是，你不是厨师吗？"

"……是，我是厨师，我在证券公司做主厨，我跟他们好几个理财大经理都熟的……他们都爱吃我做的菜，他们有内部消息，内部消息你知道吧，不是每天都有……但是，只要抓住机会了，一定赚。"郑波的谎言让他感到心跳加快，脸上甚至冒火，他怕失态，把一个饺子塞进嘴里了。

"看出来……你像个干大事的人。"左露不经意地瞟了眼他身上的名牌服装，是真心地钦佩他了。

"可惜小关没有发财命了。"

"你可以打他电话啊。"左露莞尔一笑，把手机推到他面前，"对了，你手机丢了——用我的打。我正好去一下洗手间。"

郑波没有打给小关，他先打给会会了。出来一整天了，会会也许着急呢。他迅速拨通了会会的手机。会会一听是他的声音，立即怒斥道："还有脸打电话？还敢打电话？一个大男人，有什么屁用！你死外边吧，再不想见到你了！"

没等郑波解释——其实也没有什么好解释的，会会就挂断电话了。她的气还没消呢。

郑波知道自己被赶出来不过是瞎逛了一天,没有找工作也没有借到钱。而会会也知道他这个德行,所以她还是那么的狠,那么的不留情面。郑波沮丧地想,给不给小关打电话呢？就算是给他打电话,他会有钱借吗？有多少借多少吧,三百五百也行,总比现在一分没有要好受啊。再说了,他只记得小关的手机号码了。可能是陌生号码吧,居然通了。

"喂,小关,我今天去蓝水晶餐厅找你了⋯⋯"

"啊,你怎么不先讲一声？我、我、我⋯⋯蓝水晶吗？我不在那里干了,我换了个单位,新单位要到下周才上班。"小关的口气很低,很急促,很鬼祟,像是正在办一件偷偷摸摸不可告人的急事,"先不说啦,等我上班了再联系啊,你这家伙,再见！"

"等下⋯⋯我手头有些紧,你能不能⋯⋯"

"我也缺钱啊⋯⋯不说啦,有急事,再见再见。"

郑波更加确认,小关并没有在蓝水晶餐厅上班。当初他们在一个车间时,小关还不是死要面子的人,他什么时候也变得这么爱虚荣了？既然不在蓝水晶上班,为什么要在这一带瞎混呢？为什么要请他吃饭呢？借不到钱,郑波无脸回家了,偶遇左露的愉悦也瞬间消失殆尽了。他看了看左露的手机,手机屏保是她的照片,照片上的左露笑得很开心,小虎牙都露出来了。郑波冲着手机做了个隐蔽的亲吻的动作,把左露的手机放回到她的位置上了。

他的动作,正巧被回来的左露看到了。左露偷笑道:"找到你朋友啦？"

"找到了⋯⋯是我搞错了,他不在蓝水晶。"

"我说吧,嘻嘻……这回你相信我了吧?"

"相信了。"

"白叫我哥揍一顿。"她眼睛里充满了抱歉,"还疼吧?刚才看你走路都不敢快走。"

"好多了。"郑波胯部撞在门上,一直隐隐地疼,走路便不敢吃劲,叫细心的左露发现了。

3

在太古里一带的建筑群里,郑波和左露慢慢地走着。灯色朦胧,夜色也朦胧,树影和人影在灯色与夜色中穿行。

八月末的北京,已经不那么炎热了,微风经过灯色和夜色的过滤,轻拂在郑波和左露的身上,在一些含混不清的酒香和脂粉香味中,有些微微的凉意。他们已经走到三里屯路,在酒吧街走了一趟了,这又在往回走。往回走,酒吧街上的行人开始多了起来,美女们的穿着都很时尚,帅哥们也一个比一个帅。在一些暗影里,情侣们在拥抱,他们有的像连理树一样,紧紧地搂在一起;有的坐在长椅上,不停地喁喁小谈。在走过辣妹火锅城和高乐雅咖啡店中间的一个路段时,他们还看到两个男的手换手地交换了什么东西。那一带的灯色比较晦暗,可能是对面那幢建筑里黑灯瞎火的原因吧。但由于距离太近,郑波看得真切,他们确实在交换东西。对方一个人也看到郑波了,他戴着口罩,恶狠狠地瞪着郑波,眼里露着凶光。郑波刚挨过揍,这目光让他害怕,他赶快撑一步,追上了左露。郑波再回头看时,那人已经跨上一辆共享单车,迅速向相反方向骑行而去了。

再往北走,就是三里屯东三路的路口了,就脱离热闹的酒吧街区了,于是他们再次折回头,从高乐雅咖啡店经过时,他们停下来,看了看。咖啡馆里人不多,大多是两人组合,有男男,有女女,男女混搭的较多,也有人在电脑上工作。小方桌子上,摆设既简洁又雅致,每张桌子上都有一个小花瓶,古色古香的那种,花瓶里都插着一枝花。郑波看左露对咖啡店的氛围挺欣赏和陶醉,便猜想她也会经常来坐坐吧。但他不敢邀请她,他没钱。

他们再次路过那段黑灯瞎火的建筑,来到酒吧街时,人流比刚才稠密多了,在闪烁的霓虹灯下,会有一两个拉客小哥,轻声而谦卑地对走来的行人说:"进去坐坐啊帅哥,没有最低消费。"郑波和左露,半生不熟、若即若离的,最会引起拉客小哥的注意了,几乎每一家酒吧的拉客小哥,都会跟他俩搭讪几句。

"你去过酒吧?"左露说。

郑波不置可否地哼一声。他听左露的口气,是很想去酒吧的。可他不能进去,美味可口的饺子,是左露买单,总不能去酒吧消费还让她掏钱吧,那也太没面子了。去不了酒吧,又不想立即分手,只好再次回头走。

"你表哥管你管得那么严,万一他知道我们在这儿转悠,会不会打死我?"郑波说。

"会的。"左露嘻嘻地笑道,"别多想了,表哥就是表面凶。再说,你又不是对我使坏。"

郑波很满意她这样说,笑着欣赏着她的笑。

左露被看得不好意思了,对着路边的一条长椅说:"坐会儿吧,走累了。"

于是他们坐下了,虽然并排着,但是,中间却隔着半个身位的距离。郑波想缩短那个距离,便往左露身边凑了凑。左露也向他凑了凑,实际距离并没有缩短多少。他们一起望着辣妹火锅城。辣妹火锅城的厅堂里,灯还亮着,已经没有食客了,有几个服务员在做清洁。

"看不出你是厨师。"辣妹火锅城的灯光勾起了左露的话。

"那是,有专业职称的,红案三级。"郑波自豪地说。

"你都会哪些拿手菜?教我一手,简单有特色又好吃的,我也好在表叔面前露一手,镇镇他。"

"哈,这个简单,就教你一道……我想想啊,白里透红。"

"还有这个菜名啊,啥意思?"

"这是我们在学校时给女同学起的外号,后来就设计成一道菜了。其实很简单选几个新鲜的白菜帮子,不带一点叶子的菜帮子,切成菱形,再把红辣椒干切成丝,葱花姜末炸油,在热锅里爆熘,放少量的香醋、料酒和海鲜酱油,略淋适量的猪大油,呀,不要太好吃啊!"

"这也太简单了吧!"

"简单而好吃啊。这道菜的主要功夫在火候上,颠勺要勤,翻炒要快,大白菜帮三成熟即可,吃起来外滑内脆,鲜辣有味,特别爽口。"

"说得我都流口水啦,好,我回去也要试试。"

"你这就要回……住得远吗?我送送你。"

左露的意思不是急着要回家,但也只能跟着他的节奏说:"……好呀,不过要到国贸那儿才有车。"

"到国贸也不远,"郑波说,"我们走去吧。"

到国贸,对于郑波来说,虽然和他回家的方向是相反的,但也只有两站的距离,不算远。再说了,能陪小巧玲珑且温柔甜美的女孩再多走一会儿,也是他内心渴望的。毕竟,左露和会会，是两种完全不同的性格。他从来没有在左露这样的语境中生活过，更不要说肩并着肩、这么长时间地散步了。郑波的心里萌生了一丝依恋和感动，觉得世间也并非都是一团糟，也有渴望和美好，甚至有被宠爱的感觉。

他们迅速离开了三里屯路，走在工人体育场北路上，又很快穿过长虹桥，沿着东三环向南走。路边的人行道或宽或窄，还常被共享单车侵占。行人很少，他们的胳膊会有意无意地相互碰一下，很自然的，两人的手牵到一起了。

一股暖流瞬间遍布了郑波的全身，仿佛受了天大的委屈又迅速得到贴心的安慰一样。

他们就这样相互依偎着，走在东三环东侧的人行道上。郑波原本只是客气地要送送她，没想到会有这样一场奇遇。他紧紧地握住了左露的手。

很快就到国贸的立交桥下了。从立交桥下穿过时，有一辆面包车徐徐而来，大嗓门的司机冲着他俩说："燕郊燕郊，二十一位，上车就走。上不上？"

"上！"左露说，拉着郑波就上了面包车。

面包车里光线很暗，能看出只空了两个座位。郑波和左露便紧挨着坐下了。

面包车很快就行驶到一条高速公路上了。郑波没听清驾驶员的话，不知道此时要去哪里，他只听懂二十块钱一位。郑波想着，自己一分钱没有，等会儿下车了，要记得跟左露要几十块钱返程，不然就回不了家了。

车里挤满了人，左露就在他身边。他的另一边是个女胖子，已经被挤得粘到一起了。他撑着劲，不敢挤人家，只好紧紧地贴着左露。左露先是一动不动，后来也挤他，在他腿上找到了

郑波遭遇了什么

275

他的手。她轻轻地抓住他的手。两只握在一起的手，在郑波的腿上不断地纠缠着。郑波心里激动，想起了会会。会会温柔起来，也是小鸟依人的。但会会更多的时候是霸道的，如果今天和他一起吃饭、一起逛三里屯酒吧街的是会会，她一定要去酒吧消费。会会在什么时候都喜欢花钱，有钱要花，没钱也要花，信用卡刷爆了她都不在乎，如果是逛超市、逛专卖店，她就更没有节制了，花钱不眨眼，就说穿衣服吧，非名牌不穿。她自己买东西舍得花钱也就罢了，给郑波花也毫不吝惜，郑波买鞋子，一定要买带牌子的；买T恤，也要名牌。在郑波的记忆里，他们无论是争吵，还是爱抚，话语都离不开钱。他们从来都是缺钱的，也从来都是不缺钱的。郑波和左露只不过是短暂的认识，就感受到一种完全不一样的人生了。郑波在心里感叹着，会会要是有左露一半的好，生活就完全不一样了。但生活没有假设。现实是，他无家可归了。

经过四五十分钟的高速行驶，面包车在一个叫东贸的站点停车了。

这是一个完全陌生的街区，街道上混乱着车流和人流，灯影和北京的灯影也完全不一样，路边充满着柴油味和尘土味。郑波努力想适应这样的陌生，四处打量着。他身边的左露望着马路对面的一个高楼像丛林一样的小区，转头看看郑波，仿佛在说，我就住在对面的丛林里，你要送我回家吗？"这是哪儿？"郑波问。

"燕郊啊。你没听说过？"

"我知道的……燕郊嘛。"郑波脑子里迅速回忆着，他确实没听说过燕郊这个地方，他生活的半径在北五环外一个相对狭小的圈子里，如果不是小关，他连三里屯一带都不去。但听左露的口气，燕郊应该是个很出名的地方。郑波左右看了看车水马龙的街道，说：“我怎么回去啊？也从这儿上车吗？”

"是啊，在对面，车子很多的，到国贸，到大望路，都行。我们刚才坐的是黑车，所以贵，公交车只要几块钱的。不过公交车已经下班了……你等会儿也要坐黑车的。"

"这样啊。"郑波也望一眼那个高楼林立的小区，说，"你住那儿？"

"嗯。"

"我送你回家啊。"郑波揽住了左露的肩，躲着车辆行人，过了马路。

"这是燕郊最大的小区，全名叫意华东贸国际花园，房租特便宜。"小区便道像迷宫一样，曲曲拐拐的，到处都能碰到暗墨色的绿化带。亮度不足的地灯和路灯，把小区花园的环境打造得迷离而梦幻。夜已经深了，小区很静，有一只猫突然从他们面前穿过，悄无声息。他们走到一处高楼下，左露说："我住十九楼，从窗户里，能看到潮白河，很美的风景。"

"真不错。"郑波说完，觉得他的夸赞空洞而无说服力。

"本来我表姐也住这儿——她搬走和男朋友一起住了。"左露顿了顿，远处照来的橘黄的灯影中，她的脸色也迷离而梦幻起来。她抿了抿唇，声音小了很多，几乎梦呓般地说："你要上来……喝杯水吗？"

郑波正想和她道别呢，被她的话惊到了，何不跟她去呢？料想不会有多大的风险，这个叫左露的女孩，看样子就是人畜无害的小美女。他便把已经挪开的腿收回来，朝她面前跳一步，随着她进了门洞。

4

  天亮了。郑波从窗帘的缝隙里,看到室外亮眼的阳光。那条光,像刀锋,笔直而刺眼。郑波已经盯着刀锋看一会儿了,眼睛渐渐适应了室内的光线。他身边就是左露,左露的一只手还搭在他的胸窝里。他小心地把左露的手拿下来,又把身体从左露的一条腿下抽出来,下了床。郑波回头看了看左露,她还在睡,呼吸均匀,眼睛微微地闭着,面色平静而坦然,身上的毛巾被只盖在肚子上,露出了大半个身子。她的睡姿真美啊!郑波下意识地想摸摸她光滑的肩,但他伸出去的手中途停顿,又缩回了。郑波在地上找到了自己的 T 恤,蹑手蹑脚地套上了,又找到自己的牛仔裤。他抱着裤子,到了客厅,坐到沙发上。

  郑波脑子里有些乱,想理清头绪,却不知从何开始。从昨天到现在,他清晰地记得经历的所有事,可脑子就是昏昏的、模糊的,不让他完全地理顺,好像某一种额外的力量故意在和他捣乱。郑波看一眼墙上的电子钟,八点四十了。左露夜里说过,她今天不用去上班,她一个月只休两天,今明两天就是她休息的日子,她发誓要睡到自然醒。那就好好睡吧,我可要走了。郑波朝卧室的门看了看,在心里说,对不起啦,小美人。卧室的门半掩着,屋里熟睡的女孩并没有听到他的心语。

  郑波的屁股边上,是左露的包——正是郑波想寻找的东西。他拿过包,打开看看,眼睛亮了,他看到了一沓钱,都是百元大钞。郑波拿了一张,把包放回原处。

  郑波拿起茶几上的笔,在一张药品说明书的空白处,写道:"露:我走了,借了你一百块钱做车费,以后还。"写好后,把

"以后还"又涂掉了,他觉得,不用说明,肯定会还的,不仅要还,还要加倍,还要带她到酒吧街喝酒听歌,还要和她一起泡咖啡店。郑波又把自己的手机号码写上了——虽然没带手机,这手机以后还会用的。

如果就这样离开,好吗?郑波又犹豫了一会儿。正是这一犹豫,让他改变了主意。他迅速拿过那只黑色的包,把钱全拿了出来。拿钱时,在包的夹层里,看到左露的照片,有四五张,可能是办什么手续用的证件照,他也拿了一张。郑波再次改写了条子,把"借了你一百块钱做车费"改成了"借了你包里的钱买股票"。

郑波走在燕郊的马路上。他拿了左露的钱。这是不是偷?他知道左露在哪里上班,知道她住在哪里,何况他还留了手机号码和借条,将来是要连本带息一起还的。他已经躲在一个地方数过钱了,整整五千。他想立即回北京,回到会会身边,把五千块钱交给会会。五千块钱虽然不多,会会也会喜出望外的。

郑波在路上晃荡着,燕郊的路比较破旧,早上九点多的行人不是很多,路边的植物和北京倒是没有什么两样,鸟儿也一样地欢叫。但是,他迷路了,一时间没找到回北京的公交站点,倒是看到一家中介公司。这家中介公司的门脸蛮气派的,门口竖着的一个牌子上,写着很牛的广告:"包吃包住,月薪万元。"半年来一直没有找到适合工作的郑波,觉得这是一个好机会,何不去碰碰运气呢。于是,他信步走了进去。

5

三个月后,郑波再次走在燕郊的马路上了。

三个月后的燕郊,已经是肃杀的深秋了,不,应该是冬日的序曲了,路上有落叶在地上翻滚。郑波踩着或绊着落叶,一边走,一边熟悉这新来的风景,怎么看都觉得不够真实。他看到路边绿化带里,有一棵红树,傲然伫立在几棵杂树的中间,非常耀眼。它四周的树,叶子已经落尽了,光秃秃的。只有它,在阳光下红得灿烂。那是什么树什么花?一粒连着一粒,如此的密集,如此的鹤立鸡群。郑波又好奇又惊讶,不觉抬步过去。

原来不是花。原来是树枝上的小浆果。

郑波把小红果揪一粒,在手里看了看,送到嘴里尝尝,不是甜的,是一种怪怪的苦涩味。郑波确信,他来到人间了。没错,郑波和外界隔绝了三个月,真是噩梦一样的三个月啊!身边的人一个个都像疯了一样,听课、打电话、发微信,梦想着一夜暴富。郑波没有电话可打——曾借过别人的手机打给会会,只是想报一下平安。可会会的手机号不存在了。再打他自己的手机也关机了。打小关的手机,像是约好了一样,小关的电话也是停机。郑波和外界彻底失去了联系。他被关在一个四室两厅的大房子里,和四十多个人住在一起,每天能领到三个又冷又硬的馒头,有时有咸菜和菜汤,有时什么也没有。他还成了一个重点帮扶对象,在上大课后,还有专人给他上小课,在不断的洗脑中,他越发看清了这伙人的面目。他既买不了产品,也发展不了下线,最基础的三个下线也发展不了。而他每天的花销(住宿费、伙食费和听课费)都在增加。终于,五千块钱花光了,直到他还欠公司一万块,才写下欠条,被蒙着眼睛塞进一辆车里,趁着黎明前的黑暗被送了出来。他双脚刚落地面就想到了报警,可他早就被告知,如果报警,欠条就得兑现,他留下的身份证号就是他的身份,挖地三尺,也能找到他。他哪里能弄来一万块钱啊？他不甘心，就决定要找到那家中介公司。只要中介公司还在，他就能讨回押金。

现在还是凌晨。

燕郊的凌晨很冷，不大不小的风刮着，风里像藏着无数把尖刀，直刺皮肤。郑波穿一件不合身的黑色人字呢大衣，三个月前的那件彪马T恤早被别人扒走了，阿迪休闲鞋也换成了一双分不清颜色、看不清牌子的旅游鞋，牛仔裤上油腻腻的，看不见布眼，头发也结成了饼子。他紧紧地缩着脖子，被动地吮吸着身上一股经久不散的异臭味，那是一种混合着很多气味的异臭味。就这样，郑波在大街上走了一程。冷，已经成了常态，肚子又在咕咕叫唤了。如果一直这样，他找不到那家中介机构就会冻死或饿死了。再说了，他们早有准备，早有设计，就算找到了，也在人家的设计之中。算了，还是想办法回北京吧，回家吧。三个月没见到会会，真想她啊！

郑波是在一家小区的好几个垃圾箱里，捡了一堆废纸板，在一家便利店里，央求店主换给他二十块钱，并在店主的指引下，坐上了812路公交车，到达一个叫大望路的地方。一下车，他喜出望外了，不远处那熟悉的建筑，不就是国贸大厦吗？到了国贸大厦，他意识里就完全恢复成三个月前的郑波了。

郑波是在午后两点多钟，到他和会会共同租住的北五环外的福来小区的。看到熟悉的建筑和道路，郑波忍不住泪流满面了。今天是周六，会会一定在家。

郑波从南门进入小区，走到第四排，那棵银杏树下蒙着抹茶绿窗帘的大窗户，就是他家了。去年刚搬来时，他和会会还在银杏树下捡拾过银杏果呢。一眨眼，一年多了，真是恍若隔世啊！郑波绕到前边的楼洞，到家门口敲门。郑波一连敲了几次都没有人开门。郑波从猫眼朝里望,黑洞洞的,什么都望不见。郑波再敲,还大声喊几句,依然没有人应。郑波又绕到后窗,敲窗户。会会在双休日有睡午觉的习惯,这会儿说不定正在睡觉呢。

果然,窗帘拉开了,是一张睡眼惺忪的脸。

"会会,是我呀!"郑波笑着,眼里闪着泪花。

会会的表情先是纳闷,然后是惊讶,再然后是平静,最后定格在厌恶上。

"不认识我啦?"郑波赶紧说。

窗户打开一条缝,会会的声音从缝隙里冲出来:"等着,我出去。"

"我回家呀。"

"别……"会会一脸嫌弃的样子,"我去找你。"

当郑波看到会会时,他惊呆了。

会会拉了一个中大号的旅行箱,箱子上是一个双肩包。这是郑波熟悉的两件东西,莫非她这次是真的要赶他出门?"早就给你准备好了,可以拿走了……对不起啊,以前误会了……真是一场误会。"会会不卑不亢地说。

郑波心冷了。郑波太了解会会了,她要是大发雷霆,或者责问他、追打他,说明她还爱他,还有可能挽回。她是如此的冷静,如此的客套,说明她已经心灰意冷了,对他就像是陌路人了。郑波看着会会。会会还是那么的漂亮,那么的精致,那么的青春逼人,她穿一件和窗帘近似的抹茶绿大衣,大衣里是栗色的圆领毛衣,微胖的身材掩饰不住她的亭亭玉立,她白皙的脸上始终保持着微笑,是那种客套的、不得罪人的微笑。郑波还没来得及说话,还没有解释这三个月来的行踪,会会就把箱子立在了他的脚前，双肩包也放到了地上，把一个手机（他以前用过的）放到了箱子上，说："我要出去了……不多说了。对了，门上的钥匙给我。"

郑波的眼泪还是流了下来。他嘴唇动了动。他有一肚子的话要说啊，可会会只跟他索要门上的钥匙。一切都结束了，那些相恋的日子，不过是"一场误会"。

"好吧，可能你也不在乎那把钥匙了，丢就丢了吧。祝你好运……"会会没有说完，就赶快走了。她不是回家，而是出了小区的大门。

郑波站在原地，突然痛哭起来。郑波蹲在地上，抱住头，把哭声憋了回去。突然的，郑波大叫一声"会会"，背起包，拉着箱子追了出去。

在南门外的路边，会会上了一辆出租车。

他扔了箱子，追着出租车，大声地喊着"会会"。

郑波的喊声，被街上的车流声淹没了。郑波真切地感受到，这一次，他被会会彻底抛弃，就像她随手扔掉的一袋垃圾。

郑波重新拉起箱子，沿着大街毫无目的地走着。他要走到哪里呢？他想到了蓝水晶餐厅的左露。他停下来，打开箱子，找到了钱包。钱包里还有几百块钱，显然这是会会留给他的最后的财富。钱包里还有他的身份证、公交卡和信用卡。郑波抱着钱包，再一次流下了泪水。

6

从地铁十号线农展馆站西北口出来，沿着三里屯东三街，穿过使馆区，就是幸福三村一带了。这时的郑波，和早上的郑波判若两人，和五个小时前也大相径庭了。郑波穿着深蓝色羽绒服，干净的牛仔裤，头发也吹洗过了，还上了发胶，步履轻盈地走在街道上，完全成为一个时尚的白领了——在被会会赶走后不久，他就在福来小区附近的一个城中村里，租了一间民房，是短租房，房子虽然破旧而窄小，才六个平方米，又是在楼顶搭建的一个小阁楼，但是便宜啊，才五百块钱一个月。屋里有取暖器，还有空调，这个冬天可以对付过去了。他开通了手机后，第一个想到的还是会会。可会会原来的手机号确实是停止使用了，打了两遍都是停机的回音。看来，会会把所有的路都堵死了。

他再次想到左露。

左露可爱的小酒窝，还有明净的笑脸，开始频繁地出现在他脑海里了。但他没有左露的手机号码啊。他给小关也打了电话。小关的手机一如既往地"停机"。他便决定来找左露了。

三个月不算长，也不算短。三个月里，会会变成另一个人了。左露会不会也变呢？说起来，他是真心对不起左露的。他从左露家的不辞而别，是对左露的巨大伤害，也是他走向末路的开始。他见到左露，怎么向她解释呢？三个月里，左露肯定给他打过电话了。她是打通了还是打不通，他是一点也不知道了。

郑波沿着夜色中的三里屯路向南走，在路过高乐雅咖啡店门口时，他放慢了脚步。右侧是三里屯时尚的楼群，这些楼造型各异，色彩斑斓，各具个性，菱形的、船形的、U形的、三角形的、魔方形的、国际象棋形的，三四层不等，猛一看，有些混乱，实际上取的是中国书法里乱石铺街的技法，乱而有序，隔行通气。他眼睛带水地四处流淌着，特意在前方的辣妹火锅城门口停住了。那里分散着几个条椅,是固定在街边供游人休息用的,三个月前,他和左露曾在条椅上坐过。和左露认识前,他约小关见面时,小关也让他在这里等候过。郑波既然联系不上小关,便产生了守株待兔的想法。但他并没有守株待兔,时间不够了——现在是晚上八点半,他等不及要和左露见面了。左露九点半或十点前就会下班。虽然现在离十点还有一个多小时,他也怕时间不够用。但是,从辣妹火锅城出来的一个人引起了他的注意,他的背影像极了小关。郑波心里一个激灵,急步追上去。还是晚了,貌似小关的家伙上了一辆摩托车,飞驰而去了。郑波只来得及看他穿一件半长的迷彩羽绒服。

夜晚的三里屯一带,灯色是暧昧的。郑波看不见那人的正面,仅从后影推断,也不敢确定他就是小关——也许是一种错觉,他太想见小关了,又在和小关约会过的地方,潜意识里,可能看谁都像小关吧。现在,除了左露,小关是他最想见的人。郑波看了看辣妹火锅城的门脸,突然觉得,也许小关是在辣妹火锅城里做厨师呢。郑波决定再打他一次手机。郑波在条椅上坐下,看了眼手机上的时间,刚好是晚上九点。郑波拨了一串号码之后,手机里继续是电脑小姐的声音,"你拨打的手机已停机"。

就在郑波把手机收起时,耳边响起短促的惊讶声:"……呀,是你?"

郑波抬头一看,面前站着一个身穿黑色羽绒服的女孩,一条红色的围巾随意地圈在脖子里,正惊讶地看着郑波。

天哪,左露!郑波惊呆了。

"真的是你!"左露眼里闪着泪花。

"是啊是啊,我是郑波……这么巧……"

"……真巧。"左露看着他,轻声道,"你在等人吗?"

"不……我正准备去蓝水晶看你呢。"

"你说要去蓝水晶看我?"

"是啊……我们在这里遇见了。你……你还住燕郊?"

"不住那了,房子退了。我临时住在店里。"

"挺好。可以坐下吗?"郑波诚恳地邀请道。

"好呀……"左露没有说下去,看了眼他手上的手机。

"我手机一直打不通是吧?别提啦,那部手机坏了,换新手机时,号也跟着换了……一直忙啊,出差啊,考察啊,这不,新手机丢了,旧手机才修好……你现在再打打看。"郑波恨不得一句话要把所有的事情都解释清楚,"还有啊,借你的五千块钱……投在一笔基金上了,现在升值百分之三十多,赚钱啦!"

"哈,真好!"

郑波看她没坐,也站了起来,举了举手机:"你打,133……"

"我记得的。"左露便拨通了号码。

郑波的手机响了起来。

左露笑了。

郑波也笑了:"这回好了,我也有你的手机号了,不会再找不着你了。"

"可是……你能找到我呀……你不来蓝水晶,是怕表哥揍你吗?"

"不……呵呵,是啊是啊,我小时候被打怕了,心里有阴影。"郑波很惊叹自己撒谎的水平了,谎言随口就来。

初见的客套话很快就说完了,初见的激动也过去了。郑波等着左露说话,左露等着郑波说话。在短暂的沉默后,两人又同时开口,像要抢说某一件急事似的。

"你说。"左露说。

"你说。"郑波说。

左露犹豫着,声音更小了,像一股气流:"我怀孕了。"

"什么?"郑波完全没想到。

"我怀孕了。"左露又重复一遍,还做了个轻微的略有调皮的鬼脸。

"怎么会,就一夜情啊……"

"可我们做了好几次啊……有时候,一次就够了。"

郑波突然急躁起来,这太出乎预料了。但他马上又觉得这样急躁是不对的,便强装冷静地问:"确定?"

左露点点下巴,也有点胆怯地偷看着郑波。

"……跟我有关?"

"你什么意思呀?"左露脸色突然变了。

"也许是别人……"

左露抬手就扇了郑波一记耳光,怒斥道:"你以为我是什么人!"

郑波猝不及防,看左露已经起身离开了,赶紧追上去,拉住左露的胳膊。

左露甩开了他。

他跳到左露的前边,再次被她推开了。

"等等……等等,我不是那个意思……我是说……我道歉……左露,左露!"

左露哭着跑了。

郑波没敢去追她,他看到太古里方向走过来两个夜巡的警察。

7

郑波坐回到路边的条椅上了。

生活真的是一团糟了。失去了会会，本以为还有左露。没想到更大的麻烦接踵而至，左露怀孕了。他绝对不相信刚才和左露的见面是巧遇。左露显然是在找他。三个月了，他失联的三个月，左露费了多大的工夫才找到他啊，左露承受着多大的煎熬啊，没想到被他一句话伤了。那句话确实不该说，至少不是这样说的。

怎么办呢？左露肯定是气极了，等着他道歉呢。

郑波赶快拿出手机，打通了左露的电话。可左露立即就把他的电话给按断了。郑波只好给她发短信："左露，对不起，我错了，我道歉。我还在这儿等你。"

没有收到左露的回复。

郑波又发了一条短信："事关重大，见面好好商量一下啊！"

还是没有回复。

这真是艰难的时刻。郑波仰望天空，从头顶凌乱的枝杈间望出去，灯影混淆了他的视线，脑子也一团混沌。他闭上眼睛，眼前才渐渐清明起来，一个声音在他耳边说，不能退缩。

郑波穿过太古里时尚街区，又从一个小区里穿过，来到蓝水晶餐厅门口。

郑波不敢直接进去。他真的害怕左露的表哥，害怕他那强壮的体魄。可抬头一看，眼前正是那个被叫成胖大海的大个子。

胖大海正在门厅里整理几箱酒。

郑波拉拉羽绒服上的帽子,遮了遮脸,离开了。

郑波再一次来到蓝水晶斜对面的那家便利店,从便利店的窗户里能看清蓝水晶门口的动态。胖大海还在那里忙活着,把箱子颠来倒去地搬动,找什么呢?不行,还得冒险去店里找她,就是被揍一顿,也表明了他的态度。

郑波低着头,一步跨过两个台阶,两步就到了门厅里。

胖大海一眼认出了郑波。

"找谁?"

"左露,找左露。"郑波看到在店里忙活的左露了,大喊道,"左露!"

左露本来是面向他的,听到他的喊,看都不看一眼,立即背过身去,走进收银柜台里了。

郑波继续喊道:"嗨!"

胖大海伸出长臂,把往里冲的郑波一把拽了回来。

郑波的体量和力气,在胖大海面前,真是弱爆了,他毫无存在感地被拽了回来。胖大海一把把他拉到胸前,问他:"谁是左露?看见没有,没人认识你!"胖大海手上一用力,另一只手一抄,郑波就被反剪了双臂,像一只待宰的鸡仔了。胖大海推着郑波走了两步,把他推到门厅里。下边就是四级台阶了。胖大海警告道:"这是第二次了,老子不想第三次看到你!走,你个小兔崽子!"

郑波是被一脚踹下台阶的。由于双手被反剪,对方又用足了力气,他直接飞了起来,越过四级台阶,摔到路上。这次摔得比上一次重多了,趴在地上,眼冒火星,耳朵发闷,脑袋嗡嗡作响,半天才感到疼。而胖大海已经反身关了门——他们下班了。

郑波不敢爬起来,他发觉胯、屁股、胳膊都疼。他不知道哪里摔伤了,先活动一下腿脚,感觉还能动,还没有问题,这才挪到台阶上,坐下。郑波想着这次被打的收获,就是左露亲眼看到了,算是他表明的一种态度了。他掏出手机,准备给左露打电话。一条短信跳出来,左露的短信:"在台阶上反思五分钟,我马上到。"郑波的脸上露出了笑容。

左露来了,悄无声息地站在他面前。

"你误解我了。"郑波说。

"是吗?"

"我意思是……"

"不用解释。"

"那怎么还让胖大海揍我?"

"你欠揍。"

"是啊……这回咱们扯平了……"

"没有,你以为这就完啦?是你来找我的。说吧,什么事?"

郑波看着她的肚子。她修长的羽绒服塑造的依然是她婀娜的身材。

"还小,看不见的。"她把手按在腹部。

郑波认真地说:"左露,这孩子……咱们不能要。这附近有两三家医院,我可以陪你一起去……钱由我来出。"

左露不吭声。不吭声的左露,表情是平静的,而内心一定很复杂。

许久,她才嘘一口气。

"你有女朋友吗?"左露突然说。

"没有。"

"确定?"

"确定。"

"那……我知道了——不用你陪,也不要你花钱,你把我的钱还我就行了。"左露还是没能忍住心中的痛楚,眼泪簌簌而下,但仍然坚定而冷静地说,"我加你微信了,你通过一下,把钱转我。"

郑波知道左露的意思,既然没有女朋友,又确定不要这孩子,说明什么?他们不可能继续发展了。

"可是……"郑波欲言又止了。

"还有什么好说的?"左露见他没话,含泪道,"再见!"

有时候说再见,那是还要见的。有时候说再见,可能永远不会再见了。郑波听出了左露口气里的坚定,也感受到她口气里的无助和悲愤。

郑波看着她美丽的背影顺着小街向西走。郑波希望她能回过头来。如果她回过头来,他一定会追上去,告诉她,不要这个孩子,不是不爱她,是真心还没有准备好。但他看到的,是她迈动的无力的双腿,还有那抹泪的动作。直到她从小区的大门拐进去了。

郑波禁不住涌出了泪水。

8

郑波也往小区的大门口跑去。他想追上她。

他只看到左露走进蓝水晶后门最后的身影,还没等他开口喊叫,门就关死了。

郑波看到那扇紧闭的铁门,把准备敲门的手放下了。这时候叫门不会起效果的,他缺钱,不敢承诺,今天又刚搬了新家,交了三个月的房租就是用信用卡取的现金,另一张信用卡因为欠资,停用了。而钱包里的钱,也就七八百块。他不知道做这个手术要花多少钱,至少要大几千吧。郑波从小区的东门出来了。没走多久,就是太古里一带了,他再次想到了小关,只有小关能够救他了。他实在没想到,自己会和小关如此的不可分离。当年在印刷厂的时候,他比小关还先当上副机长呢,也是他先追到会会的呢。会会当年在印厂里,多少人在(想)追她啊。在最初的追求者当中,也有小关,尽管小关不承认,他还是能看出来的。可以说从技校同学开始,都是他一手罩着小关的。不承想风水轮流转,轮到他求小关了。可这家伙的手机怎么就停机了呢?而且,小关的微信也拉黑了他。如果说手机停机,有可能是无法抗拒的原因,那么拉黑他,一定是故意的了。对,会会知道小关的联系方式。小关的手机停了,肯定还有另一部手机。他要通过会会找到小关,拿到小关的手机号码。虽然会会对他采取全面的封锁,但幸好他能找到她家。

　　回到福来小区,已经是深夜十一点半了。

　　让郑波没想到的是,会会搬家了。

　　搬家公司的车子就停在她家的门洞口。

　　"还有东西吗?"会会手里拿着一个扫把和一只垃圾桶,转头冲着门洞大声问。

　　门洞里响起一个声音:"没有了,可以出发啦!"

　　郑波听到那是小关的声音,先是欣喜,后是一惊。小关怎么来啦?一定是会会请他来帮忙搬家的。

　　"小关。"郑波走到车头,叫他一声。

　　小关被吓到了,惊讶地说:"你呀!"

"是啊，帮会会搬家啊？"

小关含糊一声："啊……哈，帮会会搬家。你怎么这时候来了？这些天你都到哪去了？想死你了。"

"你这家伙，手机一直打不通。"

"是吗？我手机经常换的。"

"新号告诉我一下。"

"告诉也没用，有可能还要换——你记下啊。"小关说了一串号码。

郑波在手机上记下后，说："小关，帮个忙——我和会会分手了，缺钱，借点钱给我。"

"哎呀……我手头也紧着呢。"小关再一次惊讶了，"分手啦？"

郑波想，别装了。

郑波看到小关身穿一件半长的迷彩羽绒服，立即想到辣妹火锅城前看到的那个飞上摩托车的青年了。郑波说："你还在做厨师？"

"谁做厨师啊，不赚钱的……你准备做厨师？"小关说。

"小关，说啥呢，快上车！"会会也看到郑波了，像没看到一样，催促道。

"对不起啊，我去啦。"小关还跟郑波挤了一下眼。

郑波心里突然凉了，他这才意识到，小关不仅是来搬家的，也有可能是他的继任者。但他还是对已经启动的汽车说："别忘啦小关，借钱……"

搬家公司的厢车开走了，留下夜色中孤零零的郑波。郑波知道，找小关借钱，没戏了。

郑波从来都没有这么孤独过，就算被传销公司强迫上课期间，他也还有希望，还有会会让他念想，还有左露让他回忆。可是，现在，他什么都没有了，连念想和回忆都让他倍感苦涩了。郑波朝车子开走的方向望去，南门那儿早已空空如也。郑波有一种被掏空的感觉。下午三点多，他拉着行李离开小区时，似乎还有一根线在扯着他，现在，那根线也断了。空落落的郑波不觉走进了门洞，在他曾经无数次进出的门前伫立。他知道屋里和他现在一样空空如也了，但他还有一种进去看看的冲动。他明知道什么也不会有，但最后看一眼，似乎一桩心事才真正了却一样。

郑波在打开门的一瞬间，感到一种久违的亲切。

郑波这才放松地在各个房间走走、看看，客厅里、主卧、厨房、储藏间、卫生间（还有一间次卧，存放房东的东西，锁起来了），反反复复走了几趟。郑波心里异常地复杂，既不能用"物是人非"来形容，也不是人去楼空的感觉，更不是失恋的滋味。究竟是什么感觉，他也说不上来。

临出门时，郑波在储藏间里看到一张名片纸，上面写满密密麻麻的手机号码。郑波捡起来看看，那些人名都很搞笑，有叫大头鸭子的，有叫拖鞋的，有叫体温表的，有叫魔方的，有叫核桃的，每个名字的后边，都有两到三个手机号码。有没有一个号码是小关的呢？这个叫水罐的，有可能，小关的脸也像水罐嘛。郑波对照一下小关告诉他的新号，没有重合的。郑波顺便打小关的新号，果然，小关告诉他的是一个假号码。小关为什么要告诉他一个假号码？郑波想了想，把名片放进了口袋里。

9

走投无路的郑波，一夜未眠。

最让他牵挂的，是左露，此外还有让他焦虑的七千块钱（五千本金加赢利）。从哪里弄来七千块钱呢？没有七千有五千也行？总之要够手术费用的。他躺在被窝里，无数次地打开手机，看左露的头像。左露的头像是在蓝水晶餐厅拍的工作照，她站在蓝水晶的招牌下，面向镜头，灿烂地微笑着。左露的朋友圈倒是简单，大多是照片，所发也和蓝水晶餐厅有关。但是，三个月以来，她没有再发过一次朋友圈。郑波再次想象这三个月里，左露是过着怎样的生活啊，在寻找他的过程中，那种落寞、期盼、焦虑、等待，真是受尽了磨难啊！

郑波是被冻醒的。他看了下时间，统共也就睡了两个小时。可他已经睡意全无了。他又加开了空调，让屋里的温度提升了不少。这一天怎么过呢？又是取暖器又是空调，这也太浪费了吧。他突然想起三个月里他天天喊得最多的口号：心动不如行动。梦想还是要有的，万一实现了呢。对，赶快行动起来，先找个工作再说——工作嘛，还是厨师是他的优势，而且他已经有一个精心的设计了，虽然冒险，还是值得一试的。至于左露那边，他也想好了一个策略，就说他要出差两周，让她再宽限两周。郑波在网上查过了，如果不要孩子，三个月之内是最佳时机。他已经向左露表明了态度，料她也等不到两周。两周里能发生好多事呢，说不定，她自己就去医院做掉了呢。

郑波给左露写了条微信："真对不起啊左露，今天突然接到领导的安排，要去广州和深圳出差，大约两周。关于去医院的事,因经费都被投资占用了,一时抽不出来,等我出差回来咱们再计议,好吗?"但郑波一直没有点"发送"。郑波真是没有勇气继续骗她了。

郑波是在上午十一点左右到达辣妹火锅城的。

到辣妹火锅城找工作,就是郑波精心的设计。

辣妹火锅城的生意不是很好——都十一点多了,还没有几个食客。郑波进去时,在他前边,一男一女两个人正在跟吧台先生打听菜肴。

男的问:"有香干芦蒿吗?"

回答:"没有。"

"有芸豆煮干丝吗?"

"没有。我们这是火锅店。"

"哦,火锅店就不能炒个小菜吗?"女的一脸好奇。

"走吧。"男的把女的拉走了。

轮到郑波了。

"先生吃什么锅底的?"吧台男一脸不快地看着出去的一男一女,嘀咕道,"神经病。哈,不是说您呀,先生您点餐。"

郑波说:"我知道。我是来……你们这儿还招厨师吗?"

"不招。"

"要是我在,刚才那两个客人就不会走了。我是厨师,我想跳槽到你家来干——他们刚刚点的菜,是典型的淮扬家常菜,很简单的,成本小,利润高。太古里这一带,有不少江苏人,不要一周,我包你家生意会红火起来。"

"你是厨师?做淮扬菜?"吧台男一脸瞧不起地看着郑波,头一歪,说,"跟我来一下。"

郑波跟着他来到后厨。吧台男从菜案下掏出一个黑乎乎的大土豆，在手里掂一下，扔给郑波："别来什么花样了，你炒个土豆丝给我看看。"

郑波知道有戏了。醋熘土豆丝，正是他的拿手菜，多次在学校教学评比中荣获过头名。郑波在吧台男的眼皮底下，快速地洗了土豆，刨了皮，切成薄片，又改刀成丝。郑波能够感觉到，就这几手刨皮、切片、切丝的刀功，基本征服了吧台男。郑波把细匀的土豆丝放在清水里浸泡，再切调料，一个红辣椒切成丝，葱花、姜丝适量，瞟一眼灶台边，酱油、香醋都有，开炒。不消几分钟，从热锅，到加料、爆炒、颠勺，一气呵成。郑波特意选了个平底的白瓷盘，金黄色的土豆丝窝在大白盘子里，吃相尽显还香气扑鼻。

"请品尝。"郑波说。

吧台男早已经迫不及待地把筷子拿在手里了，土豆丝一出锅，他就吃了起来，吧唧几下嘴，兴奋地大叫道："哇，外香内脆，酸滑爽口，好手艺。你被录取了，试用期一个月，月薪五千，包吃包住，每月调休两天。试用期满后，待遇再谈。"

"不，我要拿周薪，一周两千，试用期一周，也两千，其他不变。"

"行啊小子，有底气，好，就依你！"吧台男看来是老板，他从墙根的杂物里，拎出一块小黑板，"我叫金兔子，叫我老金也行。你看看，菜都在这里了，你写几个菜，我把黑板挂出去，要快。忙过中午，咱再办手续。"

老金说罢，出去招呼客人了。郑波追着他的背说："我叫郑波。"

郑波看一眼厨房里的菜，大都是火锅菜，地上、不锈钢橱架上，都是一盆盆火锅，只等服务员传单过来，就可以配菜、上锅了。郑波对火锅的锅没有兴趣，对那两大桶火锅汤料也没兴趣，他迅速地扫一眼厨房的菜，就在黑板上写了八九道菜名了，价格也是郑波自己定的，菜价都在十五元到二十元之间，经济实惠。在他写菜名的时候，有好几个厨师和服务员都围过来看。

小黑板挂出去后，郑波开始准备材料。在备料时，就一连接了五六单生意了。郑波抖擞精神，两台灶、两个炒锅同时用，还临时拉来几个厨师、服务员帮他洗菜切菜。到下午两点多时，光是一道醋熘土豆丝，他就炒了三十多份，还有其他的菜，算下来，他炒了一百多份小炒（有时一锅多份）。当三点左右内部员工用餐时，郑波已经无力吃饭了，胳膊又酸又疼，感觉像是肿了一样。老金喜得嘴都合不上了，特地为郑波开了一瓶酒。郑波不喝酒。郑波说累死了，想睡觉。老金立即指示服务员，在楼上靠窗的一号包间支了张行军床。

郑波来到楼上的一号包间时，没有力气观察窗外的风景了，倒头就睡。

郑波是被老金叫醒的。

老金拿着合同，在餐桌边坐下了。

郑波在合同上签了字，又复印了身份证等。手续办完后，开了晚上需要补进的菜，又在小黑板上加了两道，其中一道叫"白里透红"。老金不懂，问他什么是白里透红。郑波说："就是白菜帮子和红辣椒丝。咱们不是叫辣妹火锅城嘛，我考虑着，要把辣椒给用起来。"郑波还建议，从明天开始，要常备两道菜，一道是大煮干丝，一道是红焖狮子头。因为这两道菜都是大众口味，可以事先做好，炖在锅里，不需要临时现炒。老金初步尝到了甜头，当然听从郑波的安排了，当即同意，明天一起备料。

　　趁着晚上营业时间还没到，郑波这才端了一杯茶，在楼上的一号包间里坐下来。这个包间的窗户面东，窗外是一棵高大的北京槐。郑波撩开窗帘的一个角，朝外面望去——这才有点窥视的感觉，也是他要的效果。黄昏快要来临了，路上的树都是北京槐，一棵棵粗壮高大，凌乱而光秃秃的树叶上，有几只冒着寒风的麻雀在枝头跳跃，可能是利用黄昏来临前的最后时光，觅点美食，准备度过漫漫长夜吧。树下的马路很窄，没有车辆，人行便道上也只有稀稀落落的几个行人。郑波知道，离人流高峰还有半个小时到一个小时。过不了多久，就会人流如织了。向南看，能看到几间酒吧的门脸，一如既往的神秘。换一个角度，郑波看到了那张长椅。长椅不是正对着辣妹火锅城的门，略略偏南一些。如果有人坐在长椅上，就会闻到火锅的香味。这是肯定的，郑波就曾闻到过多次。此时的椅子上坐着两个人，不是通常看到的一男一女，而是两个女的，她们面对着辣妹火锅城的门脸，正说着什么。郑波听不见，如果把窗户打开，有可能就听见了。她们很好看，一个穿着皮草，长靴子；另一个穿红呢大衣，里面是一条黑色的连衣裙。她们在说什么呢？有可能是在议论小黑板上的菜谱吧。

　　"郑老师！"有人喊他了。

　　郑波听出来是老金的声音。郑波喜欢上老金了，才相处几个小时，郑波就觉得这个老板很豁达，很干练，很爽快，毫不拖泥带水，不是婆婆妈妈的那种。他喊郑波"郑老师"，也让郑波感到新奇和亲切。

10

晚上更忙，一直忙到十点半。好在经过一个中午的演练加上老金的协调（郑波有了两个助手，还不包括洗菜工），一切都很顺利。这也给郑波一个暗示，或许他以后的生活都是顺顺利利的。

回到二楼的一号包间（火锅生意真的不好了，二楼一共四个包间，居然只用了一个），郑波赶快来到窗前，撩开窗帘，向外窥探。夜色中的三里屯路，和白天完全不同了，路灯可能要有意配合三里屯街区特殊的酒吧氛围吧，居然不是同样的色彩也不是同样的亮度，有那么一段，五十米左右吧，居然很幽暗，那绿化带，那栅栏，那北京槐，还有各种楼形和树的怪影，模糊地互相重叠，互相覆盖。郑波的目光盯住了那一带。郑波对那儿是有记忆的，而且还不止一次。如前所述，郑波到辣妹火锅城来找工作，是他处心积虑的精心算计。他原以为会费很多口舌，没想到这么顺利。更没想到的是，老金安排他所住的房间，更是观察那一带的绝佳之地，真是天遂人愿啊！不过，此时，那儿并没有什么异样，除了行人，也没有约会的情侣，没有接头的人影。郑波心里咚咚直跳，以为一定错过了什么。再向北望，就是高乐雅咖啡店的对面了，那儿要明亮多了，行人似乎更密集些。郑波的目光收回，换个角度看楼下，那张长椅上依旧坐着人，依旧是个女的……呀，郑波的心被狠狠地揪了一下，这不是左露吗？郑波的心跳不是加速，而是要跳了出来，连呼吸都急促了。

平静下来的郑波，拿出手机。郑波的手机很安静，既没有未接来电,也没有未读微信和短信,只有一条没有发出的微信提醒。那是他写给左露的。整整一天了,微信没有发出。现在,他不能知道左露的想法,但他知道自己是个十足的懦夫,是个无赖,既不敢承认爱她,也没有能力还钱,就这么一拖了之吗?左露宁愿来故地缅怀(守候或等待),也懒得打个电话或发个微信了。郑波心里被触动了,不管怎么说,不能再玩失踪了。以前的失踪他无法控制,现在,透露行踪有什么好怕的?哪怕是撒谎,哪怕换来更猛烈的报复,他也要承受。

郑波手指一动,把那条未发的短信发了出去。

郑波看到,左露点开了手机——她一定是看新收的微信了。左露盯着微信看了很久,才开始回复。

郑波紧张起来,不知左露会回他什么话。郑波已经做好了被大骂的准备了。可是他收到的回复,让他鼻子一酸,差点就要推开窗户,大声呼喊左露了。左露的微信说:"你出差也要花钱的。"

郑波看到,左露哭了,她拿出纸巾在拭泪。郑波眼泪也涌出了眼眶。

对于这样一条微信,郑波怎么回呢?"我尽量提前回去,等我哦。"郑波努力抑制着自己的情感。

"嗯。"左露的回复更短了。

左露把围巾解下来,重新系上,离开了。

这一关总算闯过来了,他至少有两周的时间可以回旋了。两周,仅从辣妹火锅城,就能拿回四千块钱了。郑波重重地松了一口气,把目光再次投到马路上。

来了来了,郑波看到一辆摩托车驶过来了。摩托车上只有一个人。很普通的一辆黑色摩托车,从北往南,速度不快,也不慢,像是巡逻,大约到了太古里广场那儿吧,又返回了。还是那样的速度,只不过,摩托车在辣妹火锅城对面偏北的那片幽暗里停了下来。郑波的目光离开了摩托车,在幽暗里寻找着,还没看清是怎么回事,或者不知是从哪里冒出来,就有两个人交叉而过了,紧接着,一个人影迅速蹿上了摩托车。摩托车也一加油门,向北呼啸而去。尽管摩托车的速度很快,郑波还是看清了,也认出来了,没错,那个身穿迷彩羽绒服的家伙,就是小关。

郑波看一眼手机上的时间,深夜十一点。

11

一周后,北京的第一场雪在凌晨时分开始飘扬,不紧不慢一直飘到中午,又从中午飘到晚上。大雪影响了人们的出行,也影响了人们的日常生活。郑波原以为雪天,火锅生意会火起来,未承想,还不如平时。小炒生意也受到了大雪的影响——大家都不出来吃饭了。但盒饭和外卖似乎不减平日的量,中午和晚上相加,照例卖出去百余份。这是他专门设计的盒饭和外卖套餐,一个红焖狮子头,一份醋熘土豆丝,一份油炸杏鲍菇,售价二十六元,真的是良心价。

经过几天的观察,郑波已经掌握了那帮人的活动规律了。郑波觉得是时候行动了。恰巧晚上下班早,刚过十点,他就出门了。出门的时候,一个搞清洁的女服务员还好奇地看他一眼,可能是觉得郑波穿得太夸张了吧,戴了帽子,围了围巾,还戴了墨镜。服务员不知道郑波的怀里还揣了一把剔骨刀呢。

郑波快被冻僵了——躲在冬青丛后已经快半个小时了。他真不该这么早就来,但是迟了又怕被发现。他既怕被店里的员工发现,也怕被那帮迷彩服发现。他出门时,还故意向北走,一边走一边观察路对面的情况。走过高乐雅咖啡店的门口了,才穿过三里屯路,沿着小街东侧再向南走。他拉上了羽绒服上的帽子,用围巾包住下巴,眼睛警惕地逡巡着,那辆摩托车还没有出现——当然,摩托车出现时,就是他们交易结束时,行动就晚了。郑波要在小关出现时截住他。

郑波是在走进那段幽暗的地段时,闪身躲进冬青丛后的。他躲好就没有动。地上是厚厚的雪,冬青也被厚雪覆盖,如果阴晦的天空也算是雪的话,那他四周都被雪包裹了。很快,双腿就被冻麻了。他牛仔裤里只穿一条秋裤,风都能吹透,何况这四周都是冰冷的雪呢?但郑波心里像揣着小火炉一样地冒着热气,目光如炬地盯着人行道。由于处在相对的阴暗里,他目光所到处,都是亮的,辣妹火锅城的门口,他看到老金出来看了看,把小黑板收回屋里了。他又移动目光,看到高乐雅咖啡店的灯光了。咖啡店的灯光依然是最特别的,底层呈橘黄色,二层是橘红色。咖啡店一直都是安静的所在,和不远处的酒吧街形成鲜明的对照。郑波收回了目光,他要把重点投向酒吧街方向,小关都是从那个方向过来的。至于另一个接头者,有时从酒吧街方向过来,有时从北面过来,接头者不是固定的某个人,每次都换。只有小关是不变的。

就在郑波被冻得要坚持不住的时候,从酒吧街方向走来一个人。由于相隔较远,看不清那个人的相貌。但从走路的形态上,他断定那就是小关了。小关先是尾随一个胖子的后边,可能是胖子行动较为迟缓吧,在被两个高个子追上并超过时,他又跟上那两个高个子了。两个高个子走得太快,他又跟在一对情侣的身边走了一截。就这样,小关被行人交叉掩护着,迷彩服也越发地清晰了。待走到郑波身边时,郑波一个鱼跃,从冬青丛中扑向了小关,身上带起的雪和冬青上被他撞飞的雪纷飞起来。

可能是蹲久了,腿脚不听使唤了,郑波的鱼跃没有达到预期,跪在了小关的面前。

一直处在警惕中的小关,显然被郑波吓着了。但他在撒腿狂奔之前,认出了脚下的郑波。与此同时,郑波也说话了。郑波抱住小关的腿——在别人看来,还以为郑波在给小关下跪,在向他央求什么,实际上,郑波是有心无力了,他双腿又酸又麻又疼,根本站不起来了,这和他预想中的情形大相径庭。但他截住的是小关,他的口气也没有变,他小声而严厉地说:"不要废话,借我一万块钱,我保证什么都没看见。"

"啥?"

"我知道你干的好事……我只要一万块,一万块!"

"讹人?疯了吧!"小关低着头,踢了他一脚,把他墨镜给踢飞了。

"你霸占我女朋友,借一万块钱算多吗?"这句话不是郑波事先的设计,是他心里的话。

"老子救了她好不好!滚开!"小关拔腿要走。

哪里能走得脱?郑波死死抱住他的腿。小关拖着他走了两步,又回身猛踢几脚。郑波只能用手臂抵挡着。可能腿脚已经恢复了大半,抵挡中他顺势站了起来。小关知道自己的处境,激怒中挥拳就打在郑波的脸上,郑波的鼻子瞬间出血。就在小关摆脱郑波的纠缠,转身欲跑时,不知哪里飞来一只花瓶,重重地砸在小关的额角上。小关毫无防备,又是迎着花瓶去的,直接被砸晕了。

一个娇小的身影冲过来，拉起郑波："跑啊！"

郑波不想跑，他的事还没完呢。可看到拉他的人是左露时，只好跟着她跑了。

幸亏左露及时赶到，也幸亏及时开跑，郑波在奔跑时，看到那辆摩托车已经从酒吧街方向开过来了。郑波这才意识到危险。

郑波随着左露，一路狂奔，跑过太古里一带，跑进一个小区，钻进一扇铁门里。

在奔跑过程中，郑波觉得已经脱离危险了，可左露还在跑。关键是，左露那么能跑，郑波都跟不上了。左露关上铁门，人就顺着铁门瘫了下来，坐到地上。她太累了。郑波也跟着她一起瘫下来。在大口喘息几分钟后，左露看了看郑波。郑波鼻子上的血不流了。左露递一张面巾纸给他。郑波接过纸，在鼻子上擦拭着。郑波的鼻子还疼。可能是冬天的鼻子本来就脆弱，经不起重拳。郑波看着纸巾上鲜红的血迹，这才想起左露为什么比他还害怕，为什么比他还能跑了，是左露用花瓶爆了小关的头，这一招太狠了。

"他会不会报警？"左露说。

"他不敢……他就是小关。"

"啊，小关，为什么不敢？"

郑波知道说错了，他不敢往下说了。郑波的目的不光彩，他本想讹一下小关的，讹他一万块钱，就能把左露的账还了。但是，他精心设计的套路，玩砸了。还有让他更为担心的关于出差的那套谎言，也自然被戳穿了。怎么向她解释呢？左露脸色还是煞白的，目光亮闪闪的，定定地望着前方，其实她并没有具体望着什么，望，只是她出神、发愣的一种状态。在她目光的前方，郑波还是看到靠在桌腿上的一块迎宾的招牌了，上面贴着一块红纸，写着："今天优惠：凡在本店消费的顾客，赠送一道私房菜'白里透红'！"

郑波明白了，左露早就知道他并没有出差。郑波不敢说话，他觉得欠左露太多了。左露也没有再说话。一直不再说话的左露眼里涌出了泪水。左露的泪水流得真欢啊！左露的泪水也触动了郑波，郑波真切地感觉到那泪水的浩瀚，郑波鼻子一酸，抓住左露的手，说："左露，我一直撒谎……我错了……我爱你！"

12

蓝水晶餐厅的生意，是三里屯一带最火的，这是因为他们的厨师力量得到了空前的加强，菜品更加丰富，服务更加周到，回头客自然就更多了，特别是他们新开的套餐外卖业务，每天都排着长长的队。

春节临近的一天，阳光格外地灿烂，天空少见地蓝，空气也澄清碧透。在下午顾客稀少的空当时间里，来了一位不速之客。她穿一件华丽的抹茶绿大衣，背一款红色的芬迪新款包，服务员引她坐下后，她迟迟不肯点餐，而是四下里打量，还问服务员："郑波是不是在这里上班？"

郑波正在楼上休息。郑波现在是蓝水晶的主厨之一了，每天工作都很累，都会在下午三点到五点的空当里休息一会儿。今天有点怪，往日一到这个点儿，他就睡着了，今天他迟迟不能入睡，总觉得有事。

果然，门被敲响了。

进来的是左露。

左露拿着一本婚纱图册，她挑了一件非常中意的婚纱，来征求郑波的意见——他们已经商量好了，在春节期间，要回郑波的老家举办婚礼。郑波当然也喜欢白色的婚纱了，白色代表纯洁，代表高雅，代表神圣，也代表善良。这都是左露具备的品质。左露说："那就订啦？"

"当然啦！"

"对了老公，今天要发工资，需要你身份证和银行卡号，提供一下呗。"

"第一个月的工资我不领了，欠你的款还没还呢。"

"那可不一样，领了再还，再说了，也用不了那么多啊！"

"还有百分之三十的分成呢。"

左露乐了，说："要是这样较真，你还偷了我一样东西，还在吗？"

"当然，当然。"郑波从口袋里掏出皮夹子，取出一张两寸的照片，照片上是左露微笑的略显生涩的脸。

"知道吗？我为什么相信你会回来，就是因为你拿走了我的照片。你拿走了我的照片，我就知道，你不会忘了我。"

"真是对不起你，让你受苦了。"

又响起敲门声。

进来的服务员说："楼下有个女的，找郑老师。"

"哦，谁会找我？"郑波欲出去。

左露拉住了他："等会儿，看看是谁啊，咱们举报了那帮毒贩子，让他们被公安连锅端了，连小关都被抓进去了，你提供了他们的联络电话，还被公安奖励了呢，他们肯定恨死你了，别是漏网之鱼来找麻烦的吧！"

郑波和左露就从窗户朝楼下的大厅望。郑波一眼认出了会会。来人是吴会会,这是郑波没有想到的。

左露说:"谁呀这么漂亮,是吴会会?"

"是她。"郑波说,"她来干什么?咱们两人下去吧。"

"不会是来找你要小关的吧?"左露看着郑波,眼里充满了信任,"我去了不方便你们说话……去吧,你肯定行的。"

左露给了郑波一个大大的拥抱。

郑波来到楼下,看到会会脸色阴晦,已经不像一个月前那么滋润了,也不那么飞扬跋扈了。她安静地坐着,看了郑波一眼,没有站起来,看似平静的样子,还是掩饰不住内心的复杂和不安,低声说:"能帮个忙吗……看在以前的分上,借点钱给我……我、我知道没脸来找你,可是,可是……我怀孕快三个月了……我不想要这个孩子,不想要一个长大后要去监狱看爸爸的孩子。"

这钱借还是不借,郑波的内心也复杂了。

意见会改变

1

吴小丽一边往旅行箱里扔东西，一边希望那个叫庞天立的男人能够服软，说一句缓和的话，她就住手了。哪怕是一句狠话，甚至过来揍她一巴掌，她也有台阶可下，也会收手。可庞天立一声不吭，一动不动，在狠狠看了她一眼之后，就当她是空气了，就一直无视她，只全神贯注地玩 QQ 飞车，两只手不停地在平板电脑上灵活地滑动。吴小丽瞥过去一眼，发现他的游戏都玩错了，死机了，还假装在玩，明显是宁愿自己凌乱，也不再搭理吴小丽。这什么人啊！吴小丽越想越气，扔东西的旅行箱就不是旅行箱了，就像是一个巨大的陷阱，庞天立预先设立的陷阱，让她跳。她也跳了，跳到了半空，还做了几个腾挪、转体、空翻的动作，回不去了。吴小丽扔东西的速度便越来越犹豫，越来越心虚，从开始的怒不可遏、怒火中烧，早就过渡到无所适从、心慌意乱了。

一个小时后，吴小丽来到像素小区某栋楼的 1406 室门口。这是她父亲的家。三年前，也可以说是她的家。吴小丽还保留着家里的钥匙，但她没有直接开门，午夜了，她怕直接开门会吓着父亲。她稳稳情绪，敲了敲门。

开门的不是父亲。

一个穿睡衣的慵懒而小巧的女孩儿，披头散发、赤着脚站在她面前。

"找谁？"女孩儿刚一开口，惊疑和慵懒就转换成惊喜，"小丽吧，请进请进！"

"你谁呀？怎么知道我？"拖着旅行箱进屋的吴小丽不是惊

喜，而是惊讶了。

女孩儿指一下墙说："我叫柳絮。"

吴小丽看到，墙上有三张照片，一张是吴小丽，一张是柳絮，另一张是父亲。三张照片都装在精美的相框里。吴小丽很喜欢她这张照片，是自己四年前刚来北京时，和父亲在圆明园水榭前拍的，没想到父亲把照片洗了出来，放大八寸，挂在了墙上，成了精美的装饰，还和这个叫柳絮的姑娘错落地排列在一起。

"吴老师说了，我们是他的两个宝贝。"柳絮声音很好听，小猫咪一样的细声细语，听声音就知道是温柔体贴型的，"这么晚了……你们闹别扭啦？"

吴小丽嗯一声，坐到沙发上，心里一松，一委屈，眼泪禁不住流了出来。柳絮过来和她坐在一起，搂搂她，安慰道："……会过去的。"吴小丽勾下头，双手掩面，哽咽几声，强忍住了，双手擦擦眼泪，说："没事了。"

"我去给你做点吃的。你先洗个澡去，回头我们再说话。"柳絮的声音像个大姐姐。

吴小丽确实饿了，可她真心不想吃。还有这个叫柳絮的女孩儿，吴小丽虽然猜得八九不离十——应该是父亲的同居女友，但她还是想听到她的亲口承认，便说："爸呢？"

"吴老师出差了，今天才走，去上海了，参加一个学术会议。"柳絮已经去了厨房，她的声音有一半是从厨房传出来的，伴着拉开冰柜门的声响，"给你做碗面哈。"

在吴小丽听来，柳絮的声音有点飘忽和不真实，可能是她在思想上还没有做好准备吧。可柳絮为什么称父亲为"吴老师"呢？老师是隔辈的称呼，或是一种敬称啊！

"你放心住这儿。这儿也是你的家。"柳絮的声音继续从厨房传出来。

吴小丽应了一声,心理上开始强行接受也被父亲称为"宝贝"的柳絮了。父亲出差了,她又无处可去,这儿是她唯一的选择了。她开始打量客厅。这个小区的房子,格局都是千篇一律的、挑高的错层,商住两用的产权,底层是客厅、厨房和卫生间,楼上是大卧室、卫生间和储藏间(也有隔成小房间的)。一年前,她还住在这里时,她的单人折叠床就支在沙发和窗户之间。现在,沙发和窗户之间的这块小小区域里,放着一个跑步机了。没有床不要紧,她可以睡沙发。其他的格局基本没有变化,进门是一个鞋柜子,饮水机还是她经手买的,电视机和吃饭的桌子也是熟悉的,还放在原来的位置。变化最多的是楼梯边上,挂着许多件花花绿绿的小衣服,还有牛仔裤和长长短短的裙子。在层层叠叠挂起来的衣服中,也有两三件男装,短袖衬衫什么的,那应该是父亲的衣服了。最后,她的目光只在那三幅照片上游移了。父亲的照片不是近年的,是他刚进北京时拍的照片。十年了,那时候的父亲四十岁出头吧,还有着年轻人的风姿,一副意气风发的样子。那时候她和母亲住在一起,念高中。母亲和父亲刚离婚不久,父亲是受到院长贪污的牵连被医院开除后和母亲离婚的。父亲相当于净身出户,只身来北京打拼,受聘于一家私人牙科医院,干起了老本行——父亲被开除之前是医院的牙科副主任,业务骨干。父亲进京后,在医学院同学的关照下重操旧业,干得得心应手,很快就站稳了脚跟,几年后买了这套小房子。父亲没有北京户口,只能买这种商住两用型的公寓。她正好大学毕业,来北京找了个工作,和父亲住在了一起。和父亲一起生活的三年,给她留下太多美好的回忆。至于柳絮的照片，她关注点在柳絮的年龄上。她不确定柳絮有多大了，只是看起来比自己还年轻。照片上的柳絮更是比本人要好看很多，也感觉丰满一些，皮肤白皙一些，可能是经过手机美颜了。

2

吴小丽把柳絮给她做的一碗面吃光了，连一口汤汁都没剩。不知是柳絮的手艺好还是她真的饿了，她觉得这碗汤面是她吃过的最好吃的面。有了这碗面垫底，又有柳絮在她身边软声细语地说话，她心里平静多了。柳絮真是体贴入微，她不允许吴小丽睡沙发，一定要她到楼上去睡，和她做个伴。这时候的柳絮，就是十足的女主人了。

楼上也没有变化，敞开式的大卧室，都有点空旷的感觉了。四年前她刚来的时候，特别喜欢到楼上来，喜欢在父亲的大床上躺躺，如果是双休日，父亲又不在家，她连午觉都喜欢在父亲的床上睡。现在的床，还是以前的床，两米长乘一米八宽，真正的大床。可现在的床不是父亲一个人的床了。现在的床上充满了柳絮的气息，床上用品也有了女性的元素，甚至还有一个大耳朵花狗造型的抱枕。床面前有一双粉色的花拖鞋，柳絮一直赤着脚丫子楼上楼下走来走去，从这一点可以判断，她是个随性的女孩儿，也说明她是理家的小能手，至少把楼上楼下，包括楼梯都擦得干干净净的。

吴小丽关心柳絮显然比柳絮关心她要多一些。通过短暂的交流，吴小丽知道柳絮比她大两岁，也是牙科医院的医生，和父亲是同事，同居快一年了。算下来，也就是吴小丽搬离不久，柳絮就进驻了。这说明吴小丽还住在家里时,父亲就和柳絮有了情感交往,为此,吴小丽心里萌生了一点点对不起父亲的感觉,觉得是她影响了父亲的私人生活。吴小丽还知道柳絮现在不工作了,正在复习考研,难怪她在吃面时,看到桌子上有几本书、笔记本,还有几支彩色铅笔,原来这个貌不起眼的柳絮还有更为远大的理想。吴小丽以为柳絮还会进一步问她离家出走来这里的具体原因,可善解人意的柳絮没有问。可能是夜色已深,也可能是柳絮压根儿就不关心这些。而说实话,吴小丽也不想说和男友的事,那些让自己感觉扎心的事,那些看似一地鸡毛要死要活无法接受的事,真要是一五一十地说出来,反而没劲了。没错,许多事只能感同身受,说出来,别人的感受就成了二手的,就完全南辕北辙、大相径庭了。

但是,吴小丽还是一夜未眠。

吴小丽被柳絮叫醒的时候,一看时间,已经上午十点半了。

吴小丽的手机静悄悄的,没有庞天立的任何信息。她深夜离家,一夜未归,家里的男人不闻不问,走时不劝回,走后也不问人在哪里,说明什么?说明她在这个男人的心中一点地位也没有了。吴小丽再一次悲从中来,眼泪簌簌而流。

"醒了吗小丽?"柳絮的声音从楼下传上来,"我给你准备早点了。"

吴小丽强行咽回心中的悲伤,装模作样地问:"早上吃什么?我来做吧。"

"不用,简单的,开水泡麦片和水煮鸡蛋,还有热牛奶和面包片,小菜是番茄酱、黄豆酱、牛肉酱和橄榄菜,还有脆哨,都是现成的,随你挑。"柳絮如数家珍地说,"早餐就对付点吧,中午我做大餐给你吃。"

看着简单而又品种繁多的早餐,吴小丽却胃口全无。她从前在家时特别爱吃面包片,在面包片上抹点黄油和番茄酱,她能吃好几片,再喝杯温牛奶,她上学时的早餐,基本上就是这样的,偶尔吃个蛋炒饭或汤面、煎鸡蛋什么的,同样合胃口。可面对久违的早餐,吴小丽真的是不想吃。当初来北京和父亲一起生活时,早餐是父亲做的,她偶尔也会露一手,觉得做早餐是正常的事。搬出去和现任男友庞天立同居后,她也想每天按时做早餐,可几次尝试,庞天立都起不来,一直懒到实在不能不起床时,才快速地收拾几下,匆匆出门,冲向地铁站,至于他早饭是怎么吃的,就无从知晓了。她只能一个人把早餐吃完。三番五次之后,她就不做早餐了,也在上班路上随便吃点。

吴小丽勉强吃了点东西,和柳絮一起收拾了桌子之后,以为柳絮会看书学习,或看看电视消磨消磨时光,但柳絮却要拉她去超市,采购生活用品,说冰箱里的东西快吃完了,也该补充了。

吴小丽不想出门。今天是周日。她本来双休日想好好休息休息的,昨天和庞天立冷战了那么久,感觉身心极度疲劳,比大吵大闹还累。大吵大闹算是体力活,她没有吵过,也没有闹过,体会不到,冷战可是真累心啊,加上又没睡好,头脑发昏,两眼发涩,看到沙发就想躺着。吴小丽知道,明天周一还要上班,今天要是休息不好那会更累,有可能一周的工作都会受到影响。

"要不你就在家歇歇,我去去就来,很快的。"柳絮看出了她的犹豫,很贴心地说。

柳絮出门之后,吴小丽果真又上床躺着了。吴小丽的眼前次第出现了庞天立的影像,昨天的庞天立,还是恶魔般的存在,可为什么还要想着他呢?而且恶魔也在渐次模糊中,让她一时无从确定庞天立究竟是怎么了，甚至连冷战的由头都找不到了。倒是父亲的面容更加清晰起来。对呀，应该给父亲打个电话。父亲不在家，而家里又多出一个陌生的女孩儿，她回家所面对的不是父亲了，所以要和父亲说一声。吴小丽只记住三个人的手机号，父母和庞天立的。吴小丽调整好情绪，拨通了父亲的手机，亲切而爽朗地说："爸爸，我啊，小丽。"

"小丽，有事啊？"父亲的声音有些疲惫。

吴小丽心里一顿，说："爸爸别那么累啊，开什么会这么辛苦？"

"……不辛苦啊……学术会议，你在哪儿小丽？怎么知道我出差开会啦？"

"我来家了啊。"吴小丽听父亲的声音又变得中气十足了，放心地嘻嘻笑道，"柳絮老师告诉我的。爸，她是谁啊？"

"你都知道了还问。"

吴小丽听到父亲的口气也是欢喜的，心情好多了："爸，那我叫她什么？她才比我大两岁。"

"你刚不是叫她柳絮老师了吗？"

"她还叫你吴老师呢，都乱了哈哈。好，我就叫她柳老师了。"

"乱就乱吧，顺其自然就好。"父亲说，"你来家有事啊？"

"没什么事，就是……想回来住几天。"吴小丽越想随意一点，口气越有些滞涩、凝重。

"和小庞闹矛盾啦？"敏感的父亲还是听出来了。

"……没啊，他出差了，他们公司不是中外合资嘛，去德国学习了，要半个月呢。"吴小丽临时撒了个谎。庞天立以前说过，公司常有人去德国轮训，有两次他也差点轮上，阴错阳差地都没有去成。

"那正好,你就住家里吧,柳絮正好也不上班。"父亲说,"我还有两天就回去了——周二下午就能到家——这么巧,我也是昨天一早才出门的。"

"爸你莫着急,好好开会。我喜欢柳絮老师。"

"哈哈,喜欢就好,她人挺好的,你们能玩到一起——不过,柳絮很勤奋,她工作已经很优秀了,还在要求进步,复习考研,这一点我很欣赏她。"

3

下午快下班的时候,吴小丽收到柳絮的微信,相约到三里屯逛街。三里屯是北京酒吧集中的一个区域,其他各色时尚店铺也应有尽有。吴小丽和庞天立刚认识的时候,也曾在三里屯酒吧一条街上玩过,没敢去酒吧消费。突然接到柳絮的微信,吴小丽猜想,柳絮无非是想让她转移一下注意力,让她尽快从失恋中走出来。吴小丽本想婉拒柳絮,本想告诉柳絮她哪里也不想去,但柳絮既然这样说了,拒绝也不好——人家也是满满的善意嘛,或许呢,柳絮自己也想玩,让她陪陪不过是借口而已。吴小丽上班的地方在亚运村一带,下班正好路过东三环,便从地铁农展馆站西南口出来,向她们相约的三里屯太古里方向走去了。

五月的北京,是一年中最好的时候,花红柳绿,气候温润,吴小丽穿过的是使馆区,树高林密,有不少鸟儿在枝头蹦蹦跳跳。此时虽然是下午六点多了,太阳还很高,阳光越过远处的楼房,穿透绿叶照射在吴小丽的身上,光影迷茫,也很恍惚。

吴小丽的思想也很迷茫、恍惚。从周六深夜离家出走，到今天周一，三天了，庞天立居然没有任何消息。这时候她不再仅仅是悲伤，也不再怀疑自己的冲动——拿自己的悲伤看清一个人的人心，拿情感的冲动拿捏一个人的情感，值得了。可真的值得吗？吴小丽现在对什么都怀疑了。最不用怀疑的是父亲。父亲中午给她微信发了一段话，主要是说他对吴小丽的爱，也劝她好好生活面向未来。从这段话的语气看，吴小丽怀疑柳絮已经把她的情况告诉父亲了。吴小丽没告诉柳絮和庞天立分手的具体原因及细节，柳絮也没问。可能柳絮在和父亲生活的近一年时间里，也体会了家居生活的零碎、杂乱和琐屑，过不到一起的原因，大体也无非就是这样，鸡毛蒜皮的小事而已。但不管怎么说，柳絮能够在这时候丢下书本，约她出来透透气、散散心，她还是要感谢柳絮的细心和体贴的。

太古里小广场上的夕阳里，柳絮已经在等她了。柳絮换了身夏装，穿了件低胸、短摆的连衣裙。这件裙子真好看，做工精，花色雅，虽是低胸却不露，裙摆短而不妖。柳絮人瘦身材好，穿什么衣服都好看，再有一款时尚的小包加持，有型有款又有装扮，走在哪里都是注目的焦点。相比柳絮，吴小丽觉得自己太土气了，牛仔裤连帽衫，肩挎一只黑色布袋子，像是逛菜场的大妈。

一天没见，两人特别亲，互挽着胳膊往三里屯的商业区走。此时的三里屯，是一天中人流最多的时候，大家忙了一天，下班了，约两三个好友，逛逛街吃吃特色小馆子，老朋友加深友情，新朋友加深印象，都需要饭局和逛街来维护。当然，他们中更多的还是情侣。在五月的黄昏，在时尚的三里屯，就是什么话不说、什么事不做，就这么走走看看，出入于错落有致的建筑间和灯光闪烁的各色门店,看看摩肩接踵的时尚男女,也会让人身心愉悦的。一时间,吴小丽就忘却了人生的烦恼,也融入缤纷的灯色和熙攘的人流中。她们各个店铺串串、瞧瞧,那些大小品牌的包包、衣服、鞋帽、丝巾、化妆品,都是她们喜欢的。但是价格也都让她们望而却步。只有一款简洁的连衣裙(颜色有三种),共同吸引了她们,看看价格,也能接受,一千多块钱,便认真地看了看。吴小丽说那条浅栗色的适合柳絮,还说柳絮皮肤白、身材好,穿这个颜色更显高雅。柳絮也说那款宝石蓝适合吴小丽。两人便分别试穿了一下。结果是,柳絮穿宝石蓝更鲜亮,吴小丽穿浅栗色更显高贵。看来直观的想象和真实的效果往往不是一回事。这可能就是衣服为什么一定要试了才知道是不是合适的主要原因吧。最终,两人每人买了一件,都是由柳絮付账的。这让吴小丽很过意不去,就算柳絮说一句"咱们谁跟谁呀",吴小丽也觉得柳絮是处心积虑要让她开心的(确实也开心了)。逛街的另一件开心事就是下馆子吃好吃的。她们选的一家馆子名字特别有亲和力,叫"我家小聚",叫起来也好听。"我家小聚"是一家茶餐厅,确实适合小聚。她们去时,正是吃饭的高峰期,靠窗的一圈桌子都坐满了顾客。她们只好在厅堂的中央找了一个位置,这个位置非常显眼,可以说是在众人的聚光灯下。吃饭和观影不一样,吃饭需要偏僻一点才好。又不是时装秀,那么显眼干什么?吃相好看不好看都叫人看了去。但是由于没有选择,也只好这样了。她们点了几样小菜,一盘乱石铺街,一盘兰花虾球,一盘甘树子豉汁蒸鱼,一份豆腐青菜汤,两小碗米饭,另外还各点了一杯饮料。街也逛了,物也购了,吃饭就很轻松、惬意了,小吃、小饮、小声说话更是亲切自如。

"小丽,你看窗下那两个帅哥,朝你看呢。"柳絮不动声色地抿一口汤,小声告诉吴小丽。

吴小丽朝窗户望去。窗户不是一扇,是落地的一排,或者说是一排玻璃墙,而且那片小区域和整体风格相比,另成风景,地板凹下去一个台阶,从吴小丽的角度望过去,有点居高临下。那儿有四张双人卡座。吴小丽没有发现有谁在看她。根据柳絮所说的"两个帅哥",应该是最右边的这一对了。因为另三个卡座上分别是一对女的、一对男女、一对女的,只有最右边是两个男的。两个年轻人正若无其事地吃饭,并没有东张西望;或许他们刚才望了,发现被人发现了,又矜持起来。吴小丽看这两个帅哥确实够帅,一个留长长的披肩黄头发,一个剪蛋形短发;一个衣着考究,一个花里胡哨,都在三十岁左右。吴小丽只敢偷看一眼就躲回了目光,小声说:"他们像是……对我们不感兴趣吧?"

柳絮低头一笑道:"你看人真准,我也这样想的。"

再吃饭时,吴小丽就有一点分散注意力,会在上菜、拿饮料和取餐巾纸的过程中做些小动作,偷眼瞟一下窗下的那对帅哥。她发现那两个家伙并不是偷看她,而是看柳絮,还互相说了句什么,黄头发更是鬼魅地一笑,大约和她们议论他们是一个道理吧。吴小丽想,我们是怎么看待他们的,他们就怎么看待我们。

离开"我家小聚",走在夜色中的三里屯街区里,各色街灯忽明忽暗地照射在她们的身上,拉长、缩短或重叠她们的影子;三里屯的空气里,萦绕着新鲜树叶和花粉的淡淡馨香味儿,还掺杂着一些不明就里的气息。吴小丽和柳絮徘徊、踟蹰着,都意犹未尽,都不想回家。还是柳絮拿主导意见,用询问的口气说:"你去过酒吧吗？我们去泡吧吧。"

吴小丽当然求之不得了，好不容易出来一趟，放飞一下自我也是理所应当的，老纠结在自己的小情绪里，那不是累死啦，活着还有什么意思？她跟着柳絮寻寻觅觅，看到一个叫"无往之往"的酒吧。这名字挺好玩儿，什么意思呢？两人没用商量便进去了。看外面并不起眼的酒吧，里面已经坐满了人，单个的小桌子都有人占着了，只有那张长条桌子上，还有空位。吴小丽和柳絮便被服务员引导到那儿，坐下后才惊讶地发现，在"我家小聚"遇见的两个帅哥竟和她们同桌。那个黄头发显然也认出了她们，直接和柳絮套近乎："美女好。"说罢，递过来两瓶啤酒。

吴小丽和柳絮当然没有接纳他的啤酒了，而是另点了西瓜汁。同处一桌的他们，一边听乐队唱歌，一边喝着自己的饮料。吴小丽开始以为，这两个帅哥会很贫，会喋喋不休地没话找话说，没想到自那一句"美女好"之后，黄头发和蛋头男都没有再找她们说话，而是不停地喝啤酒。他们在"我家小聚"里并没有喝酒，现在却不停地喝，当下年轻人的心态，真是捉摸不透。不过，细心的吴小丽还是发现了，他们虽然不停地喝酒，实际上总量并没有喝多少，一共四瓶比利时白啤，都喝了好一会儿了，还没有喝完。

吴小丽去了一趟洗手间，回来时，看到柳絮已经和黄头发、蛋头男在说着什么了，柳絮甚至还羞涩地一笑。两个帅哥等吴小丽重新落座后，一起敬了她们一杯。然后，又继续静静地听歌了。吴小丽想，柳絮还是更放得开，居然和陌生人聊上了，有没有互加微信呢？但从柳絮平静的脸上并未发现什么异样。酒吧里一般不唱流行歌曲，都是驻吧歌手们自己写的歌，说不上好听，也说不上难听。吴小丽和柳絮对这些歌都没有什么感觉，只是来感受感受酒吧的气氛罢了。而黄头发和蛋头男似乎很懂歌，有时还跟着节拍一起哼唱几声。最让吴小丽和柳絮惊讶的是，在一曲歌了后，主唱的吉他手朝黄头发扬一下下巴，黄头发就小跑着蹿到台上了，从小舞台边上拿起一把吉他，不到一分钟就熟练地做好了准备，对着话筒说："谢谢大家，接下来这首歌献给六号桌的新朋友和在座的各位新朋老友们，谢谢！"酒吧里响起零星的掌声。吴小丽发现她和柳絮所坐的正是六号桌，黄头发的歌就是献给她俩的。吴小丽和柳絮在掌声快结束时，才想起来鼓掌。黄头发开始演唱了，他的台风很好，稳而不呆，动而不乱，踮步、跳步、进退都很自如，嘴巴始终保持着和话筒的距离。嗓音也好，低音更为出色。总之，他很投入，台风、声调控制得很成功。

原来他们也是歌手。

黄头发一连唱了两支曲子，赢得了不少掌声。下台后还是来到了六号桌就座，跟吴小丽和柳絮说："不好意思，献丑了。以后你们再来，我唱新歌给你们听。"

吴小丽和柳絮都不知道如何回答，两人互相看看，相视微笑一下，便尴尬得没有言语了。

4

吴小丽是在下午接到父亲微信的，说给她做了好吃的。吴小丽想好了，见到父亲要保持平静，不能让父亲看出她心底的秘密。可甫一见面，吴小丽还是忍不住想扑上去，扑进父亲宽厚的怀抱。但她知道自己不是小学生了，关键是，她怕忍不住自己的情绪而露出破绽。

"好久没尝到爸爸的手艺了吧？"老吴笑容可掬地说。

吴小丽已经看到一桌子的菜了，有黄焖鸡、红烧肉，还有煎带鱼，风格是家常的，和昨天晚上在"我家小聚"完全是不同的口味。但是她却吃得很香，都吃撑了。柳絮也说吃撑了，好久没吃过吴老师这么好的手艺了。老吴得意地说："这还不好办，以后我每天做饭给你们吃。"柳絮也开玩笑说："我是沾了小丽的光。"

饭后闲聊时，父亲并没有询问吴小丽和庞天立的事。看来周一那天父亲发的那条关心她的微信，不是因为她受委屈了，只是父亲对女儿的正常溺爱罢了。吴小丽觉得柳絮是个可靠的好伴儿，没有向父亲如实讲述她的情况。说实话，她也不想把和庞天立的事告诉父亲。可一直隐瞒也肯定不可能，那就等个时机吧。闲聊的话题很宽泛，父亲问了问她的工作，还让她常和妈妈联系，甚至还问了问庞天立在德国的行程和学习情况，最后督促他们早点把婚结了。后两个话题，吴小丽虽然闪烁其词，终究还是自圆其说了。吴小丽看得出来，在她自圆其说时，柳絮比她还紧张。

晚上，吴小丽就睡在了沙发上。她听到楼上的父亲和柳絮小声地说着什么。他们说了很久。吴小丽听不清楚，不知道所说的话题和她有没有关系。后来，声音略大一点时，吴小丽会听到读研和研讨会等一两个关键词，还夹杂着柳絮愉悦的浅笑声。吴小丽都羡慕他们的琴瑟和鸣了。

5

天气渐渐热了起来,炎夏很快就会来临。吴小丽回来已经五六天了,明天又是一个周末了。上周末,她离开了庞天立。这个周末,她想回去取点东西。可她不想回去。不是她怕庞天立,也不是不愿意,就是不想。为什么不想,她也没有想好。

晚上,趁父亲还没有回来,吴小丽跟柳絮说:"明天能帮我去取点东西吗,柳老师?"

"去小庞那儿?好啊,要不要我和他说点什么?"柳絮看着吴小丽,像是征求着什么。

"……说什么你看着办吧。主要是夏天的衣服,都帮我拿来。"

"要不,你也去,我陪你。"

"……不。"吴小丽又坚定道,"不去。"

"好。我先去看看也好。"柳絮说,"明天我还有点事,今晚去吧。别担心,吴老师晚上有应酬,可能很晚才回来,不会让他看到的。"

父亲晚上有应酬,吴小丽听柳絮说了才知道。

柳絮就拉着腾空的箱子,走了。

柳絮走后,吴小丽越想越不对劲。她这样蹭在父亲家,实在不是长久之计。而父亲也实在是很忙,自从父亲那次出差回来后一起吃过晚饭并聊了会儿,她一直都没有机会再和父亲说话,或者说了,也只是打个招呼,没有时间闲聊。他们没有再一起吃过晚饭。父亲供职的牙科医院是私立的,他又是主要专家,很多事情都是亲力亲为。父亲每次回家后,都是一副疲惫的样子。现在都快八点了,应酬还没有回来。吴小丽心里禁不住又伤感起来,不知是因为辛苦的父亲,还是因为自己尴尬的处境。吴小丽决定下楼去走走,透透气。

像素小区的绿化还是不错的,季节又正当时候,月季花、蔷薇花正开得热闹,各色地灯和路灯也从草坪和天空相互映照。吴小丽却无心欣赏夜色和灯景,不觉来到了荷塘边。荷塘是小区中心广场的一部分,由两个月牙形人工水池组成,中间有一座小桥连通。水池里各种着半池的荷,有许多蹿出来的荷苞含羞待放。吴小丽在荷塘边上的一张长条椅子上坐下了。这儿的路灯正好瞎了,远处照来的灯光又被荷叶遮挡,她整个人都处在暗影中了,这也正暗合了她此时的心境,不愿意见人,不愿意倾诉,只想静静地发发呆,想想过往,也想想未来。过往没什么好想的,未来也看不清方向,她脑子里实际上是一团糨糊了。

小广场上几无人迹,偶有夜走者从小广场中间匆匆穿过,似乎把朦胧的灯影都带得浮动了起来。小广场的对面,是一个人造的小土丘,土丘上遍植樱花树,花期早过了,正枝叶繁盛地享受着夜露的滋润。樱花树下,有一个人影在不断地徘徊。吴小丽起初并没有注意,以为不过也是一个夜练者。可那个身影越看越眼熟。眼熟又不能确认,吴小丽就有了一丝烦恼了。突然间,那身影像幽灵一样发出一声长长的号叫,然后走下土丘,来到小广场上。吴小丽心跳骤然停顿一下,气都不敢喘了,天啊,原来是父亲!父亲并没有去参加什么应酬,而是在小广场边的樱花树下锻炼身体。且慢,那也不像是锻炼身体,倒像是忧心忡忡地排遣什么烦恼,倒像是拿不定主意、无所适从。父亲这是怎么啦?一直仰望天空的父亲,过一会儿抖抖肩膀,像是打了个战,朝另一个方向走去了。

父亲这是回家了吗?如果是回家,这可是相反的方向啊?吴小丽真想追上父亲,和他聊聊。直觉告诉吴小丽,父亲一定有什么事情。是他知道她和庞天立闹矛盾了吗?不像,如果仅仅因为这个事,父亲不会这样的,依父亲的脾气,会直接找她谈的。那肯定别有什么隐情了。是什么隐情呢?吴小丽都起身向父亲行走的方向走去了,一想,不对,既然父亲没有应酬,既然父亲可能有隐秘的心事,这时候就不能撞破他。还是回家等着吧。何况柳絮也在为她做事呢,何况柳絮所做的事,也是不能让父亲知道的小秘密。

吴小丽迅速回到了家里。

父亲还没有回来。柳絮也没有回来。不过柳絮应该快了,柳絮的往返需要一个半小时,现在已经一个半小时了,脚前脚后就应该回来了。现在,让吴小丽担心的是,柳絮会和父亲"撞车"。撞车就撞车吧,早点让父亲知道也好。只是,如果父亲真的有无法言说的心事,再让他为自己操心,是不是太不应该啦?对于父亲来说,就是雪上加霜了。父亲会有什么样的隐情、心事,一时成了吴小丽的心病。吴小丽决定给父亲打个电话,问问他几点到家应该是很自然的吧。手机拨通了。

"爸,都几点啦,别喝多了吧。"吴小丽是用撒娇的口气说的,可她自己都听成了责问。

"没喝酒,爸在谈点事。"

"谈什么事这么晚了。"

"就是……这个,明天,明天我还要出个差,去一趟上海……参加一个学术研讨会。"

"不是刚从上海回来吗?"

"……是啊,这次快。"

"好吧。早点回呀爸。"又是学术研讨。上周才参加一个学术研讨会,会有这么多学术研讨会?吴小丽纳闷了,同时也怀疑了,这个学术研讨会,像是临时想出来的,像是临时应付她的。吴小丽后悔打这个电话了。如果没有这个电话,父亲这两天就有可能哪里也不去了,会在家休息的。有了这个电话,他只能在双休日期间出差"开会"了。根据父亲今晚的反常表现,有可能并没有什么学术会议,不过是他想找个借口独处罢了。她后悔打这个电话还有一层,如果不打这个该死的电话,父亲有可能要到家了。打了这个电话,可能又要推迟一会儿,因为他在和朋友"谈点事"。

好在柳絮还是先回来了。柳絮拉着行李箱,满头是汗地回来了。一进家门的柳絮,没有说庞天立的事,而是问:"吴老师回来啦?"

"还没。"吴小丽望着柳絮,试图从柳絮的神情中得到某种关于父亲的信息。

"那就好了。别急,听我说啊。"柳絮没有提及父亲半个字,而是得意地一笑道,"等不及了吧?我见到小庞了——挺好的小伙子啊,帅帅的,他还问我是你什么人呢!我说是你姐,哈哈哈……他说那他也叫姐。我说我叫柳絮,你就叫我柳老师吧。我在收拾你衣服时,小庞也在一旁帮忙,一口一个柳老师,怪好玩的。我告诉他,你在家过几天就回去了。他不停地说好啊好啊好啊。我让他给你打个电话问候问候,他也不停地说好啊好啊好啊。怎么样小丽,放心了吧。"

吴小丽不知说什么好了。

6

父亲起了个大早。

昨天晚上，父亲很晚才回来。吴小丽和柳絮一直在说庞天立。吴小丽也在听柳絮说庞天立，可她脑子里，想的还是父亲。父亲不停徘徊的孤独的身影，父亲那一声绝望的号叫。父亲遇到什么事了呢？父亲遇到的事和柳絮有关吗？也许吧。父亲和一个可以当他女儿的女孩儿同居，肯定会有许多意想不到的情况，许多吴小丽还认知不到的情况。可父亲在深夜十一点回来时，并没有表现出反常来，既不沮丧，也不绝望，还欢喜地分别拥抱了吴小丽和柳絮。早上更是第一个起床的。吴小丽醒来时，发现父亲的行李箱已经整理好放在进户门的门口了。吴小丽从沙发上起来，朝卫生间喊一声："爸。"

正在刷牙的父亲探出头来，有点讨好地跟吴小丽点个头，又小声抱歉道，"闹醒你啦。"

不知为什么，吴小丽鼻子一酸，差点流下泪来。

"这次会议短，明天就能赶回来了。"父亲指了一下楼上，比小声更小声地说，"让小絮再睡一会儿。"

这回父亲不叫柳絮小柳，而是叫小絮。

父亲拉着皮箱走了。父亲要赶早上七点十分的高铁，所以五点就得往北京南站赶。

父亲刚走几分钟，柳絮就从楼上下来了。她看一眼坐在沙发上发呆的吴小丽，挨着吴小丽坐下来，仿佛梦呓般地说："吴老师走啦？"

"刚走。"

"早饭也没吃"

"他说到南站吃碗面。"吴小丽说,"我怎么觉得爸有点反常啊。"

"……反常吗?"柳絮在吴小丽睡过的地方又躺下了,打了个哈欠说,"吴老师是国内牙科界的名医,经常参加各种学术会议,还有会诊、手术什么的……对呀,这次会议相差的时间有点短,才一周……没什么事的小丽,我都习惯了……再睡一会儿吧。"

吴小丽便和柳絮挤在沙发上了。空调的冷风很舒服,穿着睡衣正好。吴小丽看柳絮很快又进入梦乡了。可她睡不着。她脑子里一会儿是父亲的影像,一会儿是庞天立的影像。两个男人的影像交叉着,错乱着,浮泛着,模糊着,既无法统一,又相互粘连,她想分开他们,看看他们真实的面目和真实的影像,走进他们真实的内心和真实的世界。可她发现这一切都是徒劳的,只有熟睡的露出半个肩膀和酥胸的柳絮是真实的。吴小丽的脑子疲惫了,缺氧一般疼,看着发出细小鼾声的柳絮,也睡着了。

柳絮是十点半才离家出门的。

柳絮认真打扮了一下,仅是裙子,就换了三四条,最后还是穿了那件不久前在三里屯时尚品牌店买的宝石蓝的连衣裙。这款裙子穿在柳絮身上,显得比她真实的身材要丰满些,平凡的模样有了些风情的味道。

柳絮出门以后,家里只有吴小丽一个人了。无聊的吴小丽打开电视,随便看个节目。她并不是要看节目的内容,她只是让家里多一些生机。然后便想收拾一下家务。没有什么可以收拾的,都让柳絮收拾得停停当当了。吴小丽便打开庞天立的微信朋友圈。庞天立的微信朋友圈好久没有发新内容了，最后的一条内容，还是她和庞天立一起玩雪的视频，她穿着白色的羽绒服，戴红色的绒线帽，在雪地里歪歪跩跩地半滑半走的样子十分滑稽可爱。视频让她回忆起和庞天立在一起时的许多美好时光，也突然想起和庞天立闹矛盾的由头：上周六，也就是她离家出走的当天，她发现自己例假已经推迟一周了，担心怀孕，本想和庞天立商量一下，去医院做个检查，没想到和庞天立话不投机，还没涉及正题，话已经偏离太远了，越说越来气，最后弄得她收拾行李走人。这又过了一周了，例假还是没有一点动静，真要是怀孕了，和姓庞的分手怎么办？事不宜迟，还是去医院查一下好。庞天立是指望不上了，柳絮又有事忙去了，父亲更是远去上海了。这样也好，如果真是怀孕了，谁也不知道，悄悄做掉算了。吴小丽在网上搜搜，看看附近有没有靠谱的医院。附近还真没有让她信得过的医院。吴小丽又想起来，父亲有一个女同学，她叫那人林阿姨，林阿姨在三里屯医院当主任。吴小丽刚到北京的时候，和父亲一起与这个林阿姨吃过两三次饭。对，就去三里屯医院，如果顺利很好，万一遇到麻烦，还有林阿姨可以依靠。

午饭后，吴小丽早早就来到了三里屯医院。挂号、交费、检查，很快结果就出来了，正如她不愿意证实又有所期待的那样——怀孕了。这真让她又惊又喜又无奈。为她做检查的女医生用狐疑的目光看着她复杂的表情，嘴角扯动扯动，那意思分明在说，怎么就你一个人？吴小丽差点就要报出她和林阿姨的关系了。好在女医生并没有多问，只是关照她平时的注意事项，还指导她要到所住街道社区去办一个妇幼保健卡，定期做孕期检查。

吴小丽喜忧参半、心情复杂地穿过门诊大厅时，无意间看到了让她极为震惊的一幕：父亲和林阿姨正并排往外走。

什么情况？父亲明明说是去上海参加学术会议的啊，怎么会在三里屯医院？难道昨天晚上父亲的反常，是因为林阿姨？绝不可能。林阿姨的丈夫是协和医院的大专家，儿子在美国也发展得很好。再说，父亲也不是那样的人啊。吴小丽蒙了，脑子不够用了。但好奇心让她胆量大增，她悄悄地尾随着父亲和林阿姨，出了医院大门。

医院大门口停着一排出租车，父亲和林阿姨走到最前边一辆的边上，父亲跟司机说了句什么，又回身向林阿姨告别。

吴小丽趁着这时候也钻进了一辆出租车。

"去哪儿？"出租车司机操着京腔问。

吴小丽说："看到最前边那辆车了吗？那个五十多岁男的要上车了。跟上他就行。"

出租车司机看她一眼，露出一丝诡异的笑，夸张地说了声"好"。

没想到父亲的出租车并没有走多远，经过三里屯中路，又穿过酒吧一条街后，车子开进了同样属于三里屯街区的兆龙饭店。这可是一家五星级豪华大饭店啊！吴小丽看到父亲下了出租车，走进了有门童为他鞠躬的旋转门。父亲住在这里？是会议在这里开，还是为了和林阿姨约会方便？不是说去上海的吗？不管怎么说，父亲是撒谎了。

7

回到家的吴小丽，就算脑洞大开，也无法理解父亲的所作所为。她想扮演福尔摩斯的角色，侦查出父亲所有的秘密。可她还是先给柳絮打了个电话，问柳絮什么时候回来，她希望能从柳絮那里得到某种暗示或答案。但柳絮说她可能晚一些才回，显然她对于父亲的反常还浑然不知。晚一些有多晚？晚一些是什么时候呢？她没有继续问。既然柳絮也蒙在鼓里，只能给父亲打电话了。打通了又怎么说？她忍了忍，没打。可还想打，又忍了忍。实在忍不住了，才拨通了父亲的手机。电话接通后她又慌了，不知道说什么好了，她真心不想把事情说破，真心不想让父亲难堪，只好问父亲明天什么时候到家。吴小丽的结巴和犹疑并没有引起父亲的怀疑。父亲还亲切地问她有事吗，吴小丽只好继续撒谎，说明天有可能要和柳絮出去办点事，怕家里没有人。父亲说他带钥匙了，意思是你们放心出门吧。

天很快就黑了。

吴小丽呆呆地坐在沙发上。这张沙发也是她现在的床。本来，她和庞天立闹情绪了，想回家躲躲清静，修复一下受伤的心，可家里的事情并不如她想象的那样好。父亲与一个和她差不多大的女孩儿同居了，她不是不能接受父亲在中年后再婚或情感上有个归宿。可父亲接连表现出的怪异的行为，让她纠结了，不淡定了。而更为不巧的是，她真的怀孕了。这时候查出怀孕，可不是个好时候。她和庞天立的冷战还没有结果。虽然，昨天晚上，柳絮带回来的情报让她心里有稍许安慰，可事实是，到现在快二十四个小时了，庞天立所说的电话依然没有打。如果庞天立有电话打来，她一定会把怀孕的事告诉他，听听他的反应，就知道他们的爱情处于什么样的温度了。可这个电话迟迟没有打，让她心里如何也安定不下来。

吴小丽的思维非常活跃，她决定立即出门，去兆龙饭店，继续跟踪、监视父亲，看看父亲究竟在做什么。

从地铁六号线草房站到呼家楼站,再转十号线,一站就到团结湖站了。吴小丽从团结湖站西南口出来,拐上了首都体育场路,走进了兆龙饭店。吴小丽为了防止被父亲发现,除了戴着黑色的口罩,还加了一副墨镜。从造型上看,吴小丽真的就像一个从事秘密工作的美女特工了。

可兆龙饭店的吧台小姐很礼貌地拒绝提供关于吴先生的入住信息。吴小丽不是真正的特工,她无权对吧台小姐提出过分的要求,只好在大厅东南角的那组沙发上坐下了。兆龙饭店的大厅空间高大、敞亮,装潢考究、时尚,出入大厅的人仅从衣着和气质上看,就显得卓尔不群。吴小丽坐在这里有点不自在,她知道父亲就住在楼上某一层某一个房间里。这里的房间都很高档。父亲算不上有钱人,就算这几年挣了点钱,也是辛苦赚来的,没必要把钱浪费在这里。能让父亲愿意把钱浪费在这里的,一定有着特别的原因。林阿姨是原因吗?吴小丽也只能想到这里了。她因此而像谍战片上的守候特工,密切关注着出入大厅的每一个人。出入大厅的人不多,东方面孔的人和外国面孔的人都有,她看哪个都像是来和父亲接头的,看哪个又都不像。

从外面进来的一个和父亲年龄相仿的秃顶的中年人,在大厅里犹豫片刻,也来到位于吴小丽的这个区域。其实大厅里有两个带有沙发供顾客休息的区域,一个是吴小丽所占据的东南角,还有一个在西南角。西南角的空间更大,沙发要多一些,有两组人在那儿小坐,一组是三个男人,一组是一个外国黑人和一个东方面孔的女人。这个秃顶中年人到吴小丽这个区域来,可能一来是这里人少,二来是因为吴小丽是一个年轻的女士。秃顶男人边走边拿出手机来,他不玩游戏也不刷朋友圈,而是

打电话。等到他在吴小丽隔壁沙发上坐下时,那人的电话也接通了:

"喂,到哪儿啦?路上堵车啊。我知道路上肯定堵车,所以我坐地铁来的……已经到了,在大厅等你啊……我一个人不敢见他,怕伤感时无人打岔……林美女不来了,她说上午陪老吴去过地坛医院了,还一起吃了午饭,还到三里屯医院聊了会儿……到地坛医院当然是找专家了……唉,那还用说,其实上周在上海就确诊了,你知道的,肝癌这种病,确诊就是晚期。我说老唐,在北京,就我们四个同学,数老吴……不过,也算不上惨,有自己的房子,还有一个小二十多岁的女朋友,女儿也成家立业了,算是挺不错了……是啊,我挺佩服那女孩的,也算老吴有艳福,死而无憾吧……好啦,不说啦,安心开车吧,一会儿见。"

吴小丽听得明明白白,电话里所说的"老吴"就是父亲。这个秃顶男人是父亲在北京的"四个同学"之一,他们是约好来看父亲的。原来父亲住在兆龙饭店,不是要搞什么不可告人的勾当,而是方便自己诊病,而且是不好的病——肝癌晚期。吴小丽差点没有忍住而痛哭起来。但她只让泪水悄悄地流,把哭声强行憋回去了。

吴小丽很想跟着这位秃顶叔叔一起去看父亲。经过再三思考,决定还是不去。既然父亲想方设法要瞒着家人,肯定有他瞒着的理由。再说,父亲明天就回家了。父亲肯定会对自己的病情有个交代的。

秃顶男人又打电话了,他对着手机说:"老吴,我是老孙啊,在房间吧?不在?干吗去啦?别想不开啊……哈哈……我开玩笑的……什么?去透透气?在三里屯酒吧街?真有你的老吴，我就喜欢你这种乐观的精神……多会儿回来？好的，我和老唐一会儿就到了，老唐还请来了他们单位的肿瘤专家……当然是这方面的权威了……不急，老唐的车也堵在路上了，你好好玩你的，我们要是先到，就在大厅等你。"

吴小丽听出来了，秃顶男人所说的"老吴"，也是父亲。

吴小丽快速离开了兆龙饭店，她怕在大厅里和回来的父亲相遇。她要把空间和时间留给父亲和他的同学们。

重新走在首都体育馆路上的吴小丽，心情和来时完全不一样了。现在她倒是什么都清楚了，关于父亲的种种疑点、种种怪异的表现，都释疑了。但同时，也很沉痛了，还稍稍有点慌张，不，是特别慌张，心在不停地抽搐、战栗，手也在颤抖。她从未经历的事情都要接踵而至了，一个是新生，一个是死亡。关于前者，怪她没有做好预防措施；关于后者，她更是无法控制。欲哭无泪的吴小丽，一种从未有过的绝望和悲伤涌上心头，步调乱了，神情也恍惚了。

在她盲目地行走了几分钟以后，才发现她前边的这个穿连衣裙的女孩儿怎么这么眼熟呢？宝石蓝的连衣裙……天啊，这不是柳絮吗？和柳絮依偎而行的，正是那个弹吉他的黄头发帅哥，他背着一把吉他，一只手正扶在柳絮纤细的腰上。

吴小丽心灵上的重负又加深了。

8

周日上午，电话联系好了，父亲说会赶回来吃午饭。其实，不用打这个电话，吴小丽也料到了。她打这个电话，主要是让父亲知道，她是关心他的。她是他的女儿，他不是一个人在战斗。吴小丽一早就去超市买了许多菜,想着父亲平时爱吃的几样菜肴,她巴不得一顿全做出来。

还是在昨天晚上,当柳絮回来的时候,吴小丽看着若无其事的柳絮,心里有说不出的滋味。这不怪柳絮,她不知道父亲的遭遇。她此时还沉浸在某种情绪里,某种刺激而甜蜜的情绪里。如果她知道父亲现在的遭际,她会这样做吗?会不会因此而感到内疚?各自洗完澡,要休息了,柳絮邀请吴小丽到楼上和她搭伴儿。吴小丽拒绝了,她要自己单独想想事情。虽然事情毫无头绪,越想越乱,越想越害怕,不知道从何着手、如何着手,但她也要想。她不能不想。可能是柳絮也有许多事情要想吧,也一直处在失眠状态中,半夜跑下来,和吴小丽挤在一起,见吴小丽也没有睡着,就关心地问她,小庞有没有打电话。吴小丽不愿意提他,但还是向柳絮透露了她怀孕的事。说完之后,吴小丽百感交集,禁不住抽泣起来,柳絮不着边际地安慰了半宿。

父亲在不到十一点时就回来了。

吴小丽仔细地看看父亲的神色,看不出有什么变化。父亲假装平静,假装若无其事,那要有多大的毅力啊!她也做作地朝父亲一笑,忍不住就要落泪,赶快去厨房忙碌。柳絮也在厨房里,她给吴小丽挪出半个身位,大声问:"回来够早啊,吴老师。"

"是啊。"父亲的声音照样响亮,"你俩没出去?"

"本来要出去的,知道你要回来,就不出去了。"吴小丽说,"做了你爱吃的藕夹,还有清蒸白鱼,还有白切羊肉,还有清炒芦蒿,再烧个海蜇脑子汤。"

"哎呀,费那么多事干吗?小丽,看看我给你带什么好吃的？花生牛轧糖，还有唐饼家的饼，都是你爱吃的。"

吴小丽听了，心里一酸，眼泪还是没有忍住，涌出了眼眶。

"给我买什么呀？"柳絮用吃醋的口气娇嗔道，"光想着你的小棉袄了吧？"

客厅没有传来父亲的应答声。敏感的吴小丽感觉到父亲似乎已经知道了柳絮昨天和黄头发帅哥的秘密约会。吴小丽不敢看柳絮，一来她怕自己的眼泪和悲伤的心情叫柳絮看了去，二来她怕心里藏不住她发现柳絮的那点秘密。

吃饭时，看着一桌子好吃又好看的菜，父亲脸上露出了微笑。可这微笑太短暂了，比闪电还快，似乎那微笑还没有开始就结束了，进而就是落寞、凄凉和沉重的表情。而吴小丽再怎么装，心底里的悲哀也无法完全地掩饰，哪怕只透出一点点来，也是无限大。柳絮也感觉到气氛的不对了。柳絮看了看吴小丽（柳絮不敢看老吴，她也感觉到老吴在冷落她），小声说："这么多好吃的菜应该有酒。我去拿酒啊。"

吴小丽没有阻止她。父亲也没有阻止她。柳絮有可能只是想改变一下现场的气氛。但看他们都没有再说什么（不知道喝还是不喝），只好去拿酒了。

既然柳絮要拿酒，吴小丽也到厨房去拿红酒杯子。杯子好久没用了。她把三个杯子在水龙头上冲洗一下时，拿了红酒的柳絮也到了厨房，和吴小丽一起把杯子擦干净。聪明的柳絮体察到吴小丽悲戚的情绪了，她指了一下吴小丽的肚子，又跟她竖起大拇指，意思是说，怀孕是好事啊，干吗这么难过？但是吴小丽的心思并不在这上面，一时又不知怎么说，她眼泪再次夺眶而出了，趴到了柳絮的肩上。柳絮轻拍拍她，说："喝酒！"

三个高脚玻璃杯子里，红酒的颜色很好看。父亲端起杯子，强作镇静又强颜欢笑地问吴小丽:"小丽有什么好事要庆祝啊?发奖金还是升职?"

吴小丽凄然一笑道:"爸……你……你要有外孙子了。"

吴小丽压根儿就不想说这个事,但父亲一问,她情急之下,只好把这个喜事说了出来——这的确是喜事,特别对父亲来说,他要有第三代了。吴小丽把话说出来了,情感却没有控制住,她放下杯子,趴到桌上,痛哭起来。

老吴蒙了,怀孕是好事啊,哭什么呢?但一想起自己的病,他也克制不住,想要哭了。老吴手里的杯子抖了起来,另一只手轻轻抚弄着女儿的头发,眼圈红红的。

"爸,你别瞒啦,我都知道了……都晚期了……"吴小丽情感大爆发了,她突然抬起头来,满脸是泪地哭喊道,"你根本就没有去开会,你哪儿都没去,你就在北京……你和你在北京的同学见面了,林阿姨、唐叔叔、孙叔叔……"

吴小丽说不下去了,她扑进父亲的怀里,歇斯底里地大哭起来。

柳絮也听明白了,她呆呆地看着他们,一个号啕大哭,一个泪流满面,眼里也禁不住涌出了泪。吴小丽哭了一会儿,觉得哭也不是个办法,一桌子饭还没吃呢。吴小丽抬起头来,擦去泪水,说:"爸,我不哭,我们吃饭。吃完这顿饭再商量,好吗?"

"好……"

柳絮泪眼蒙眬面色凝重地看着老吴,轻声道:"吴老师……"柳絮的话刚开口,老吴就给了她一记耳光。

这一耳光打得很响,三个人都愣住了。吴小丽也突然明白了,那天她在三里屯看到的柳絮和黄头发歌手的亲昵,父亲也看到了。

柳絮双手掩面,去楼上了。上楼梯时,还打了个趔趄,腿软了一下。

这顿饭谁都没有吃好。

当天下午,吴小丽接到庞天立的电话,他先向吴小丽道歉,说不知道她怀孕了。吴小丽心里一委屈,把上一个周六没有说完的话又续上了:"上个周六我要告诉你的,你先是不爱理我,后来又只顾玩手机,气死我了。"

庞天立说:"对不起小丽,上周六……上周六,我……我刚被单位辞退了,心里憋得难受……我、我不该把负面情绪带给你……我想等我找到工作再给你打电话,再去接你……我这几天都在找工作,简历投了几个地方,有两家大公司通知我下周一去面试了……小丽,我听柳絮老师说了咱爸的事……你在听吗?小丽小丽,我想去看你还有爸,现在就去。"

"你先别过来,我这两天就回去。"吴小丽心里感动了,她立即想到那天和庞天立闹翻前他的反常,他开始并不是在玩手机,而是闷闷地发着呆,是那种呆若木鸡的呆。她以为他是下班路上累了,就调皮地逗了他几句。没想到他不但心不在焉,还拿出手机玩游戏。原来这些不过是他的掩饰,是他心里有事,是他被公司辞退了。吴小丽哪里知道啊,就任性地说了他几句。岂知她越说他越躲着她。原来他不过是想息事宁人。吴小丽想到这里,感到内疚了,想说句道歉的话,可她看到更大的事情发生了——柳絮在整理行李箱。这可不是好兆头,她赶紧对庞天立说:"先再见啊亲爱的。"

挂断和庞天立的电话,吴小丽胆怯地问柳絮:"这是要干吗?"

柳絮不说话。

老吴从楼上下来了。老吴看着地上的行李箱,轻声道:"柳絮……"

柳絮继续不说话,继续往行李箱里整理东西。柳絮面无表情,也无精打采,瘦小的身体更显瘦小了,手脚也是机械的。吴小丽能感受到柳絮此时的心境,她一定一万个不愿离开,一定希望父亲能说一句挽留的话。但是父亲在行李箱前停顿片刻,走过去,无力地坐到沙发上,两手掩面,把头埋在双膝里——他肯定后悔打她那一耳光了。

9

故事不好再讲了。真实的情况是这样的,柳絮没有离开,她被老吴劝住了。柳絮还住在老吴家。老吴也没有住院治疗。他是医生,他知道肝癌晚期是什么结果。他回老家了,是真正的乡下老家。他乡下老家还有一幢老宅子。临行前,他做了交代,也是遗书,把他和柳絮所住的像素小区的房产,留给柳絮,把这些年积攒下来的三十几万银行存款,留给了吴小丽。

父亲离家一周以后,吴小丽接到柳絮的电话,让她去一趟像素。吴小丽不知道什么事,和庞天立一起来到了柳絮家。柳絮跟吴小丽和庞天立商量了一件事,即房子给吴小丽,她要那三十万存款。她把契约都写好了,只等签字了。吴小丽觉得这不公平,这套房子要值三百多万,三十万现金算什么。但柳絮坚决要这样做。吴小丽拗不过,只好同意了。

办好相关手续,柳絮走了。吴小丽和庞天立搬了过来。

自从父亲回老家以后,吴小丽每天都要和父亲通电话,至少一次，有时早中晚三次。吴小丽已经悄悄做了决定，如果父亲最后不行了，身边需要人了，她就立刻回去，和父亲一起生活一段时间，直到那一天的到来。但是，每次打电话，父亲的口气都很好，都信心满满、精气神十足的样子。她又幻想，也许这一天还早呢，也许乡居生活能让奇迹发生呢，山清水秀的故乡能让父亲的病症消失呢。

一转眼，柳絮离开也有几天了。

吴小丽又打电话给父亲。接电话的不是父亲，是一个女人的声音。吴小丽马上就听出来了，这不是柳絮吗？"柳老师……怎么是你啊？"吴小丽吃惊了。

"是啊，我来陪吴老师，吴老师到哪里我就到哪里……这儿真不错，非常宜居，我很喜欢这儿。小丽，你放心吧，好好工作，好好养胎，多吃营养丰富的食物，吴老师这边有我呢。你稍等啊，我喊声老吴——他闲不住，在给菜园浇水。"

"不用了。"吴小丽感动得热泪盈眶了，"让他忙吧。"